U0037384

附
MP3音檔
QR Code

本書的使用方法

Step 1

先不看文字，聽一次日本老師的唸法，練習耳朵敏感度。

1 搭乘飛機

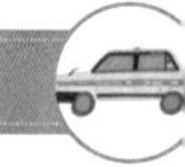

在飛機上 00

1	請問機票上的這個座位在哪裡？	この搭乘券の席はどちらにありますか？ ko.no.to.o.jo.o.ke.n.no.se.ki.wa.do.chi.ra.ni.a.ri.ma.su.ka
2	可以讓我看一下您的機票嗎？	搭乘券を拝見してもよろしいでしょうか？ to.o.jo.o.ke.n.o.ha.i.ke.n.shi.te.mo.yo.ro.shi.i.de.sho.o.ka
3	可以幫我把行李放到行李架上嗎？	荷物を棚に入れてくれませんか？ ni.mo.tsu.o.ta.na.ni.i.re.te.ku.re.ma.se.n.ka
4	不好意思，這是我的座位。	すみません、ここは私の席です。 su.mi.ma.se.n、ko.ko.wa.wa.ta.shi.no.se.ki.de.su
5	請問我可以換到別的座位嗎？	他の席に移ってもいいですか？ ho.ka.no.se.ki.ni.u.tsu.t.te.mo.i.i.de.su.ka
6	不好意思，可以再給我一條毛毯嗎？	すみません、毛布もう一枚もらえますか？ su.mi.ma.se.n、mo.o.fu.mo.o.i.chi.ma.i.mo.ra.e.ma.su.ka
7	請問有報紙(雜誌)嗎？	新聞(雑誌)がありますか？ shi.n.bu.n(za.s.shi)ga.a.ri.ma.su.ka
8	請問要如何讓座椅傾斜呢？	どうやってシートを倒すのですか？ do.o.ya.t.te.shi.i.to.o.ta.o.su.no.de.su.ka
9	我想知道遙控器該怎麼操作。	リモコンの使い方を知りたいのですが。 ri.mo.ko.n.no.tsu.ka.i.ka.ta.o.shi.ri.ta.i.no.de.su.ga
10	耳機好像不能用。	イヤホンの調子が悪いのですが。 i.ya.ho.n.no.cho.o.shi.ga.wa.ru.i.no.de.su.ga
11	請問可以幫我換一個嗎？	違うものと交換していただけませんか？ chi.ga.u.mo.no.to.ko.o.ka.n.shi.te.i.ta.da.ke.ma.se.n.ka

22

Step 2

跟著文字一起邊看邊唸，看看自己剛剛聽出多少內容，不懂的再搭配羅馬拼音，重複練習。

會話

不好意思，可以給我一杯水嗎？　すみません、お水もらえますか？
su.mi.ma.se.n、o.mi.zu.mo.ra.e.ma.su.ka

好的，馬上爲您送過來。　はい、すぐにお持ちいたします。
ha.i、su.gu.ni.o.mo.chi.i.ta.shi.ma.su

填寫入境表

1 請問可以告訴我入境表的寫法嗎？　入国カードの書き方を教えてもらえますか？
nyu.u.ko.ku.ka.a.do.no.ka.ki.ka.ta.o.o.shi.e.te.mo.ra.e.ma.su.ka

2 請給我一張海關申報單。　税関申告書の用紙をください。
ze.i.ka.n.shi.n.ko.ku.sho.no.yo.o.shi.o.ku.da.sa.i

3 可以跟你借支筆嗎？　ペンをお借りできますか？
pe.n.o.o.ka.ri.de.ki.ma.su.ka

交通篇

飛機上提供的各種服務　004

機內服務 機内サービス ki.na.i.sa.a.bi.su	餐飲 お食事・お飲み物 o.sho.ku.ji・o.no.mi.mo.no	娛樂 エンターテインメント e.n.ta.a.te.i.n.me.n.to	電影、影片 映画・ビデオ e.i.ga・bi.de.o
音響 オーディオ o.o.di.o	電玩 ゲーム ge.e.mu	雜誌 雑誌 za.s.shi	免稅商品 免税品 me.n.ze.i.hi.n
機內設備 機内設備 ki.na.i.se.tsu.bi	遙控器 リモコン ri.mo.ko.n	觸碰銀幕 タッチパネル ta.c.chi.pa.ne.ru	安全帶 シートベルト shi.i.to.be.ru.to
逃生口 非常口 hi.jo.o.gu.chi	腳踏板 足置き a.shi.o.ki	行李櫃 荷物棚 ni.mo.tsu.da.na	毛毯 毛布 mo.o.fu

23

Step 3

最後聽對話的語調和頓挫，學習漂亮的發音。

Step 4

補充的單字也很重要唷！可以學著怎麼替換句子裡的單字，造出你自己的句子。

本書透過簡潔的排版、循序漸進的分類，收錄了共六大主題、225種情境的日本旅遊常用會話。內容從食衣住行各方面切入，並附上中文翻譯和羅馬拼音，讓你在學習的時候更加輕鬆上手！

此外更補充了許多相關的專欄，學日語之餘也可以更了解日本唷！再搭配上由日籍老師所錄製的 MP3，反覆練習聽力和口說，相信你的日語會話能力一定可以更加進步唷！

目次

PART 2 住宿篇 ……69

PART 3 觀光篇 ……99

茶

PART 4 | 飲食篇 137

秋の味覚

PART 6 事故疾病篇 265

♪ 中日發音 MP3

請掃描左方QR code或輸入網址收聽：

https://bit.ly/ryokouJP

* 請注意英文字母大小寫區分

◆日語發聲：須永賢一・永野惠子

◆中文發聲：常青

基礎用語説説看

1 打招呼、回應

肯定、否定

♪ 001

1 是(有)。對。是。是的。

はい。ええ。うん。そうですね。
ha.i。e.e。u.n。so.o.de.su.ne

2 不是。

いえ。いいえ。違(ちが)います。
i.e。i.i.e。chi.ga.i.ma.su

基本寒暄用語

1 初次見面。

はじめまして。
ha.ji.me.ma.shi.te

2 請多指教。

よろしくお願(ねが)いします。
yo.ro.shi.ku.o.ne.ga.i.shi.ma.su

3 早。早安。

おはよう。おはようございます。
o.ha.yo.o。o.ha.yo.o.go.za.i.ma.su

4 午安。

こんにちは。
ko.n.ni.chi.wa

5 晚安。

こんばんは。
ko.n.ba.n.wa

6 (睡前)晚安。

おやすみ。おやすみなさい。
o.ya.su.mi。o.ya.su.mi.na.sa.i

7 再見。

さようなら。バイバイ。
sa.yo.o.na.ra。ba.i.ba.i

8 明天見。下次見。

また明日(あした)。じゃ(では)、また。
また今度(こんど)。またあとで。
またお会(あ)いしましょう。
ma.ta.a.shi.ta。ja、ma.ta／de.wa、ma.ta
ma.ta.ko.n.do。ma.ta.a.to.de。ma.ta.o.a.i.shi.ma.sho.o

9	請小心。請保重。	お気(き)をつけて。お元気(げんき)で。 o.ki.o.tsu.ke.te。o.ge.n.ki.de
10	對不起。不好意思。	ごめんなさい。すみません。 go.me.n.na.sa.i。su.mi.ma.se.n
11	失禮了。	失礼(しつれい)しました。 shi.tsu.re.i.shi.ma.shi.ta
12	開動了。	いただきます。 i.ta.da.ki.ma.su
	請多吃點。	どうぞ、召(め)し上(あ)がれ。 do.o.zo、me.shi.a.ga.re
13	請慢用。	ごゆっくり。 go.yu.k.ku.ri
14 ★	謝謝招待。	ごちそうさま。ごちそうさまでした。 go.chi.so.o.sa.ma。go.chi.so.o.sa.ma.de.shi.ta
15	先走了。	失礼(しつれい)します。 shi.tsu.re.i.shi.ma.su
16	打擾了（進入別人家時）。 打擾您了（離開別人家時）。	お邪魔(じゃま)します。お邪魔(じゃま)しました。 o.ja.ma.shi.ma.su。o.ja.ma.shi.ma.shi.ta
17	我出門了。	行(い)ってきます。 i.t.te.ki.ma.su
	請慢走。	行(い)ってらっしゃい。 i.t.te.ra.s.sha.i
18	我回來了。	ただいま。ただいま帰(かえ)りました。 ta.da.i.ma。ta.da.i.ma.ka.e.ri.ma.shi.ta
	你回來了。	おかえり。おかえりなさい。 o.ka.e.ri。o.ka.e.ri.na.sa.i

沒人請吃飯也要說「ごちそうさま。」？

「ごちそうさま」除了受人招待後使用，在任何場合吃完飯後，日本人也都會說「ごちそうさま」，其意義是源自佛教思想，意指自己是懷抱著感恩的心享用，表達感謝之意。

19	謝謝。	ありがとう。ありがとうございます。 a.ri.ga.to.o。a.ri.ga.to.o.go.za.i.ma.su
	不客氣。	どういたしまして。 do.o.i.ta.shi.ma.shi.te
	我才要謝謝您。	こちらこそ、ありがとうございました。 ko.chi.ra.ko.so、a.ri.ga.to.o.go.za.i.ma.shi.ta

祝賀、節慶問候語

1 ★	恭喜。	おめでとうございます。 o.me.de.to.o.go.za.i.ma.su
2	生日快樂。	お誕生日おめでとうございます。 o.ta.n.jo.o.bi.o.me.de.to.o.go.za.i.ma.su
3	祝你（妳）有個美好的一年。	素敵な一年でありますように。 su.te.ki.na.i.chi.ne.n.de.a.ri.ma.su.yo.o.ni
4	暑期問候。	残暑お見舞い申し上げます。 za.n.sho.o.mi.ma.i.mo.o.shi.a.ge.ma.su
5	聖誕節快樂。	メリークリスマス。 me.ri.i.ku.ri.su.ma.su
6	新年快樂。	謹賀新年。明けましておめでとうございます。良いお年をお迎えください。 ki.n.ga.shi.n.ne.n。a.ke.ma.shi.te.o.me.de.to.o.go.za.i.ma.su。yo.i.o.to.shi.o.o.mu.ka.e.ku.da.sa.i
7	乾杯！	乾杯！ ka.n.pa.i

「おめでとうございます！」恭賀別人時用這句就對了！

其他常使用到的祝賀詞還有：

「ご結婚おめでとうございます！（恭喜結婚）」、「ご就職おめでとうございます！（恭喜你找到工作）」、「ご卒業おめでとうございます！（恭喜畢業）」、「退院おめでとうございます！（恭喜你出院）」等等。

如果在各種值得慶賀的場合上，不知該如何道賀，只要用「おめでとうございます！」絕對不會有問題。

探病時的基本用語

1 請多保重。

お大事にしてください。
o.da.i.ji.ni.shi.te.ku.da.sa.i

2 祝你早日康復。

一日も早いご回復をお祈りしております。
i.chi.ni.chi.mo.ha.ya.i.go.ka.i.fu.ku.o.o.i.no.ri.shi.te.o.ri.ma.su

麻煩或打擾他人時的用語

1 拜託了。

お願いします。
o.ne.ga.i.shi.ma.su

2 給您添麻煩了！

ご迷惑をお掛けしました。
go.me.i.wa.ku.o.o.ka.ke.shi.ma.shi.ta

3 真是麻煩您了。

お手数をお掛けしました。
o.te.su.u.o.o.ka.ke.shi.ma.shi.ta

4 謝謝您的關照。

お世話になります。
o.se.wa.ni.na.ri.ma.su

下班時的招呼用語

1 我先離開了。

お先に失礼します。
o.sa.ki.ni.shi.tsu.re.i.shi.ma.su

2 辛苦了。

お疲れさまです。お疲れさまでした。
o.tsu.ka.re.sa.ma.de.su。o.tsu.ka.re.sa.ma.de.shi.ta

2 表達

想法、希望

♪ 002

1	知道。不知道。	知(し)っています。知(し)りません。 shi.t.te.i.ma.su。shi.ri.ma.se.n
2	知道嗎？	分(わ)かりますか？ wa.ka.ri.ma.su.ka
	是，我知道了。	はい、分(わ)かりました。 ha.i、wa.ka.ri.ma.shi.ta
	不，我不瞭解。	いいえ、分(わ)かりません。 i.i.e、wa.ka.ri.ma.se.n
3	知道了。知道了(尊敬語)。	了解(りょうかい)しました。かしこまりました。 ryo.o.ka.i.shi.ma.shi.ta。ka.shi.ko.ma.ri.ma.shi.ta
4	會。不會。	出来(でき)ます。出来(でき)ません。 de.ki.ma.su。de.ki.ma.se.n
5	記得。想起來了。	覚(おぼ)えています。思(おも)い出(だ)しました。 o.bo.e.te.i.ma.su。o.mo.i.da.shi.ma.shi.ta
6	忘記了。忘不了。	忘(わす)れました。忘(わす)れられません。 wa.su.re.ma.shi.ta。wa.su.re.ra.re.ma.se.n
7	覺得～。不覺得～。	～と思(おも)います。～と思(おも)いません。 ～to.o.mo.i.ma.su。～to.o.mo.i.ma.se.n
8	認爲～。不認爲～。	～と考(かんが)えています。～と考(かんが)えていません。 ～to.ka.n.ga.e.te.i.ma.su。～to.ka.n.ga.e.te.i.ma.se.n
9	想。不想。	したいです。したくないです。 shi.ta.i.de.su。shi.ta.ku.na.i.de.su
10	喜歡。討厭。	好(す)きです。嫌(きら)いです。 su.ki.de.su。ki.ra.i.de.su

喜怒哀樂

1	高興。愉快。好玩、有趣。	嬉しいです。楽しいです。面白いです。 u.re.shi.i.de.su。ta.no.shi.i.de.su。o.mo.shi.ro.i.de.su
2	難過。寂寞。生氣。	悲しいです。寂しいです。怒っています。 ka.na.shi.i.de.su。sa.bi.shi.i.de.su。o.ko.t.te.i.ma.su
3	很幸福。太棒了。	幸せです。最高です。 shi.a.wa.se.de.su。sa.i.ko.o.de.su
4	擔心。不安。	心配です。不安です。 shi.n.pa.i.de.su。fu.a.n.de.su
5	很焦躁。受不了了。 受夠了。	いらいらします。我慢できません。 うんざりします。 i.ra.i.ra.shi.ma.su。ga.ma.n.de.ki.ma.se.n u.n.za.ri.shi.ma.su
6	失望。可惜。灰心喪氣。	がっかりです。残念です。気がめいります。 ga.k.ka.ri.de.su。za.n.ne.n.de.su。ki.ga.me.i.ri.ma.su
7	很期待。很興奮。	楽しみです。わくわくします。 ta.no.shi.mi.de.su。wa.ku.wa.ku.shi.ma.su
8	滿足。高興(得坐不住)。	満足です。うきうきします。 ma.n.zo.ku.de.su。u.ki.u.ki.shi.ma.su

兩種快樂！「楽しい」與「嬉しい」的不同？

「楽しい」和「嬉しい」中文都是翻成開心、快樂的意思，但其實在日語的用法上有些微的差別。

「楽しい」用於狀態持續比較久，並且可以與大家共享的快樂。
例：今日のパーティは楽しかったです。(今天的派對很開心)
「嬉しい」則是用於當下直接感受的快樂，較偏個人主觀的情感。
例：プレゼントをもらって嬉しいよ！(收到禮物好開心)

使用的時候要多多注意一下喔！

新年快樂的説法

日本的新年快樂説法分爲兩種。在還沒跨年、也就是12月31日午夜12點之前是互相説「良いお年をお迎えください！」祝賀對方有美好的一年，通常簡稱爲「良いお年を！」。

而新年的1月1日開始之後則是説「あけましておめでとうございます！」跟親友則會簡略成「あけおめ」。雖然都是新年快樂的意思，但使用的時間點是完全不一樣的喔！

這兩種説法的差異在看日本紅白歌合戰時特別的明顯，在12點之前藝人們都是互相説「良いお年をお迎えください！」12點過後則是説「あけましておめでとうございます！」下次看電視的時候可以注意聽聽看哦！

根據日本網站2015年的調查顯示，有六成的民衆還是會寄賀年卡給親朋好友來做新年的問候。而隨著時代的變遷，使用簡訊、LINE、以及各種SNS來互道新年快樂的人也愈來愈多。

在各種通訊軟體中，年輕人會把「あけましておめでとうございます！今年もよろしくお願いします！」(新年快樂！今年也請多多指教！)簡略爲「あけおめ！ことよろ！」。

下次有機會可以試著跟日本朋友説看看唷！

PART 1
交通篇

1 搭乘飛機

在飛機上

003

1	請問機票上的這個座位在哪裡？	この搭乗券の席はどちらにありますか？ ko.no.to.o.jo.o.ke.n.no.se.ki.wa.do.chi.ra.ni.a.ri.ma.su.ka
2	可以讓我看一下您的機票嗎？	搭乗券を拝見してもよろしいでしょうか？ to.o.jo.o.ke.n.o.ha.i.ke.n.shi.te.mo.yo.ro.shi.i.de.sho.o.ka
3	可以幫我把行李放到行李架上嗎？	荷物を棚に入れてくれませんか？ ni.mo.tsu.o.ta.na.ni.i.re.te.ku.re.ma.se.n.ka
4	不好意思，這是我的座位。	すみません、ここは私の席です。 su.mi.ma.se.n、ko.ko.wa.wa.ta.shi.no.se.ki.de.su
5	請問我可以換到別的座位嗎？	他の席に移ってもいいですか？ ho.ka.no.se.ki.ni.u.tsu.t.te.mo.i.i.de.su.ka
6	不好意思，可以再給我一條毛毯嗎？	すみません、毛布もう一枚もらえますか？ su.mi.ma.se.n、mo.o.fu.mo.o.i.chi.ma.i.mo.ra.e.ma.su.ka
7	請問有報紙(雜誌)嗎？	新聞(雑誌)がありますか？ shi.n.bu.n(za.s.shi)ga.a.ri.ma.su.ka
8	請問要如何讓座椅傾斜呢？	どうやってシートを倒すのですか？ do.o.ya.t.te.shi.i.to.o.ta.o.su.no.de.su.ka
9	我想知道遙控器該怎麼操作。	リモコンの使い方を知りたいのですが。 ri.mo.ko.n.no.tsu.ka.i.ka.ta.o.shi.ri.ta.i.no.de.su.ga
10	耳機好像不能用。	イヤホンの調子が悪いのですが。 i.ya.ho.n.no.cho.o.shi.ga.wa.ru.i.no.de.su.ga
11	請問可以幫我換一個嗎？	違うものと交換していただけませんか？ chi.ga.u.mo.no.to.ko.o.ka.n.shi.te.i.ta.da.ke.ma.se.n.ka

會話

不好意思，可以給我一杯水嗎？ すみません、お水もらえますか？
su.mi.ma.se.n、o.mi.zu.mo.ra.e.ma.su.ka

好的，馬上爲您送過來。 はい、すぐにお持ちいたします。
ha.i、su.gu.ni.o.mo.chi.i.ta.shi.ma.su

填寫入境表

1	請問可以告訴我入境表的寫法嗎？	入国カードの書き方を教えてもらえますか？ nyu.u.ko.ku.ka.a.do.no.ka.ki.ka.ta.o.o.shi.e.te.mo.ra.e.ma.su.ka
2	請給我一張海關申報單。	税関申告書の用紙をください。 ze.i.ka.n.shi.n.ko.ku.sho.no.yo.o.shi.o.ku.da.sa.i
3	可以跟你借支筆嗎？	ペンをお借りできますか？ pe.n.o.o.ka.ri.de.ki.ma.su.ka

飛機上提供的各種服務 ♪004

機內服務 機内サービス ki.na.i.sa.a.bi.su	餐飲 お食事・お飲み物 o.sho.ku.ji・o.no.mi.mo.no	娛樂 エンターテインメント e.n.ta.a.te.i.n.me.n.to	電影、影片 映画・ビデオ e.i.ga・bi.de.o
音響 オーディオ o.o.di.o	電玩 ゲーム ge.e.mu	雜誌 雑誌 za.s.shi	免稅商品 免税品 me.n.ze.i.hi.n

機內設備 機内設備 ki.na.i.se.tsu.bi	遙控器 リモコン ri.mo.ko.n	觸碰銀幕 タッチパネル ta.c.chi.pa.ne.ru	安全帶 シートベルト shi.i.to.be.ru.to
逃生口 非常口 hi.jo.o.gu.chi	腳踏板 足置き a.shi.o.ki	行李櫃 荷物棚 ni.mo.tsu.da.na	毛毯 毛布 mo.o.fu

用餐

005

1 想吃什麼呢？

お食事は何になさいますか？

o.sho.ku.ji.wa.na.ni.ni.na.sa.i.ma.su.ka

2 今天的餐點包括了日式和西式，日式的主菜是魚，西式的主菜是雞肉。

本日の食事は和食と洋食のご用意があります。和食のメインは魚、洋食のメインは鶏肉です。

ho.n.ji.tsu.no.sho.ku.ji.wa.wa.sho.ku.to.yo.o.sho.ku.no.go.yo.o.i.ga.a.ri.ma.su。wa.sho.ku.no.me.i.n.wa.sa.ka.na、yo.o.sho.ku.no.me.i.n.wa.to.ri.ni.ku.de.su

3 請問餐點都用完了嗎？

お食事はお済みでしょうか？

o.sho.ku.ji.wa.o.su.mi.de.sho.o.ka

飲料

1 需不需要來點飲料呢？

お飲み物はいかがですか？

o.no.mi.mo.no.wa.i.ka.ga.de.su.ka

2 需不需要來點紅茶(咖啡)呢？

紅茶(コーヒー)はいかがですか？

ko.o.cha(ko.o.hi.i)wa.i.ka.ga.de.su.ka

3 請問有什麼果汁？

どんなジュースがありますか？

do.n.na.ju.u.su.ga.a.ri.ma.su.ka

果汁有柳橙汁、蘋果汁以及番茄汁。

ジュースはオレンジジュース、アップルジュースとトマトジュースがあります。

ju.u.su.wa.o.re.n.ji.ju.u.su、a.p.pu.ru.ju.u.su.to.to.ma.to.ju.u.su.ga.a.ri.ma.su

4 請給我可樂。

コーラをください。

ko.o.ra.o.ku.da.sa.i

5 麻煩請你給我紅酒。

赤ワインをお願いします。

a.ka.wa.i.n.o.o.ne.ga.i.shi.ma.su

6 不了，我不需要。

いいえ、結構です。

i.i.e、ke.k.ko.o.de.su

會話

可以給我咖啡嗎？
コーヒーをいただけますか？
ko.o.hi.i.o.i.ta.da.ke.ma.su.ka

需要砂糖和牛奶嗎？
砂糖(さとう)とミルクはいりますか？
sa.to.o.to.mi.ru.ku.wa.i.ri.ma.su.ka

好，兩個都要。
はい、両方(りょうほう)お願(ねが)いします。
ha.i、ryo.o.ho.o.o.ne.ga.i.shi.ma.su

飲料很燙，請小心。
お熱(あつ)いのでお気(き)をつけください。
o.a.tsu.i.no.de.o.ki.o.tsu.ke.ku.da.sa.i

飛機上提供的飲料

酒精飲料	啤酒	紅酒	威士忌
アルコール飲料(いんりょう) a.ru.ko.o.ru.i.n.ryo.o	ビール bi.i.ru	ワイン wa.i.n	ウィスキー wi.su.ki.i
日本酒 日本酒(にほんしゅ) ni.ho.n.shu	琴酒 ジン ji.n	伏特加 ウォッカ wo.k.ka	布蘭地 ブランデー bu.ra.n.de.e

非酒精飲料	果汁(柳橙、蘋果、番茄)		可樂
ノンアルコール飲料(いんりょう) no.n.a.ru.ko.o.ru.i.n.ryo.o	ジュース(オレンジ・アップル・トマト) ju.u.su(o.re.n.ji・a.p.pu.ru・to.ma.to)		コーラ ko.o.ra
雪碧 スプライト su.pu.ra.i.to	綠茶 緑茶(りょくちゃ) ryo.ku.cha	咖啡 コーヒー ko.o.hi.i	礦泉水 ミネラルウォーター mi.ne.ra.ru.wo.o.ta.a
紅茶 紅茶(こうちゃ) ko.o.cha	牛奶 ミルク mi.ru.ku		

※ 如果下飛機後有開車的乘客，要避免選擇酒精飲料哦。

※ 隨著各家航空公司以及航線的不同，菜單上提供的飲料也會不太一樣。

吸管	杯子	砂糖
ストロー su.to.ro.o	コップ ko.p.pu	砂糖(さとう) sa.to.o

入境審查

007

請出示您的護照和機票。

パスポートとチケットを見(み)せてください。
pa.su.po.o.to.to.chi.ke.t.to.o.mi.se.te.ku.da.sa.i

好，在這裡。

はい、これです。
ha.i、ko.re.de.su

詢問目的

是觀光嗎？

観光(かんこう)ですか？
ka.n.ko.o.de.su.ka

對。是觀光。

はい。観光(かんこう)です。
ha.i。ka.n.ko.o.de.su

詢問滯留時間

請問要待多久？

どのくらい滞在(たいざい)しますか？
do.no.ku.ra.i.ta.i.za.i.shi.ma.su.ka

2個月。

2ヶ月(にかげつ)です。
ni.ka.ge.tsu.de.su

詢問住宿地點

預定住在哪裡呢？

どこに宿泊(しゅくはく)の予定(よてい)ですか。
do.ko.ni.shu.ku.ha.ku.no.yo.te.i.de.su.ka

富士旅館。

富士旅館(ふじりょかん)です。
fu.ji.ryo.ka.n.de.su

對攜帶金額提出疑問

2個月只帶15萬日幣就夠了嗎？

2ヶ月間に１５万円で足りますか？

ni.ka.ge.tsu.ka.n.ni.ju.u.go.ma.n.e.n.de.ta.ri.ma.su.ka

除了現金以外，也準備了信用卡及提款卡。

現金以外、クレジットカードとキャッシュカードも用意しています。

ge.n.ki.n.i.ga.i、ku.re.ji.t.to.ka.a.do.to.kya.s.shu.ka.a.do.mo.yo.o.i.shi.te.i.ma.su

指紋及臉部攝影

我們需要進行指紋及臉部照片存檔。請遵照畫面的指示。

指紋採取と顔写真の撮影を行います。モニター画面の指示にお従いください。

shi.mo.n.sa.i.shu.to.ka.o.ja.shi.n.no.sa.tsu.e.i.o.o.ko.na.i.ma.su。mo.ni.ta.a.ga.me.n.no.shi.ji.ni.o.shi.ta.ga.i.ku.da.sa.i

請先將兩手食指放在這上面。

まず、両手の人差し指をここに置いてください。

ma.zu、ryo.o.te.no.hi.to.sa.shi.yu.bi.o.ko.ko.ni.o.i.te.ku.da.sa.i

再來是臉部照片，請看向鏡頭。

次は顔写真ですね。カメラを見てください。

tsu.gi.wa.ka.o.ja.shi.n.de.su.ne。ka.me.ra.o.mi.te.ku.da.sa.i

好的，這樣就可以了。

はい、これでいいです。

ha.i、ko.re.de.i.i.de.su

入境審查時會被問到的問題

這張照片是你本人嗎？
この写真はあなたですか。
ko.no.sha.shi.n.wa.a.na.ta.de.su.ka

※有時候可能會碰到入境審查官針對護照上的照片提出疑問，如果被問到，不要慌張，只要冷靜回答就可以了！

是的。 はい、そうです。 ha.i、so.o.de.su	現在比拍這張照片的時候瘦(胖)。 写真を撮ったときより、痩せ (太り) ました。 sha.shi.n.o.to.t.ta.to.ki.yo.ri、ya.se.(fu.to.ri).ma.shi.ta
換了髮型。 髪型が変わりました。 ka.mi.ga.ta.ga.ka.wa.ri.ma.shi.ta	有整過形。 美容整形を受けました。 bi.yo.o.se.i.ke.i.o.u.ke.ma.shi.ta

入境理由 **入国の理由** nyu.u.ko.ku.no.ri.yu.u	觀光 **観光** ka.n.ko.o	工作 **仕事** shi.go.to	留學 **留学** ryu.u.ga.ku
蜜月旅行 **新婚旅行** shi.n.ko.n.ryo.ko.o	打工度假 **ワーキングホリデー** wa.a.ki.n.gu.ho.ri.de.e	是來看朋友(親戚)的。 **友達(親戚)に会いに来ました。** to.mo.da.chi(shi.n.se.ki).ni.a.i.ni.ki.ma.shi.ta	

停留時間 **滞在時間** ta.i.za.i.ji.ka.n	三天兩夜 **二泊三日** ni.ha.ku.mi.k.ka	3天 **3日間** mi.k.ka.ka.n	一星期 **一週間** i.s.shu.u.ka.n
1個月 **1ヶ月** i.k.ka.ge.tsu	2個月 **2ヶ月** ni.ka.ge.tsu	半個月 **半月** ha.n.tsu.ki	1年 **1年** i.chi.ne.n

提領行李

♪ 009

1. 我的行李箱壞了。
   私のトランクが壊れています。
   wa.ta.shi.no.to.ra.n.ku.ga.ko.wa.re.te.i.ma.su
2. 我找不到我的行李。
   私の荷物が見つからないのですが。
   wa.ta.shi.no.ni.mo.tsu.ga.mi.tsu.ka.ra.na.i.no.de.su.ga

説明行李特徵

1	是藍色手提箱。	青（あお）のキャリーバッグです。 a.o.no.kya.ri.i.ba.g.gu.de.su
2	有繫上黃色和綠色的束帶。	黄色（きいろ）と緑（みどり）のベルトがしてあります。 ki.i.ro.to.mi.do.ri.no.be.ru.to.ga.shi.te.a.ri.ma.su
3	有貼很多貼紙。	シールがたくさん貼（は）ってあります。 shi.i.ru.ga.ta.ku.sa.n.ha.t.te.a.ri.ma.su

行李有狀況時

1	請開立遺失證明。	紛失証明書（ふんしつしょうめいしょ）を作成（さくせい）してください。 fu.n.shi.tsu.sho.o.me.i.sho.o.sa.ku.se.i.shi.te.ku.da.sa.i
2	如果找不到，可以賠償嗎？	見（み）つからなかったら、補償（ほしょう）してもらえますか。 mi.tsu.ka.ra.na.ka.t.ta.ra、ho.sho.o.shi.te.mo.ra.e.ma.su.ka
3	因爲想先把需要的東西準備起來，請問可以請款嗎？	とりあえず必要（ひつよう）なものを揃（そろ）えたいので、その代金（だいきん）をいただけますか？ to.ri.a.e.zu.hi.tsu.yo.o.na.mo.no.o.so.ro.e.ta.i.no.de、so.no.da.i.ki.n.o.i.ta.da.ke.ma.su.ka
4	找到的話，請送到這間飯店。	見（み）つかったら、このホテルに届（とど）けてください。 mi.tsu.ka.t.ta.ra、ko.no.ho.te.ru.ni.to.do.ke.te.ku.da.sa.i

會話①

請問要在哪裡領取行李？

手荷物受取場（てにもつうけとりば）はどこですか？

te.ni.mo.tsu.u.ke.to.ri.ba.wa.do.ko.de.su.ka

請告訴我您所搭乘的航空公司及班機代碼。

ご利用（りよう）した航空会社（こうくうかいしゃ）と便名（びんめい）を教（おし）えてください。

go.ri.yo.o.shi.ta.ko.o.ku.u.ka.i.sha.to.bi.n.me.i.o.o.shi.e.te.ku.da.sa.i

會話②

我的行李沒有出來。

私(わたし)の荷物(にもつ)が出(で)てきません。

wa.ta.shi.no.ni.mo.tsu.ga.de.te.ki.ma.se.n

請詢問那裡的窗口。

あちらの窓口(まどぐち)で聞(き)いてください。

a.chi.ra.no.ma.do.gu.chi.de.ki.i.te.ku.da.sa.i

會話③

這是行李托運單。

これが、荷物(にもつ)の預(あず)かり証(しょ)です。

ko.re.ga、ni.mo.tsu.no.a.zu.ka.ri.sho.de.su

現在幫你查詢，請稍等。

今(いま)、調(しら)べますので、少々(しょうしょう)お待(ま)ちください。

i.ma、shi.ra.be.ma.su.no.de、sho.o.sho.o.o.ma.chi.ku.da.sa.i

會話④

是什麼樣的行李呢？
有沒有什麼特徵？

どんな荷物(にもつ)ですか。特徴(とくちょう)はありますか。

do.n.na.ni.mo.tsu.de.su.ka。to.ku.cho.o.wa.a.ri.ma.su.ka

灰色的行李箱上有黃色的束帶及紅色的名牌。

グレーのスーツケースで黄色(きいろ)いケースベルトと赤(あか)い名札(なふだ)が付(つ)いています。

gu.re.e.no.su.u.tsu.ke.e.su.de.ki.i.ro.i.ke.e.su.be.ru.to.to.a.ka.i.na.fu.da.ga.tsu.i.te.i.ma.su

會話⑤

找到的話，請聯絡這支電話號碼。

見(み)つかったら、この電話番号(でんわばんごう)に連絡(れんらく)してください。

mi.tsu.ka.t.ta.ra、ko.no.de.n.wa.ba.n.go.o.ni.re.n.ra.ku.shi.te.ku.da.sa.i

知道了。

かしこまりました。

ka.shi.ko.ma.ri.ma.shi.ta

一找到就馬上和您聯絡。

見つかり次第、すぐにご連絡をさしあげます。
mi.tsu.ka.ri.shi.da.i、su.gu.ni.go.re.n.ra.ku.o.sa.shi.a.ge.ma.su

行李的相關單字 010

行李箱的種類 種類 shu.ru.i	行李箱 スーツケース su.u.tsu.ke.e.su	手提箱 キャリーバッグ kya.ri.i.ba.g.gu	波士頓包 ボストンバッグ bo.su.to.n.ba.g.gu

行李箱的類型 タイプ ta.i.pu	軟殼 ソフト so.fu.to	硬殼 ハード ha.a.do	海關鎖 TSAロック ti.i.e.su.e.e.ro.k.ku
拉鍊式 ファスナー・ジッパー fa.su.na.a・ji.p.pa.a		可登機使用 機内持ち込み ki.na.i.mo.chi.ko.mi	附口袋 ポケット付き po.ke.t.to.tsu.ki

旅行用品 旅行用品 ryo.ko.o.yo.o.hi.n	束帶 ベルト be.ru.to	行李吊牌 名札ケース na.fu.da.ke.e.su	電子秤 デジタルスケール de.ji.ta.ru.su.ke.e.ru
防搶包 セキュリティケース se.kyu.ri.ti.ke.e.su	護頸枕 首枕 ku.bi.ma.ku.ra	眼罩 アイマスク a.i.ma.su.ku	護照夾 パスポートカバー pa.su.po.o.to.ka.ba.a

稅關

011

1 這個禁止攜帶。

これは持ち込み禁止です。
ko.re.wa.mo.chi.ko.mi.ki.n.shi.de.su

2 超過免稅的範圍。

免税枠を超えています。
me.n.ze.i.wa.ku.o.ko.e.te.i.ma.su

3 超過攜帶的限制。

持ち込み制限を超えています。

mo.chi.ko.mi.se.i.ge.n.o.ko.e.te.i.ma.su

4 需要提出申請。

申告が必要です。

shi.n.ko.ku.ga.hi.tsu.yo.o.de.su

詢問行李數

行李只有這個嗎？

荷物はこれだけですか。

ni.mo.tsu.wa.ko.re.da.ke.de.su.ka

是的，只有這個。

はい、これだけです。

ha.i、ko.re.da.ke.de.su

還有一個。

もう一つあります。

mo.o.hi.to.tsu.a.ri.ma.su

還有別批的行李。

別便で送るものがあります。

be.tsu.bi.n.de.o.ku.ru.mo.no.ga.a.ri.ma.su

有。這是海關申請書。

あります。これが税関申告書です。

a.ri.ma.su。ko.re.ga.ze.i.ka.n.shi.n.ko.ku.sho.de.su

機場大廳

1 請問廁所在哪裡？

トイレはどこですか？

to.i.re.wa.do.ko.de.su.ka

2 請問吸煙區在哪裡？

喫煙所はどこですか？

ki.tsu.e.n.jo.wa.do.ko.de.su.ka

3 請問哪裡可以打國際電話？

国際電話がかけられるところはどこですか？

ko.ku.sa.i.de.n.wa.ga.ka.ke.ra.re.ru.to.ko.ro.wa.do.ko.de.su.ka

4 請問餐廳在哪裡？

レストランはどこですか？

re.su.to.ra.n.wa.do.ko.de.su.ka

5 請問行李推車的收放處在哪裡？

カート置き場はどこですか？

ka.a.to.o.ki.ba.wa.do.ko.de.su.ka

6	請問哪裡可以換錢？	両替所はどこですか？ ryo.o.ga.e.jo.wa.do.ko.de.su.ka
7	請問銀行在哪裡？	銀行はどこですか？ gi.n.ko.o.wa.do.ko.de.su.ka
8	請問哪裡可以寄放行李？	荷物を預けられるところはどこですか？ ni.mo.tsu.o.a.zu.ke.ra.re.ru.to.ko.ro.wa.do.ko.de.su.ka
9	請問觀光詢問處在哪裡？	観光案内所はどこですか？ ka.n.ko.o.a.n.na.i.jo.wa.do.ko.de.su.ka
10	請問郵局在哪裡？	郵便局はどこですか？ yu.u.bi.n.kyo.ku.wa.do.ko.de.su.ka
11	請問這附近有沒有ATM？	この辺りにATMはありますか？ ko.no.a.ta.ri.ni.e.i.ti.i.e.mu.wa.a.ri.ma.su.ka
12	請問觀光詢問處營業到幾點？	観光案内所は何時までですか？ ka.n.ko.o.a.n.na.i.jo.wa.na.n.ji.ma.de.de.su.ka

詢問交通方式

1	請問搭計程車的地方在哪裡？	タクシー乗り場はどこですか？ ta.ku.shi.i.no.ri.ba.wa.do.ko.de.su.ka
2	請問可以在哪裡買到利木津巴士的車票呢？	リムジンバスのチケットはどこで買えますか？ ri.mu.ji.n.ba.su.no.chi.ke.t.to.wa.do.ko.de.ka.e.ma.su.ka
3	請問車站在哪裡呢？	駅はどこですか？ e.ki.wa.do.ko.de.su.ka
4	從機場到市區，搭公車和電車哪一個會比較快呢？	空港から市内まで行くのに、バスと電車のどちらが早くつきますか？ ku.u.ko.o.ka.ra.shi.na.i.ma.de.i.ku.no.ni、ba.su.to.de.n.sha.no.do.chi.ra.ga.ha.ya.ku.tsu.ki.ma.su.ka
5	請問從機場搭巴士到新宿大約需要多少時間？	空港から新宿までバスでどのぐらいかかりますか？ ku.u.ko.o.ka.ra.shi.n.ju.ku.ma.de.ba.su.de.do.no.gu.ra.i.ka.ka.ri.ma.su.ka

會話⑥

請問有免費的網路可以使用嗎？

無料インターネット接続することができますか？

mu.ryo.o.i.n.ta.a.ne.t.to.se.tsu.zo.ku.su.ru.ko.to.ga.de.ki.ma.su.ka

有的，航廈內有免費的無線網路可供使用。

はい、ターミナル全域で、無線LANを無料でご利用いただけます。

ha.i、ta.a.mi.na.ru.ze.n.i.ki.de、mu.se.n.ra.n.o.mu.ryo.o.de.go.ri.yo.o.i.ta.da.ke.ma.su

外幣兌換

1 我要換外幣。

両替をお願いします。

ryo.o.ga.e.o.o.ne.ga.i.shi.ma.su

2 請告訴我匯率。

交換レートを教えてください。

ko.o.ka.n.re.e.to.o.o.shi.e.te.ku.da.sa.i

3 請問手續費是多少？

手数料はいくらですか。

te.su.u.ryo.o.wa.i.ku.ra.de.su.ka

4 請幫我將台幣兌換成日幣。

台湾ドルを日本円に両替してもらえますか？

ta.i.wa.n.do.ru.o.ni.ho.n.e.n.ni.ryo.o.ga.e.shi.te.mo.ra.e.ma.su.ka

5 您想兌換成哪幾種幣別？

どんな種類のお金にしますか？

do.n.na.shu.ru.i.no.o.ka.ne.ni.shi.ma.su.ka

6 請將這一萬元的鈔票換成10張一千元。

この一万円札を千円札１０枚に替えてください。

ko.no.i.chi.ma.n.e.n.sa.tsu.o.se.n.e.n.sa.tsu.ju.u.ma.i.ni.ka.e.te.ku.da.sa.i

7 請給我3張一萬日幣及10張千元紙鈔。

一万円札３枚と千円札１０枚をお願いします。

i.chi.ma.n.e.n.sa.tsu.sa.n.ma.i.to.se.n.e.n.sa.tsu.ju.u.ma.i.o.o.ne.ga.i.shi.ma.su

會話⑦

麻煩請幫我換錢。

両替(りょうがえ)をお願(ねが)いします。
ryo.o.ga.e.o.o.ne.ga.i.shi.ma.su

是的，我知道了。

はい、かしこまりました。
ha.i、ka.shi.ko.ma.ri.ma.shi.ta

您想怎麼換呢？

どのように両替(りょうがえ)しますか？
do.no.yo.o.ni.ryo.o.ga.e.shi.ma.su.ka

請全部都兌換成千元紙鈔。

全部千円札(ぜんぶせんえんさつ)でお願(ねが)いします。
ze.n.bu.se.n.e.n.sa.tsu.de.o.ne.ga.i.shi.ma.su

好的，在這。請確認。

はい、こちらになります。お確(たし)かめください。
ha.i、ko.chi.ra.ni.na.ri.ma.su。o.ta.shi.ka.me.ku.da.sa.i

會話⑧

好像算錯了。

計算(けいさん)が間違(まちが)っているようなのですが。
ke.i.sa.n.ga.ma.chi.ga.t.te.i.ru.yo.o.na.no.de.su.ga

有少嗎？

少(すく)ないですか？
su.ku.na.i.de.su.ka

請再確認一次。

もう一度(いちど)、確認(かくにん)してください。
mo.o.i.chi.do、ka.ku.ni.n.shi.te.ku.da.sa.i

眞的很抱歉。

大変失礼(たいへんしつれい)しました。
ta.i.he.n.shi.tsu.re.i.shi.ma.shi.ta

會話⑨

請問收旅行支票嗎？

トラベラーズチェックは扱(あつか)ってますか?
to.ra.be.ra.a.zu.che.k.ku.wa.a.tsu.ka.t.te.ma.su.ka

是的，有收。

はい、扱(あつか)っております。
ha.i、a.tsu.ka.t.te.o.ri.ma.su

出了機場要換日幣很困難？

在日本，許多銀行並未接受直接由新台幣兌換日幣的服務。因此，如有兌換日幣的需求，請儘量在機場內兌換完畢，或是攜帶少許美金在身上以備不時之需。但最好還是於出發前在台灣的銀行兌換，匯率及手續費通常都比在日本當地換來得划算。

詢問交通方式

1	請問要怎麼到東京市區？	東京都内にはどうやって行ったらいいのですか？ to.o.kyo.o.to.na.i.ni.wa.do.o.ya.t.te.i.t.ta.ra.i.i.no.de.su.ka

指引方向

1	車站要往下走。	駅は地下にございます。 e.ki.wa.chi.ka.ni.go.za.i.ma.su
2	巴士的乘車處在那裡。	バスの乗り場はあちらです。 ba.su.no.no.ri.ba.wa.a.chi.ra.de.su
3	若是搭計程車，乘車處在那裡。	タクシーをご利用の場合は、あちらがタクシー乗り場となっております。 ta.ku.shi.i.o.go.ri.yo.o.no.ba.a.i.wa、a.chi.ra.ga.ta.ku.shi.i.no.ri.ba.to.na.t.te.o.ri.ma.su
4	乘車處在那裡。直走就到了。	乗り場はそちらです。まっすぐ行ったらあります。 no.ri.ba.wa.so.chi.ra.de.su。ma.s.su.gu.i.t.ta.ra.a.ri.ma.su

其他問題

1	請告訴我比較便宜的方法。	安く行ける方法を教えてください。 ya.su.ku.i.ke.ru.ho.o.ho.o.o.o.shi.e.te.ku.da.sa.i
2	我希望轉乘可以少一點。	乗換えを少なくしたいのですが。 no.ri.ka.e.o.su.ku.na.ku.shi.ta.i.no.de.su.ga

會話①

 請告訴我最快的方法。

一番早く行ける方法を教えてください。
i.chi.ba.n.ha.ya.ku.i.ke.ru.ho.o.ho.o.o.o.shi.e.te.ku.da.sa.i

 走這個路線就可以了。

この路線を利用するといいですよ。
ko.no.ro.se.n.o.ri.yo.o.su.ru.to.i.i.de.su.yo

 可以請你幫我描出路線嗎？

路線をペンでなぞってもらえませんか？
ro.se.n.o.pe.n.de.na.zo.t.te.mo.ra.e.ma.se.n.ka

 好。我用紅筆幫你作記號。

はい。赤いペンで印を付けておきます。
ha.i。a.ka.i.pe.n.de.shi.ru.shi.o.tsu.ke.te.o.ki.ma.su

回國，到機場進行報到手續

012

 1 請問日本航空的櫃台在哪裡？

日本航空のカウンターはどこですか？
ni.ho.n.ko.o.ku.u.no.ka.u.n.ta.a.wa.do.ko.de.su.ka

 2 該到哪裡辦理搭乘手續呢？

どこで搭乗手続きをすればいいのですか。
do.ko.de.to.o.jo.o.te.tsu.zu.ki.o.su.re.ba.i.i.no.de.su.ka

會話②

 請問幾點開始劃位？

チェックインは何時からですか?
che.k.ku.i.n.wa.na.n.ji.ka.ra.de.su.ka

 麻煩請出發時間前兩小時劃位。

出発時刻の2時間前にはチェックインをお願いします。
shu.p.pa.tsu.ji.ko.ku.no.ni.ji.ka.n.ma.e.ni.wa.che.k.ku.i.n.o.o.ne.ga.i.shi.ma.su

會話③

我想劃位。

チェックインをお願いします。

che.k.ku.i.n.o.o.ne.ga.i.shi.ma.su

好的。請給我看您的護照及機票。

かしこまりました。パスポートと航空券をお見せください。

ka.shi.ko.ma.ri.ma.shi.ta。pa.su.po.o.to.to.ko.o.ku.u.ke.n.o.o.mi.se.ku.da.sa.i

好的，請。

はい、どうぞ。

ha.i、do.o.zo

選擇座位

請問您想要靠窗還是靠走道的座位呢？

席は窓側と通路側のどちらがご希望でしょうか？

se.ki.wa.ma.do.ga.wa.to.tsu.u.ro.ga.wa.no.do.chi.ra.ga.go.ki.bo.o.de.sho.o.ka

我想要靠前面（後面）的座位。

前方(後方)の席がいいのですが。

ze.n.po.o(ko.o.ho.o).no.se.ki.ga.i.i.no.de.su.ga

請給我靠走道的座位。

通路側の席をお願いします。

tsu.u.ro.ga.wa.no.se.ki.o.o.ne.ga.i.shi.ma.su

麻煩請劃靠走道的位置。

通路側をお願いします。

tsu.u.ro.ga.wa.o.o.ne.ga.i.shi.ma.su

哪邊都可以。

どちらでもいいです。

do.chi.ra.de.mo.i.i.de.su

對座位的其他要求

可以3人並排坐嗎？

3人並んで座れますか？

sa.n.ni.n.na.ra.n.de.su.wa.re.ma.su.ka

我們有6個人，請儘量排近一點的座位。

6人なのですが、なるべく近い席にしてください。

ro.ku.ni.n.na.no.de.su.ga、na.ru.be.ku.chi.ka.i.se.ki.ni.shi.te.ku.da.sa.i

請幫我劃在我朋友隔壁的位置。 友達と隣同士の席にしてください。
to.mo.da.chi.to.to.na.ri.do.o.shi.no.se.ki.ni.shi.te.ku.da.sa.i

我知道了。 かしこまりました。
ka.shi.ko.ma.ri.ma.shi.ta

我知道了。 承知しました。
sho.o.chi.shi.ma.shi.ta

我會儘量符合您的要求。 なるべくご希望にそえるようにいたします。
na.ru.be.ku.go.ki.bo.o.ni.so.e.ru.yo.o.ni.i.ta.shi.ma.su

會話④

請問要選擇靠走道還是靠窗的座位呢？ 通路側ですか？それとも窓側にしますか？
tsu.u.ro.ga.wa.de.su.ka? so.re.to.mo.ma.do.ga.wa.ni.shi.ma.su.ka

麻煩請劃靠窗的位置。 座席は窓側をお願いします。
za.se.ki.wa.ma.do.ga.wa.o.o.ne.ga.i.shi.ma.su

很抱歉，靠窗的位置剛好都滿了。 申し訳ございません。あいにく窓側は満席です。
mo.o.shi.wa.ke.go.za.i.ma.se.n。a.i.ni.ku.ma.do.ga.wa.wa.ma.n.se.ki.de.su

確認登機門

這是您的登機證。 こちらが搭乗券になります。
ko.chi.ra.ga.to.o.jo.o.ke.n.ni.na.ri.ma.su

請問登機門是幾號呢？ 搭乗ゲートは何番ですか？
to.o.jo.o.ge.e.to.wa.na.n.ba.n.de.su.ka

和登機時間一起寫在登機證上。 搭乗券のここに搭乗時刻と一緒に書いてあります。
to.o.jo.o.ke.n.no.ko.ko.ni.to.o.jo.o.ji.ko.ku.to.i.s.sho.ni.ka.i.te.a.ri.ma.su

我知道了。 分かりました。
wa.ka.ri.ma.shi.ta

請於登機時間前30分到登機門。

搭乗時刻の３０分前にはゲートにお越しください。

to.o.jo.o.ji.ko.ku.no.sa.n.ju.u.pu.n.ma.e.ni.wa.ge.e.to.ni.o.ko.shi.ku.da.sa.i

托運行李

1 請問需要拖運的行李有幾件呢？

預けるお荷物はいくつですか？

a.zu.ke.ru.o.ni.mo.tsu.wa.i.ku.tsu.de.su.ka

2 請問行李箱內是否有易碎品或其他貴重物品？

割れ物や貴重品などはスーツケースの中に入っていますか？

wa.re.mo.no.ya.ki.cho.o.hi.n.na.do.wa.su.u.tsu.ke.e.su.no.na.ka.ni.ha.i.t.te.i.ma.su.ka

3 請再次確認這個清單。行李箱裡是否有禁止攜帶的物品或是易燃物？

もう一度こちらのリストをご確認ください。禁止されたものや可燃性のものはバックの中にありますか？

mo.o.i.chi.do.ko.chi.ra.no.ri.su.to.o.go.ka.ku.ni.n.ku.da.sa.i。ki.n.shi.sa.re.ta.mo.no.ya.ka.ne.n.se.i.no.mo.no.wa.ba.k.ku.no.na.ka.ni.a.ri.ma.su.ka

行李相關疑問

請問這個可以帶到飛機上嗎？

これは機内に持ち込めますか？

ko.re.wa.ki.na.i.ni.mo.chi.ko.me.ma.su.ka

請問這個大小的包包可以帶上飛機嗎？

この大きさのバッグは機内に持ち込めますか？

ko.no.o.o.ki.sa.no.ba.g.gu.wa.ki.na.i.ni.mo.chi.ko.me.ma.su.ka

是的，沒問題。

はい、大丈夫ですよ。

ha.i、da.i.jo.o.bu.de.su.yo

這個無法帶到飛機上。

これは持ち込めません。

ko.re.wa.mo.chi.ko.me.ma.se.n

行李超重時

您的行李已經超出規定的重量了。必須支付額外的費用。

荷物が規定重量を超えています。追加費用が発生します。

ni.mo.tsu.ga.ki.te.i.ju.u.ryo.o.o.ko.e.te.i.ma.su。tsu.i.ka.hi.yo.o.ga.ha.s.se.i.shi.ma.su

請問額外的費用該如何支付？

追加費用はどのようにして支払えばいいでしょうか？

tsu.i.ka.hi.yo.o.wa.do.no.yo.o.ni.shi.te.shi.ha.ra.e.ba.i.i.de.sho.o.ka

您可以使用現金或是信用卡來支付。

現金とクレジットカードでの支払いが可能です。

ge.n.ki.n.to.ku.re.ji.t.to.ka.a.do.de.no.shi.ha.ra.i.ga.ka.no.o.de.su

狀況①：好像快趕不上飛機時… ♪013

※準備搭機返國時，有時候會發生一些突發狀況，如果發現好像有點趕不上飛機，請趕緊撥電話到搭乘的航空公司櫃台或是機票上的電話號碼詢問。

打電話給航空公司

不好意思。
我預定要搭乘JL99航班，請問已經開始登機了嗎？

すみません。JL99便に乗る予定ですが、搭乗時間は、すでに始まっていますか？

su.mi.ma.se.n。je.e.e.ru.kyu.u.ju.u.kyu.u.bi.n.ni.no.ru.yo.te.i.de.su.ga、to.o.jo.o.ji.ka.n.wa、su.de.ni.ha.ji.ma.t.te.i.ma.su.ka

是的，已經開始了。

はい、すでに始まっています。

ha.i、su.de.ni.ha.ji.ma.t.te.i.ma.su

請問您現在在哪裡呢？

お客様は今どちらでしょうか？

o.kya.ku.sa.ma.wa.i.ma.do.chi.ra.de.sho.o.ka

我還在前往機場的途中。

まだ空港に向かっている途中です。

ma.da.ku.u.ko.o.ni.mu.ka.t.te.i.ru.to.chu.u.de.su

請問還需要多久時間可以抵達機場？

あとどれぐらいで空港へ到着ですか？

a.to.do.re.gu.ra.i.de.ku.u.ko.o.e.to.o.cha.ku.de.su.ka

我想15分鐘內可以抵達。

あと15分で到着できると思います。

a.to.ju.u.go.fu.n.de.to.o.cha.ku.de.ki.ru.to.o.mo.i.ma.su

我無法向您保證，但請您抵達後到劃位櫃檯詢問看看。

保証できませんが、着いたら空港のチェックインカウンターに行ってみてください。

ho.sho.o.de.ki.ma.se.n.ga、tsu.i.ta.ra.ku.u.ko.o.no.che.k.ku.i.n.ka.u.n.ta.a.ni.i.t.te.mi.te.ku.da.sa.i

劃位櫃檯前

不好意思，我們已經關櫃了。沒有在40分鐘前完成登機手續就無法登機。

カウンターはもうクローズです。40分前までにチェックインしないと無理です。

ka.u.n.ta.a.wa.mo.o.ku.ro.o.zu.de.su。yo.n.ju.p.pu.n.ma.e.ma.de.ni.che.k.ku.i.n.shi.na.i.to.mu.ri.de.su

要到明天才有往台北的班機。

台北行きの便は明日までありません。

ta.i.pe.i.yu.ki.no.bi.n.wa.a.shi.ta.ma.de.a.ri.ma.se.n

我們已經為您做好搭乘的準備，但是因為已經沒有時間了，請您用跑的到登機門。

お客様がご搭乗できるように準備を進めていますが、時間がないので、搭乗ゲートまで走ってください。

o.kya.ku.sa.ma.ga.go.to.o.jo.o.de.ki.ru.yo.o.ni.ju.n.bi.o.su.su.me.te.i.ma.su.ga、ji.ka.n.ga.na.i.no.de、to.o.jo.o.ge.e.to.ma.de.ha.shi.t.te.ku.da.sa.i

狀況②：已經趕不上飛機時… ♪014

※準備搭機返國時，有時候會發生一些突發狀況，如果發現已經完全趕不上飛機，記得趕緊洽詢搭乘的航空公司櫃台，或是詢問機票上的電話號碼。

詢問劃位櫃檯

1 請問可以換到下一班班機嗎？

この次の便に変更していただくことはかのうでしょうか？

ko.no.tsu.gi.no.bi.n.ni.he.n.ko.o.shi.te.i.ta.da.ku.ko.to.wa.ka.no.o.de.sho.o.ka

2 之後的班機中，最便宜的是哪一班？

次のフライトの中で、一番安いのはどれですか？

tsu.gi.no.fu.ra.i.to.no.na.ka.de、i.chi.ba.n.ya.su.i.no.wa.do.re.de.su.ka

劃位櫃檯前

不好意思。我記錯了時間，結果沒有搭上飛機。請問可以改搭別班飛機嗎？

すみません。時間を間違えて、飛行機に乗り遅れました。他の便に振替えることができますか？

su.mi.ma.se.n。ji.ka.n.o.ma.chi.ga.e.te、hi.ko.o.ki.ni.no.ri.o.ku.re.ma.shi.ta。ho.ka.no.bi.n.ni.fu.ri.ka.e.ru.ko.to.ga.de.ki.ma.su.ka

由於您購買的是優惠票，沒有辦法更改。須要另外購買一張機票。

お客様がお持ちなのは格安チケットなので変更できません。別に航空券を買い直す必要があります。

o.kya.ku.sa.ma.ga.o.mo.chi.na.no.wa.ka.ku.ya.su.chi.ke.t.to.na.no.de.he.n.ko.o.de.ki.ma.se.n。be.tsu.ni.ko.o.ku.u.ke.n.o.ka.i.na.o.su.hi.tsu.yo.o.ga.a.ri.ma.su

下一班飛機還有空位，要不要換搭那一班？

次の便にまだ空席があるので、その便に振替えなさいますか？

tsu.gi.no.bi.n.ni.ma.da.ku.u.se.ki.ga.a.ru.no.de、so.no.bi.n.ni.fu.ri.ka.e.na.sa.i.ma.su.ka

可以幫您換到下一班飛機，但是需要酌收手續費。

次の便に変更することは出来ますが、手数料が必要となります。

tsu.gi.no.bi.n.ni.he.n.ko.o.su.ru.ko.to.wa.de.ki.ma.su.ga、te.su.u.ryo.o.ga.hi.tsu.yo.o.to.na.ri.ma.su

剛剛那一班是今天最後一班飛台北的班機。下一班是明天早上7點10分出發。

さっきの便は本日台北行きの最終便です。次の便は明日朝7時10分発です。

sa.k.ki.no.bi.n.wa.ho.n.ji.tsu.ta.i.pe.i.yu.ki.no.sa.i.shu.u.bi.n.de.su。tsu.gi.no.bi.n.wa.a.shi.ta.a.sa.shi.chi.ji.ju.p.pu.n.ha.tsu.de.su

2 搭乘計程車

詢問路人

♪ 015

這裡是排隊搭乘計程車的最尾端嗎？

ここがタクシー乗り場の列の最後尾ですか。

ko.ko.ga.ta.ku.shi.i.no.ri.ba.no.re.tsu.no.sa.i.ko.o.bi.de.su.ka

是的。

はい、そうです。

ha.i、so.o.de.su

不，我沒有在排隊。

いいえ、私は並んでません。

i.i.e、wa.ta.shi.wa.na.ra.n.de.ma.se.n

我想站在那裡的那個人是隊伍的最尾端。

あそこに立っている人が列の最後だと思います。

a.so.ko.ni.ta.t.te.i.ru.hi.to.ga.re.tsu.no.sa.i.go.da.to.o.mo.i.ma.su

計程車搭乘處

請問乘坐計程車的地方在哪裡？

タクシー乗り場はどこですか。

ta.ku.shi.i.no.ri.ba.wa.do.ko.de.su.ka

在車站的北口。

駅の北口にありますよ。

e.ki.no.ki.ta.gu.chi.ni.a.ri.ma.su.yo

打電話叫計程車

喂，我想請您派車。

もしもし。配車をお願いしたいのですが。

mo.shi.mo.shi。ha.i.sha.o.o.ne.ga.i.shi.ta.i.no.de.su.ga

感謝您。請問您的姓名是？

ありがとうございます。お名前を伺ってもよろしいでしょうか。

a.ri.ga.to.o.go.za.i.ma.su。o.na.ma.e.o.u.ka.ga.t.te.mo.yo.ro.shi.i.de.sho.o.ka

我姓李。

李と申します。

ri.to.mo.o.shi.ma.su

指定派車地點

請問要派去哪裡呢？

どちらに配車いたしましょうか？

do.chi.ra.ni.ha.i.sha.i.ta.shi.ma.sho.o.ka

請到淺草的雷門前。

浅草の雷門前まで来てください。

a.sa.ku.sa.no.ka.mi.na.ri.mo.n.ma.e.ma.de.ki.te.ku.da.sa.i

我知道了。大約10分鐘。

かしこまりました。10分ほどで伺います。

ka.shi.ko.ma.ri.ma.shi.ta。ju.u.pu.n.ho.do.de.u.ka.ga.i.ma.su

麻煩您。

よろしくお願いします。

yo.ro.shi.ku.o.ne.ga.i.shi.ma.su

計程車的標示 ♪016

※ 沒有客人乘坐的計程車，在前窗玻璃會放置「空車(ku.u.sha)」的標誌。招車時邊注意往來車輛邊在走道上舉手，表示乘車的意願。

有乘客	已被預約	付錢	回到車庫、無法乘坐
賃走	迎車	支払	回送
chi.n.so.o	ge.i.sha	shi.ha.ra.i	ka.i.so.o

上車時

♪017

不好意思。
我想把行李放進後車廂。

すみません。荷物をトランクに入れて欲しいのですが。

su.mi.ma.se.n。ni.mo.tsu.o.to.ra.n.ku.ni.i.re.te.ho.shi.i.no.de.su.ga

我知道了。

かしこまりました。

ka.shi.ko.ma.ri.ma.shi.ta

計程車上車須知

日本的計程車和台灣不同，不能在路上看到就隨招隨停，必須到計程車專用的停車、上車地點才可以載客。除了計程車招呼站之外， 一般道路上也會有可以上車的區塊，通常會塗上跟馬路不一樣的顏色。

告知目的地

麻煩到東京鐵塔。

東京タワーまでお願いします。

to.o.kyo.o.ta.wa.a.ma.de.o.ne.ga.i.shi.ma.su

好的。

かしこまりました。

ka.shi.ko.ma.ri.ma.shi.ta

詢問花費時間

大約要花多久時間？

時間はどれくらいかかりますか？

ji.ka.n.wa.do.re.ku.ra.i.ka.ka.ri.ma.su.ka

15分鐘左右就會到了哦！

１５分くらいで行けますよ。

ju.u.go.fu.n.ku.ra.i.de.i.ke.ma.su.yo

因爲在塞車，所以可能會花30分鐘以上。

渋滞しているので、３０分以上かかるかもしれませんね。

ju.u.ta.i.shi.te.i.ru.no.de、sa.n.ju.p.pu.n.i.jo.o.ka.ka.ru.ka.mo.shi.re.ma.se.n.ne

詢問車資

大約要花多少錢呢？

いくらくらいかかりますか？

i.ku.ra.ku.ra.i.ka.ka.ri.ma.su.ka

大約1200日圓。

1200円くらいですね。

se.n.ni.hya.ku.e.n.ku.ra.i.de.su.ne

時間花得愈多，費用就會愈高哦。

時間がかかると、その分料金が高くなってしまいますよ。

ji.ka.n.ga.ka.ka.ru.to、so.no.bu.n.ryo.o.ki.n.ga.ta.ka.ku.na.t.te.shi.ma.i.ma.su.yo

用地圖指出目的地

麻煩請到一間叫魚辰的壽司店。

魚辰という、お寿司屋さんまでお願いします。

u.o.ta.tsu.to.i.u、o.su.shi.ya.sa.n.ma.de.o.ne.ga.i.shi.ma.su

我不太知道耶。請問有地圖嗎？

ちょっと分からないですね。地図はありますか？

cho.t.to.wa.ka.ra.na.i.de.su.ne。chi.zu.wa.a.ri.ma.su.ka

在這裡。

ここです。

ko.ko.de.su

雖然沒有地圖，但有抄地址。

地図はないですが、住所のメモがあります。

chi.zu.wa.na.i.de.su.ga、ju.u.sho.no.me.mo.ga.a.ri.ma.su

好，是這裡吧。我知道了。

はい、ここですね。分かりました。

ha.i、ko.ko.de.su.ne。wa.ka.ri.ma.shi.ta

日本計程車的車門會自己打開！？

在日本，計程車的駕駛座後方(左側)車門是由司機操作開關門，所以搭乘時請不要任意開關車門哦！

和司機提出要求

1 有點不太舒服，可以請您開窗戶嗎？

気分が悪いので、窓を開けてもらってもいいですか？

ki.bu.n.ga.wa.ru.i.no.de、ma.do.o.a.ke.te.mo.ra.t.te.mo.i.i.de.su.ka

2 還是很不舒服，可以請您停車嗎？

気分が良くならないので、止めてもらっていいですか？

ki.bu.n.ga.yo.ku.na.ra.na.i.no.de、to.me.te.mo.ra.t.te.i.i.de.su.ka

3 希望開快一點。

なるべく急いでください。
na.ru.be.ku.i.so.i.de.ku.da.sa.i

4 因爲很容易暈車，請不要急踩煞車。

酔いやすいので、急ブレーキをかけないでください。
yo.i.ya.su.i.no.de、kyu.u.bu.re.e.ki.o.ka.ke.na.i.de.ku.da.sa.i

會話①

冷氣有點冷。

冷房がきついのですが。
re.i.bo.o.ga.ki.tsu.i.no.de.su.ga

很抱歉。要關掉嗎？

すみません。切りましょうか。
su.mi.ma.se.n。ki.ri.ma.sho.o.ka

好，麻煩了。

はい、お願いします。
ha.i、o.ne.ga.i.shi.ma.su

好的。您還好嗎？

はい。大丈夫ですか。
ha.i。da.i.jo.o.bu.de.su.ka

還好。有比較好了。

大丈夫です。少し楽になりました。
da.i.jo.o.bu.de.su。su.ko.shi.ra.ku.ni.na.ri.ma.shi.ta

向司機指示位置

1 請到這個地址。

この住所のところまで行ってください。
ko.no.ju.u.sho.no.to.ko.ro.ma.de.i.t.te.ku.da.sa.i

2 請直走。

まっすぐ行ってください。
ma.s.su.gu.i.t.te.ku.da.sa.i

3 請在下一個紅綠燈右轉。

次の信号を右に曲がってください。
tsu.gi.no.shi.n.go.o.o.mi.gi.ni.ma.ga.t.te.ku.da.sa.i

4 請在那個銀行的轉角處左轉。

あの銀行の角を左に曲がってください。
a.no.gi.n.ko.o.no.ka.do.o.hi.da.ri.ni.ma.ga.t.te.ku.da.sa.i

會話②

請在那個公園的前面讓我下車。

あの公園の手前で降ろしてください。

a.no.ko.o.e.n.no.te.ma.e.de.o.ro.shi.te.ku.da.sa.i

我知道了。

かしこまりました。

ka.shi.ko.ma.ri.ma.shi.ta

抵達目的地

客人，到了。

お客さん、着きましたよ。

o.kya.ku.sa.n、tsu.ki.ma.shi.ta.yo

多少錢？

いくらですか。

i.ku.ra.de.su.ka

3450日圓。

3450円になります。

sa.n.ze.n.yo.n.hya.ku.go.ju.u.e.n.ni.na.ri.ma.su

有點貴。
爲什麼有增加費用呢？

少し高いですが、この割増料金はなんですか。

su.ko.shi.ta.ka.i.de.su.ga、ko.no.wa.ri.ma.shi.ryo.o.ki.n.wa.na.n.de.su.ka

是叫車的費用。

迎車料金になります。

ge.i.sha.ryo.o.ki.n.ni.na.ri.ma.su

原來如此。我知道了。
來，請收下。

そうですか。わかりました。はい、どうぞ。

so.o.de.su.ka。wa.ka.ri.ma.shi.ta。ha.i、do.o.zo

謝謝您。這是找您的錢。

ありがとうございます。こちらがお釣りになります。

a.ri.ga.to.o.go.za.i.ma.su。ko.chi.ra.ga.o.tsu.ri.ni.na.ri.ma.su

請給我收據。

レシートをください。

re.shi.i.to.o.ku.da.sa.i

好的，請收下。

はい、どうぞ。

ha.i、do.o.zo

下車時

麻煩開一下後車廂。
トランクを開(あ)けてください。
to.ra.n.ku.o.a.ke.te.ku.da.sa.i

我知道了。有沒有遺忘的東西？
かしこまりました。お忘(わす)れ物(もの)はありませんか。
ka.shi.ko.ma.ri.ma.shi.ta。o.wa.su.re.mo.no.wa.a.ri.ma.se.n.ka

沒有。謝謝。
大丈夫(だいじょうぶ)です。ありがとうございました。
da.i.jo.o.bu.de.su。a.ri.ga.to.o.go.za.i.ma.shi.ta

請小心。
お気(き)をつけください。
o.ki.o.tsu.ke.ku.da.sa.i

什麼是「迎車料金」？

計程車公司會要求乘客負擔計程車從總站發車至乘客指定地點間的運費。

若超過2公里會加收運費630日圓(各公司可能有所不同)。若乘客指定地點距離總站2公里以內，即使乘車後超過2公里也不會加收此項費用。

另外，搭乘計程車的時候，記得要向司機索取收據哦！如果不小心把東西忘在計程車上，可以聯絡收據上計程車公司的電話號碼。

指示方向 ♪018

方向	前面	後面	請停車
方向(ほうこう) ho.o.ko.o	前(まえ)です ma.e.de.su	後(うしろ)です u.shi.ro.de.su	止(と)まってください to.ma.t.te.ku.da.sa.i

請左轉	請右轉
左(ひだり)に曲(ま)がってください hi.da.ri.ni.ma.ga.t.te.ku.da.sa.i	右(みぎ)に曲(ま)がってください mi.gi.ni.ma.ga.t.te.ku.da.sa.i
請直走	**請轉彎**
まっすぐ行(い)ってください ma.s.su.gu.i.t.te.ku.da.sa.i	曲(ま)がってください ma.ga.t.te.ku.da.sa.i

3 搭乘公車、巴士

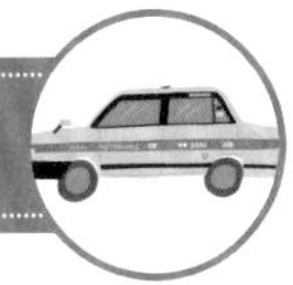

公車站

019

不好意思。請問巴士乘車處在哪裡？

すみません。バス乗り場はどこでしょうか。

su.mi.ma.se.n。ba.su.no.ri.ba.wa.do.ko.de.sho.o.ka

往前走一點的郵局前是最近的一站喔！

少し行った先の郵便局前が一番近いですよ。

su.ko.shi.i.t.ta.sa.ki.no.yu.u.bi.n.kyo.ku.ma.e.ga.i.chi.ba.n.chi.ka.i.de.su.yo

在剪票口前

不好意思。請問巴士的總站在哪裡？

すみません。バスターミナルはどこですか。

su.mi.ma.se.n。ba.su.ta.a.mi.na.ru.wa.do.ko.de.su.ka

出了剪票口，在西口那邊。

改札を出て西口にあります。

ka.i.sa.tsu.o.de.te.ni.shi.gu.chi.ni.a.ri.ma.su

詢問路人

我想去東京巨蛋，請問該坐哪一班巴士呢？

東京ドームに行きたいのですが、どのバスに乗ればいいですか？

to.o.kyo.o.do.o.mu.ni.i.ki.ta.i.no.de.su.ga、do.no.ba.su.ni.no.re.ba.i.i.de.su.ka

在這個巴士站等的話，就會有往東京巨蛋的巴士。

このバス停で待っていれば、東京ドーム行きのバスが来ますよ。

ko.no.ba.su.te.i.de.ma.t.te.i.re.ba、to.o.kyo.o.do.o.mu.yu.ki.no.ba.su.ga.ki.ma.su.yo

不是這個巴士站，是在對面的3號乘車處。

このバス停じゃなくて、向こうの3番乗り場ですよ。

ko.no.ba.su.te.i.ja.na.ku.te、mu.ko.o.no.sa.n.ba.n.no.ri.ba.de.su.yo

這個總站沒有到東京巨蛋的巴士哦。

このターミナルからは東京ドーム行きのバスは出ませんよ。

ko.no.ta.a.mi.na.ru.ka.ra.wa.to.o.kyo.o.do.o.mu.yu.ki.no.ba.su.wa.de.ma.se.n.yo

詢問班次時間

巴士遲遲不來，請問是每隔幾分鐘一班呢？

なかなかバスが来ませんが、何分間隔で走っているのですか。

na.ka.na.ka.ba.su.ga.ki.ma.se.n.ga、na.n.pu.n.ka.n.ka.ku.de.ha.shi.t.te.i.ru.no.de.su.ka

通常都是大約15分鐘一班，還沒來呀。可能是塞車吧。

いつもはだいたい１５分間隔ですが、まだ来ませんね。渋滞しているのかもしれませんね。

i.tsu.mo.wa.da.i.ta.i.ju.u.go.fu.n.ka.n.ka.ku.de.su.ga、ma.da.ki.ma.se.n.ne。ju.u.ta.i.shi.te.i.ru.no.ka.mo.shi.re.ma.se.n.ne

乘車

不好意思。請問往澀谷車站可以坐這班巴士嗎？

すみません。渋谷駅行きはこのバスでいいですか。

su.mi.ma.se.n。shi.bu.ya.e.ki.yu.ki.wa.ko.no.ba.su.de.i.i.de.su.ka

是的。會到澀谷車站哦。

はい。渋谷駅に行きますよ。

ha.i。shi.bu.ya.e.ki.ni.i.ki.ma.su.yo

車資是先付嗎？

運賃は先に払うのですか？

u.n.chi.n.wa.sa.ki.ni.ha.ra.u.no.de.su.ka

先付。大人是200日圓。

先払いです。大人は200円です。

sa.ki.ba.ra.i.de.su。o.to.na.wa.ni.hya.ku.e.n.de.su

詢問司機

請問到築地的話，會停幾站呢？
築地までは、いくつバス停に停まりますか。
tsu.ki.ji.ma.de.wa、i.ku.tsu.ba.su.te.i.ni.to.ma.ri.ma.su.ka

7站。到了要我通知您嗎？
7つです。着いたら教えましょうか。
na.na.tsu.de.su。tsu.i.ta.ra.o.shi.e.ma.sho.o.ka

好的，麻煩你了。
はい、お願いします。
ha.i、o.ne.ga.i.shi.ma.su

向司機提出要求

到了品川水族館的話，可以請您告訴我嗎？
しながわ水族館に着いたら教えてもらえますか。
shi.na.ga.wa.su.i.zo.ku.ka.n.ni.tsu.i.ta.ra.o.shi.e.te.mo.ra.e.ma.su.ka

好的，我知道了。
はい、分かりました。
ha.i、wa.ka.ri.ma.shi.ta

準備按鈴下車 ♪020

※若廣播到要下車的站名，請按下車鈴。車內若很擁擠，無法順利移動到出口時，可以使用以下說法：

不好意思，我要下車。請借過。
すみません、降ります。通してください。
su.mi.ma.se.n、o.ri.ma.su。to.o.shi.te.ku.da.sa.i

節省荷包的票券 ♪021

※ 日本的公車票會根據不同的需求提供優惠票券，在日本選擇搭公車的時候，可以看看自己適合哪一種票券。

優惠票券	回數票	※一日暢遊券	※一日通
おトクなきっぷ	回数券	フリーきっぷ	一日乗車券
o.to.ku.na.ki.p.pu	ka.i.su.u.ke.n	fu.ri.i.ki.p.pu	i.chi.ni.chi.jo.o.sha.ke.n

※ フリーきっぷ：一天之內可無限次使用包含電車、巴士等交通工具。
※ 一日乗車券：可一日無限次搭乘巴士。

4

搭電車、新幹線

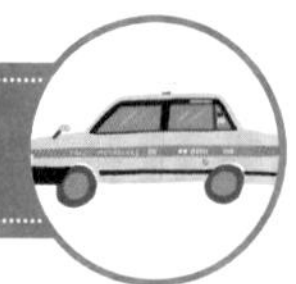

買票

022

不好意思。請問哪裡可以買到車票？

すみません。切符はどこで買えますか。

su.mi.ma.se.n。ki.p.pu.wa.do.ko.de.ka.e.ma.su.ka

那裡的售票機可以買到。

あそこにある券売機で買えます。

a.so.ko.ni.a.ru.ke.n.ba.i.ki.de.ka.e.ma.su

那邊的窗口可以買到。

向こうの窓口で買えます。

mu.ko.o.no.ma.do.gu.chi.de.ka.e.ma.su

售票機

請告訴我售票機的使用方法。

券売機の使い方を教えてください。

ke.n.ba.i.ki.no.tsu.ka.i.ka.ta.o.o.shi.e.te.ku.da.sa.i

在路線圖尋找欲前往的車站，然後將顯示的費用放到機器裡。選擇購買的人數及大人或小孩，再按壓金額鍵就可以買了。

路線図で行きたい駅を探して、そこに表示されている料金分の金額を入れます。買う人の人数と大人か子供かを選び、金額ボタンを押せば買えます。

ro.se.n.zu.de.i.ki.ta.i.e.ki.o.sa.ga.shi.te、so.ko.ni.hyo.o.ji.sa.re.te.i.ru.ryo.o.ki.n.bu.n.no.ki.n.ga.ku.o.i.re.ma.su。ka.u.hi.to.no.ni.n.zu.u.to.o.to.na.ka.ko.do.mo.ka.o.e.ra.bi、ki.n.ga.ku.bo.ta.n.o.o.se.ba.ka.e.ma.su

詢問車站路線

我想去新橋站，但我在路線圖上找不到。

新橋駅に行きたいのですが、路線図のどこにあるか探せません。

shi.n.ba.shi.e.ki.ni.i.ki.ta.i.no.de.su.ga、ro.se.n.zu.no.do.ko.ni.a.ru.ka.sa.ga.se.ma.se.n

您知道東京車站的位置嗎？

東京駅の位置が分かりますか。

to.o.kyo.o.e.ki.no.i.chi.ga.wa.ka.ri.ma.su.ka

是的，知道。

はい、分かります。

ha.i、wa.ka.ri.ma.su

 是東京車站下面的第二站。

東京駅から下に二つ目の駅です。
to.o.kyo.o.e.ki.ka.ra.shi.ta.ni.fu.ta.tsu.me.no.e.ki.de.su

 啊啊，找到了。

ああ、見つかりました。
a.a、mi.tsu.ka.ri.ma.shi.ta

 寫在車站名稱下面的金額是車資哦。

駅名の下に書いてある金額が運賃ですよ。
e.ki.me.i.no.shi.ta.ni.ka.i.te.a.ru.ki.n.ga.ku.ga.u.n.chi.n.de.su.yo

 謝謝。

ありがとうございました。
a.ri.ga.to.o.go.za.i.ma.shi.ta

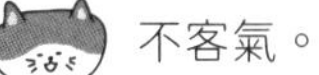 不客氣。

どういたしまして。
do.o.i.ta.shi.ma.shi.te

 購票上遇到狀況 ♪023

※ 如果附近沒有站務人員在，按壓售票機上的「よびだし(yo.bi.da.shi)呼叫」鈕，就會有站務人員爲您協助解決問題。

會話①

 我按錯鍵了。

ボタンを間違えて押してしまいました。
bo.ta.n.o.ma.chi.ga.e.te.o.shi.te.shi.ma.i.ma.shi.ta

 按壓「取消」鍵的話就可以重來。

「とりけし」ボタンを押せば、やり直せますよ。
「to.ri.ke.shi」.bo.ta.n.o.o.se.ba、ya.ri.na.o.se.ma.su.yo

會話②

 我買錯票了。請問可以退費嗎？

間違えて切符を買ってしまいました。払い戻しはできますか？
ma.chi.ga.e.te.ki.p.pu.o.ka.t.te.shi.ma.i.ma.shi.ta。ha.ra.i.mo.do.shi.wa.de.ki.ma.su.ka

 如果還沒過剪票口，可以退費哦。

改札を通る前なら、払い戻しができますよ。
ka.i.sa.tsu.o.to.o.ru.ma.e.na.ra、ha.ra.i.mo.do.shi.ga.de.ki.ma.su.yo

按下「呼叫鈕」後，站務人員的登場方式…？

日本的自動售票機操作容易，但是如果遇到問題，按下呼叫鈕後，站務人員會直接從售票機的後方打開窗口協助解決。至於爲什麼會選擇以這樣的方式出現？據說除了讓乘客能迅速得到解決，同時也可以立即確認是否需要多退少補。

在窗口購買

♪ 024

 我想買到仙台的車票。

仙台行きの切符が買いたいのですが。

se.n.da.i.yu.ki.no.ki.p.pu.ga.ka.i.ta.i.no.de.su.ga

 當日券可以嗎？

当日券でよろしいですか？

to.o.ji.tsu.ke.n.de.yo.ro.shi.i.de.su.ka

 好的，麻煩今日出發的車票。

はい。今日出発の切符をお願いします。

ha.i。kyo.o.shu.p.pa.tsu.no.ki.p.pu.o.o.ne.ga.i.shi.ma.su

不。麻煩明天出發的車票。

いいえ。明日出発する切符をお願いします。

i.i.e。a.shi.ta.shu.p.pa.tsu.su.ru.ki.p.pu.o.o.ne.ga.i.shi.ma.su

指定時間

請問有指定時間嗎？

時間の指定はありますか？

ji.ka.n.no.shi.te.i.wa.a.ri.ma.su.ka

麻煩愈早的列車愈好。

なるべく早く乗れる列車をお願いします。

na.ru.be.ku.ha.ya.ku.no.re.ru.re.s.sha.o.o.ne.ga.i.shi.ma.su

麻煩約下午2點出發的列車。

午後2時くらいに発車する列車をお願いします。

go.go.ni.ji.ku.ra.i.ni.ha.s.sha.su.ru.re.s.sha.o.o.ne.ga.i.shi.ma.su

麻煩1小時後出發的列車。

１時間後に発車する列車をお願いします。

i.chi.ji.ka.n.go.ni.ha.s.sha.su.ru.re.s.sha.o.o.ne.ga.i.shi.ma.su

麻煩於下午4點到達的列車。

午後４時に到着する列車をお願いします。

go.go.yo.ji.ni.to.o.cha.ku.su.ru.re.s.sha.o.o.ne.ga.i.shi.ma.su

單程？來回？

請問是單程嗎？還是來回呢？

片道になさいますか。往復になさいますか？

ka.ta.mi.chi.ni.na.sa.i.ma.su.ka。o.o.fu.ku.ni.na.sa.i.ma.su.ka

麻煩單程。

片道をお願いします。

ka.ta.mi.chi.o.o.ne.ga.i.shi.ma.su

選擇座位種類

請問是要自由座位還是指定座位？

自由席と指定席、どちらになさいますか？

ji.yu.u.se.ki.to.shi.te.i.se.ki、do.chi.ra.ni.na.sa.i.ma.su.ka

麻煩指定座位。

指定席をお願いします。

shi.te.i.se.ki.o.o.ne.ga.i.shi.ma.su

座位

 請問是要靠窗還是靠走道呢？

窓側と通路側どちらになさいますか？

ma.do.ga.wa.to.tsu.u.ro.ga.wa.do.chi.ra.ni.na.sa.i.ma.su.ka

 麻煩靠窗。

窓側をお願いします。

ma.do.ga.wa.o.o.ne.ga.i.shi.ma.su

其他要求

 請問有其他要求嗎？

何か他のご希望はございますか？

na.ni.ka.ho.ka.no.go.ki.bo.o.wa.go.za.i.ma.su.ka

 希望可以是靠近廁所的車廂。

トイレに近い車両がいいです。

to.i.re.ni.chi.ka.i.sha.ryo.o.ga.i.i.de.su

4人分2人2人坐的座位較好。

4人が2人ずつ座れる席がいいです。

yo.ni.n.ga.fu.ta.ri.zu.tsu.su.wa.re.ru.se.ki.ga.i.i.de.su

 我知道了。那麼，我來確認一下空位狀況。

かしこまりました。では、空席状況を確認いたします。

ka.shi.ko.ma.ri.ma.shi.ta。de.wa、ku.u.se.ki.jo.o.kyo.o.o.ka.ku.ni.n.i.ta.shi.ma.su

決定車票

 那麼，我要訂14點3分出發的山彥車票。

では、１４時3分発のやまびこの切符をお取りしました。

de.wa、ju.u.yo.ji.sa.n.pu.n.ha.tsu.no.ya.ma.bi.ko.no.ki.p.pu.o.o.to.ri.shi.ma.shi.ta

 謝謝。

ありがとうございます。

a.ri.ga.to.o.go.za.i.ma.su

當座位無法符合要求時

抱歉。很不湊巧下午2點左右往仙台的列車都客滿了。

もうしわけございません。あいにく午後2時前後の仙台行きは満席となっております。

mo.o.shi.wa.ke.go.za.i.ma.se.n。a.i.ni.ku.go.go.ni.ji.ze.n.go.no.se.n.da.i.yu.ki.wa.ma.n.se.ki.to.na.t.te.o.ri.ma.su

請幫我查稍晚一點的列車。

もっと遅い時間の列車を調べてください。

mo.t.to.o.so.i.ji.ka.n.no.re.s.sha.o.shi.ra.be.te.ku.da.sa.i

那我等候補。

キャンセル待ちをします。

kya.n.se.ru.ma.chi.o.shi.ma.su

問問題

1	請問快速電車有停靠阿佐佐谷車站嗎？	阿佐ヶ谷駅には快速電車は停まりますか？ a.sa.ga.ya.e.ki.ni.wa.ka.i.so.ku.de.n.sha.wa.to.ma.ri.ma.su.ka
2	請問下一班的各站停靠列車什麼時候會來呢？	次の各駅停車はいつ来ますか？ tsu.gi.no.ka.ku.e.ki.te.i.sha.wa.i.tsu.ki.ma.su.ka
3	請問吸煙區在哪裡呢？	喫煙場所はどこですか？ ki.tsu.e.n.ba.sho.wa.do.ko.de.su.ka
4	請問有時刻表嗎？	時刻 表はありますか。 ji.ko.ku.hyo.o.wa.a.ri.ma.su.ka
5	請告訴我怎麼看時刻表。	時刻 表の見方を教えてください。 ji.ko.ku.hyo.o.no.mi.ka.ta.o.o.shi.e.te.ku.da.sa.i
6	請問有車站前面的地圖嗎？	駅前の地図はありますか？ e.ki.ma.e.no.chi.zu.wa.a.ri.ma.su.ka
7	請問到自由之丘之間會停幾個站呢？	自由が丘までいくつ駅に停まりますか？ ji.yu.u.ga.o.ka.ma.de.i.ku.tsu.e.ki.ni.to.ma.ri.ma.su.ka
8	請問到橫濱最快的電車是從幾號月台發車呢？	横浜行きで一番速く着く電車は、何番ホームから出ますか？ yo.ko.ha.ma.yu.ki.de.i.chi.ba.n.ha.ya.ku.tsu.ku.de.n.sha.wa、na.n.ba.n.ho.o.mu.ka.ra.de.ma.su.ka

9	請問幾點發車呢？	何時に発車しますか？ na.n.ji.ni.ha.s.sha.shi.ma.su.ka
10	請問幾點到達呢？	何時に到着しますか？ na.n.ji.ni.to.o.cha.ku.shi.ma.su.ka
11	請問途中有和急行電車停同一站的嗎？	急行電車の待ち合わせはありますか？ kyu.u.ko.o.de.n.sha.no.ma.chi.a.wa.se.wa.a.ri.ma.su.ka
12	請問在哪個車站可以轉乘特急電車呢？	どの駅で特急電車に乗り換えられますか？ do.no.e.ki.de.to.k.kyu.u.de.n.sha.ni.no.ri.ka.e.ra.re.ma.su.ka

詢問乘車月台

請問這班列車，要在哪個月台搭車呢？
この列車は、どこのホームから乗ればいいですか。
ko.no.re.s.sha.wa、do.ko.no.ho.o.mu.ka.ra.no.re.ba.i. i.de.su.ka

9號月台。
９番ホームです。
kyu.u.ba.n.ho.o.mu.de.su

我知道了。謝謝。
わかりました。ありがとうございます。
wa.ka.ri.ma.shi.ta。a.ri.ga.to.o.go.za.i.ma.su

不客氣。請小心。
どういたしまして。お気をつけて。
do.o.i.ta.shi.ma.shi.te。o.ki.o.tsu.ke.te

詢問月台位置

請問往吉祥寺是在這個月台嗎？
吉祥寺行きはこのホームで合ってますか。
ki.chi.jo.o.ji.yu.ki.wa.ko.no.ho.o.mu.de.a.t.te.ma.su.ka

是的，是在這個月台。
はい、合ってますよ。
ha.i、a.t.te.ma.su.yo

是在對面的月台。
反対側のホームですよ。
ha.n.ta.i.ga.wa.no.ho.o.mu.de.su.yo

詢問下車車站

我想去迪士尼樂園，請問要在哪一站下車呢？

ディズニーランドに行きたいのですが、どの駅で降りればいいですか。

di.zu.ni.i.ra.n.do.ni.i.ki.ta.i.no.de.su.ga、do.no.e.ki.de.o.ri.re.ba.i.i.de.su.ka

京葉線的舞濱車站。

京葉線の舞浜駅です。

ke.i.yo.o.se.n.no.ma.i.ha.ma.e.ki.de.su

詢問換車

請問需要換車嗎？

乗り換えは必要ですか？

no.ri.ka.e.wa.hi.tsu.yo.o.de.su.ka

請在東京車站換車。

東京駅で乗り換えてください。

to.o.kyo.o.e.ki.de.no.ri.ka.e.te.ku.da.sa.i

詢問花費時間

請問到舞濱車站要花幾分鐘呢？

舞浜駅まで何分くらいかかりますか。

ma.i.ha.ma.e.ki.ma.de.na.n.pu.n.ku.ra.i.ka.ka.ri.ma.su.ka

約45分。

45分くらいです。

yo.n.ju.u.go.fu.n.ku.ra.i.de.su

尋找座位－自由座

 025

不好意思。請問這個位置是空的嗎？

すみません。この席は空いていますか。

su.mi.ma.se.n。ko.no.se.ki.wa.a.i.te.i.ma.su.ka

對，是空的。請坐。

はい、空いていますよ。どうぞ。

ha.i、a.i.te.i.ma.su.yo。do.o.zo

抱歉。有人。

ごめんなさい。人が来るんです。

go.me.n.na.sa.i。hi.to.ga.ku.ru.n.de.su

尋找座位—指定座位

不好意思。這個是我的位置。

すみません。そこは私の席なのですが。

su.mi.ma.se.n。so.ko.wa.wa.ta.shi.no.se.ki.na.no.de.su.ga

抱歉。我弄錯了。

ごめんなさい。間違えました。

go.me.n.na.sa.i。ma.chi.ga.e.ma.shi.ta

在座位上

請問我可以把座椅往後倒嗎？

座席を倒してもいいですか？

za.se.ki.o.ta.o.shi.te.mo.i.i.de.su.ka

可以。請。

いいですよ。どうぞ。

i.i.de.su.yo。do.o.zo

電車上的各種標示

在車站等車時，除了欣賞大明星的廣告看板外，還能做些什麼事呢？在月台上的告示板或牆柱上，時常可以發現此條路線的各個停靠站名，並且畫上了電車的圖樣、還會標示出車廂的編號。在告示裡，可以找到各個車站附近重要地標的出口是幾號，而這個出口又是離哪一節車廂最近的資訊。此外，上頭也可以看出哪一節車廂附近設有電梯、手扶梯還是只有樓梯，甚至有月台或出口目前正有整修工程的資訊。

依照這樣的資訊，再對照地上所標示出各節車廂的數字編號來排隊上車，到站下車時，若是攜帶著大型行李，就比較不怕在下車人潮裡進退兩難；趕時間的時候，也能稍微節省尋找正確剪票口及出口的時間。

在新幹線上向服務人員提問

1 請問洗手間在哪裡？

トイレはどこですか。

to.i.re.wa.do.ko.de.su.ka

在3號車的後面。

３号車の後ろにあります。

sa.n.go.o.sha.no.u.shi.ro.ni.a.ri.ma.su

2 請問停車時間是幾分鐘呢？

停車時間は何分ですか？

te.i.sha.ji.ka.n.wa.na.n.pu.n.de.su.ka

2分鐘。

２分間です。

ni.fu.n.ka.n.de.su

驗票

請讓我看一下您的車票。

切符を拝見します。

ki.p.pu.o.ha.i.ke.n.shi.ma.su

好的，請。

はい、どうぞ。

ha.i、do.o.zo

在新幹線、特急列車上買東西

請問需要便當、三明治、飲料嗎？

お弁当、サンドイッチ、お飲み物はいかがですか。

o.be.n.to.o、sa.n.do.i.c.chi、o.no.mi.mo.no.wa.i.ka.ga.de.su.ka

不好意思。請給我便當和茶。

すみません。お弁当とお茶をください。

su.mi.ma.se.n。o.be.n.to.o.to.o.cha.o.ku.da.sa.i

我知道了。那麼，總共900日圓。

かしこまりました。はい、合計で 900 円になります。

ka.shi.ko.ma.ri.ma.shi.ta。ha.i、go.o.ke.i.de.kyu.u.hya.ku.e.n.ni.na.ri.ma.su

這是您的東西和找回的100日圓。

こちらがお品物と100円のお返しになります。

ko.chi.ra.ga.o.shi.na.mo.no.to.hya.ku.e.n.no.o.ka.e.shi.ni.na.ri.ma.su

感謝您的購買。

お買い上げありがとうございました。
o.ka.i.a.ge.a.ri.ga.to.o.go.za.i.ma.shi.ta

謝謝。

ありがとうございます。
a.ri.ga.to.o.go.za.i.ma.su

搭電車時遇到的突發狀況

是否曾經有過在東京搭乘山手線時，聽到廣播傳來「この電車は大崎止まりです」，或是到了池袋站時聽到「この駅止まりです」，接著全車的人都起身下車了的經驗？腦海裡不禁浮現出，山手線不是環狀電車嗎，爲什麼還會突然停靠在某一站的疑問呢？

其實，大崎站爲山手線的主要車庫，當列車運行了幾趟準備回到車庫，像是早上尖峰時段過後及晚上接近末班車的時段，就會碰到上述的情況。另外，池袋站及品川站則是山手線的留置線，所以也會碰到電車突然停靠下來。一般來說，不小心搭上這些列車時，只要下車在同月台等候下一班來車，即可繼續前往目的地。

但要特別留意的是，在接近末班車的時段，若是一個不小心沒銜接好，有可能會落得沒車搭的窘境，所以搭車前，最好還是留意一下月台上的電子佈告欄、以及電車上原本應該顯示「山手線」的標示，更換爲「大崎」、「品川」或「池袋」等的車站名或是車廂內的廣播。

電車相關用語 ♪026

※ 主要指首都圈的鐵道，開往東京車站的電車稱爲「上行」，反之則爲「下行」。由於山手線爲環狀路線，所以有此稱呼。例如：從東京車站往上野車站方向去的電車爲內環，從東京車站往品川車站方向去的電車爲外環。

普通車、各站停靠列車、慢行車(※意思皆相同)	上行、下行	內環、外環
普通（ふつう）、各駅停車（かくえきていしゃ）、鈍行（どんこう） fu.tsu.u、ka.ku.e.ki.te.i.sha、do.n.ko.o	上（のぼ）り、下（くだ）り no.bo.ri、ku.da.ri	内回（うちまわ）り、外回（そとまわ）り u.chi.ma.wa.ri、so.to.ma.wa.ri

急行、準急、特急、特快、通勤快速

急行（きゅうこう）、準急（じゅんきゅう）、特急（とっきゅう）、特別快速（とくべつかいそく）、通勤快速（つうきんかいそく）

kyu.u.ko.o、ju.n.kyu.u、to.k.kyu.u、to.ku.be.tsu.ka.i.so.ku、tsu.u.ki.n.ka.i.so.ku

營運狀況	回送	首班車	末班車
営業状況（えいぎょうじょうきょう） e.i.gyo.o.jo.o.kyo.o	回送（かいそう） ka.i.so.o	始発（しはつ） shi.ha.tsu	終電（しゅうでん） shu.u.de.n

車站內
えきない
駅内
e.ki.na.i

票口
かいさつ
改札
ka.i.sa.tsu

自動收票口
じどうかいさつ
自動改札
ji.do.o.ka.i.sa.tsu

人工收票口
えきいん　かいさつ
駅員のいる改札
e.ki.i.n.no.i.ru.ka.i.sa.tsu

站內全面禁菸
えきこうないしゅうじつきんえん
駅構内終日禁煙
e.ki.ko.o.na.i.shu.u.ji.tsu.ki.n.e.n

自動售票機
じどうけんばいき
自動券売機
ji.do.o.ke.n.ba.i.ki

乘車
じょうしゃ
乗車
jo.o.sha

中途下車
とちゅうげしゃ
途中下車
to.chu.u.ge.sha

換車
の　か
乗り換え
no.ri.ka.e

坐過站
の　こ
乗り越し
no.ri.ko.shi

車內
しゃない
車内
sha.na.i

列車長
しゃしょう
車掌
sha.sho.o

列車駕駛
うんてんし
運転士
u.n.te.n.shi

車廂內廣告
なかづ　こうこく
中吊り広告
na.ka.zu.ri.ko.o.ko.ku

比較不冷的車廂
じゃくれいぼうしゃ
弱冷房車
ja.ku.re.i.bo.o.sha

女性專用車廂
じょせいせんようしゃりょう
女性専用車両
jo.se.i.se.n.yo.o.sha.ryo.o

博愛座
ゆうせんせき
優先席
yu.u.se.n.se.ki

車票
きっぷ
切符
ki.p.pu

單程票
かたみちきっぷ
片道切符
ka.ta.mi.chi.ki.p.pu

來回票
おうふくきっぷ
往復切符
o.o.fu.ku.ki.p.pu

回數票
かいすうけん
回数券
ka.i.su.u.ke.n

定期票
ていきけん
定期券
te.i.ki.ke.n

周遊票
フリーパス
fu.ri.i.pa.su

頭等艙車票
けん
グリーン券
gu.ri.i.n.ke.n

1日票
いちにちじょうしゃけん
1日乗車券
i.chi.ni.chi.jo.o.sha.ke.n

Suica
Suica(スイカ)
su.i.ka

PASMO
PASMO(パスモ)
pa.su.mo

結算
せいさん
清算
se.i.sa.n

加值
チャージ
cha.a.ji

電車駛進月台的廣播

♪027

1	此班電車為特急。	この電車(でんしゃ)は特急(とっきゅう)です。 ko.no.de.n.sha.wa.to.k.kyu.u.de.su
2	下班電車停靠○○車站。	つぎの電車(でんしゃ)は○○駅(えき)に止(と)まります。 tsu.gi.no.de.n.sha.wa.○○.e.ki.ni.to.ma.ri.ma.su
3	班次調度中。	ダイヤが乱(みだ)れております。 da.i.ya.ga.mi.da.re.te.o.ri.ma.su

下車、出站、突發狀況

1	鞋子掉到軌道上了。	線路(せんろ)に靴(くつ)を落(お)としてしまいました。 se.n.ro.ni.ku.tsu.o.o.to.shi.te.shi.ma.i.ma.shi.ta
2	車票不見了。	切符(きっぷ)をなくしてしまいました。 ki.p.pu.o.na.ku.shi.te.shi.ma.i.ma.shi.ta
3	把東西忘在電車上了。	電車(でんしゃ)に忘(わす)れ物(もの)をしてしまいました。 de.n.sha.ni.wa.su.re.mo.no.o.shi.te.shi.ma.i.ma.shi.ta

被擋在自動剪票口前

請讓我看一下你的車票。
切符(きっぷ)を見(み)せてください。
ki.p.pu.o.mi.se.te.ku.da.sa.i

好的。
はい。
ha.i

車資不夠哦。
料金(りょうきん)が足(た)りませんよ。
ryo.o.ki.n.ga.ta.ri.ma.se.n.yo

插錯卡片了哦。
違(ちが)うカードを差(さ)し込(こ)んでいますよ。
chi.ga.u.ka.a.do.o.sa.shi.ko.n.de.i.ma.su.yo

車票折到了。
切符(きっぷ)が折(お)れ曲(ま)がっていますね。
ki.p.pu.ga.o.re.ma.ga.t.te.i.ma.su.ne

詢問出站口

我想去都廳，請問要從哪一個出口出去呢？

都庁に行きたいのですが、どの出口から出ればいいのですか。

to.cho.o.ni.i.ki.ta.i.no.de.su.ga、do.no.de.gu.chi.ka.ra.de.re.ba.i.i.no.de.su.ka

請由西口剪票口出去。

西口改札から出てください。

ni.shi.gu.chi.ka.i.sa.tsu.ka.ra.de.te.ku.da.sa.i

♪ 028

行駛狀況 運行状況 u.n.ko.o.jo.o.kyo.o	人身事故 人身事故 ji.n.shi.n.ji.ko	號誌故障 信号故障 shi.n.go.o.ko.sho.o	停駛 運転見合わせ u.n.te.n.mi.a.wa.se
延遲 遅延 chi.e.n	車輛維修 車両点検 sha.ryo.o.te.n.ke.n	時間調整 時間調整 ji.ka.n.cho.o.se.i	全線不通 全線不通 ze.n.se.n.fu.tsu.u
折返駕駛 折り返し運転 o.ri.ka.e.shi.u.n.te.n	重新啓動 運転再開 u.n.te.n.sa.i.ka.i	此班電車(先發) こんどの電車(先発) ko.n.do.no.de.n.sha (se.n.pa.tsu)	
下班電車(下一班發車) つぎの電車(次発) tsu.gi.no.de.n.sha (ji.ha.tsu)			

日本旅遊必備的電車轉乘APP！

電車是日本最方便最普及的大眾交通工具，想要前往任何一個地方，只要搭電車再走一段路幾乎都可以輕鬆抵達。

然而方便歸方便，日本的電車可是令人又愛又恨！

密密麻麻的地鐵路線圖令人眼花撩亂之外，因爲電車分別由好幾家公司經營，購票處的地圖通常不會詳細寫出其他家公司的路線，常常沒做好功課就會在車站迷路，甚至連當地人都很容易走錯！浪費時間也浪費體力。

隨著智慧型手機的普及，現在人人出國都租WIFI或是買漫遊，以便可以隨時查資料、打卡、跟親友連絡等等，比以往方便許多。有這麼方便的東西當然要好好利用！再也不用拿著地鐵圖在人擠人的車站月台走走停停、繞來繞去啦！

「乘換NAVI(乗換ナビ)」這個APP只要輸入起點站和到達站，馬上幫你搜尋各種路線！分成最便宜的、轉乘次數最少的、最快的等等不同路線，讓你可以依照自己的需求來選擇要走哪一條路線。同時附上電車時刻、轉乘電車的顏色、乘車月台，讓你一目瞭然！只要跟著APP上的步驟走就對了！

不只是東京，日本全國走到哪都可以查，可說是觀光客不可或缺的好幫手，甚至連日本當地人都很依賴這個APP呢！出發去日本之前要記得下載來用用看喲！

住宿篇

1 預約飯店

各種訂房問題

029

1 請問一晚多少錢？
1泊いくらですか？
i.p.pa.ku.i.ku.ra.de.su.ka

2 請問有更便宜的房間嗎？
もっと安い部屋はありませんか？
mo.t.to.ya.su.i.he.ya.wa.a.ri.ma.se.n.ka

3 請問有更大的房間嗎？
もっと広い部屋はありませんか？
mo.t.to.hi.ro.i.he.ya.wa.a.ri.ma.se.n.ka

4 請問入住時間是幾點開始呢？
チェックインは何時からですか？
che.k.ku.i.n.wa.na.n.ji.ka.ra.de.su.ka

5 請問幾點可以入住？
何時にチェックインできますか？
na.n.ji.ni.che.k.ku.i.n.de.ki.ma.su.ka

6 請問可以提早入住嗎？
早めにチェックインできますか？
ha.ya.me.ni.che.k.ku.i.n.de.ki.ma.su.ka

7 請問有接送嗎？
送迎はありますか？
so.o.ge.i.wa.a.ri.ma.su.ka

8 請問是和室還是西式房間？
和室ですか、洋室ですか？
wa.shi.tsu.de.su.ka、yo.o.shi.tsu.de.su.ka

9 請問是鋪棉被還是有床？
布団ですか、ベッドですか？
fu.to.n.de.su.ka、be.d.do.de.su.ka

10 請問有浴衣嗎？
浴衣はありますか？
yu.ka.ta.wa.a.ri.ma.su.ka

11 請問是在房間內用餐嗎？
食事は部屋でとるのですか？
sho.ku.ji.wa.he.ya.de.to.ru.no.de.su.ka

12 請問是在食堂用餐嗎？
食堂で食べるのですか？
sho.ku.do.o.de.ta.be.ru.no.de.su.ka

13 請問從房間看得到海嗎？
部屋から海は見えますか？
he.ya.ka.ra.u.mi.wa.mi.e.ma.su.ka

臨時預約

不好意思。我沒有預約，請問還有空房嗎？

すみません。予約していないのですが、部屋は空いてますか？

su.mi.ma.se.n。yo.ya.ku.shi.te.i.na.i.no.de.su.ga、he.ya.wa.a.i.te.ma.su.ka

請問有幾位呢？

何名さまでしょうか？

na.n.me.i.sa.ma.de.sho.o.ka

有5位。

5名です。

go.me.i.de.su

先幫您確認一下，請稍等。

確認いたしますので、少々お待ちください。

ka.ku.ni.n.i.ta.shi.ma.su.no.de、sho.o.sho.o.o.ma.chi.ku.da.sa.i

分成2位及3位，可以嗎？

2名様と3名様に分かれてしまいますが、よろしいでしょうか？

ni.me.i.sa.ma.to.sa.n.me.i.sa.ma.ni.wa.ka.re.te.shi.ma.i.ma.su.ga、yo.ro.shi.i.de.sho.o.ka

好的，沒關係。

はい、構いません。

ha.i、ka.ma.i.ma.se.n

那麼關於3人房的床，第3張是臨時追加床，可以嗎？

3名様のお部屋のベッドですが、3つ目はエクストラベッドになってしまいますが、よろしいでしょうか？

sa.n.me.i.sa.ma.no.o.he.ya.no.be.d.do.de.su.ga、mi.t.tsu.me.wa.e.ku.su.to.ra.be.d.do.ni.na.t.te.shi.ma.i.ma.su.ga、yo.ro.shi.i.de.sho.o.ka

好的，沒關係。請問1晚多少錢呢？

はい、それでいいです。1泊いくらですか？

ha.i、so.re.de.i.i.de.su。i.p.pa.ku.i.ku.ra.de.su.ka

6000日圓。

6000円になります。

ro.ku.se.n.e.n.ni.na.ri.ma.su

請問有更便宜的房間嗎？

もっと安い部屋はありませんか？

mo.t.to.ya.su.i.he.ya.wa.a.ri.ma.se.n.ka

遇到飯店客滿

很抱歉。都客滿了。

申し訳ございません。満室でございます。

mo.o.shi.wa.ke.go.za.i.ma.se.n。ma.n.shi.tsu.de.go.za.i.ma.su

是嗎?那可以請您介紹比這個更便宜的飯店嗎?

そうですか。あの、ここより安いホテルを紹介してもらえませんか?

so.o.de.su.ka。a.no、ko.ko.yo.ri.ya.su.i.ho.te.ru.o.sho.o.ka.i.shi.te.mo.ra.e.ma.se.n.ka

那麼，我去拿這附近的飯店一覽表給您。

では、この周辺のホテルの一覧をお持ちいたします。

de.wa、ko.no.shu.u.he.n.no.ho.te.ru.no.i.chi.ra.n.o.o.mo.chi.i.ta.shi.ma.su

2 辦理入房手續

辦理入房

♪ 030

我有預約，我姓張。麻煩我要辦理入房手續。

予約している張です。チェックインをお願いします。

yo.ya.ku.shi.te.i.ru.cho.o.de.su。che.k.ku.i.n.o.o.ne.ga.i.shi.ma.su

好的，我知道了。請給我看預約確認單和護照。

はい、かしこまりました。予約確認書とパスポートをお見せいただけますか。

ha.i、ka.shi.ko.ma.ri.ma.shi.ta。yo.ya.ku.ka.ku.ni.n.sho.to.pa.su.po.o.to.o.o.mi.se.i.ta.da.ke.ma.su.ka

好的，請。

はい、どうぞ。

ha.i、do.o.zo

謝謝您。可以請您填寫這份住宿卡嗎？

ありがとうございます。この宿泊カードにご記入願えますか？

a.ri.ga.to.o.go.za.i.ma.su。ko.no.shu.ku.ha.ku.ka.a.do.ni.go.ki.nyu.u.ne.ga.e.ma.su.ka

好的。

はい。

ha.i

謝謝您。那麼，您的房號是213。這個是房間鑰匙。

ありがとうございます。では、お客様のお部屋は213号室になります。こちらがお部屋の鍵になります。

a.ri.ga.to.o.go.za.i.ma.su。de.wa、o.kya.ku.sa.ma.no.o.he.ya.wa.ni.i.chi.sa.n.go.o.shi.tsu.ni.na.ri.ma.su。ko.chi.ra.ga.o.he.ya.no.ka.gi.ni.na.ri.ma.su

我知道了。

分かりました。

wa.ka.ri.ma.shi.ta

行李將送到您的房間。

お荷物をお部屋までお持ちいたします。

o.ni.mo.tsu.o.o.he.ya.ma.de.o.mo.chi.i.ta.shi.ma.su

麻煩了。

よろしくお願いします。

yo.ro.shi.ku.o.ne.ga.i.shi.ma.su

房間沒有預約成功

很抱歉，好像沒有接到客人的預約。

申し訳ございません。お客様のご予約を承っていないようなのですが。

mo.o.shi.wa.ke.go.za.i.ma.se.n。o.kya.ku.sa.ma.no.go.yo.ya.ku.o.u.ke.ta.ma.wa.t.te.i.na.i.yo.o.na.no.de.su.ga

不可能。我確實有預約。

そんなはずありません。確かに予約しました。

so.n.na.ha.zu.a.ri.ma.se.n。ta.shi.ka.ni.yo.ya.ku.shi.ma.shi.ta

這是預約確認單。

これが予約確認書です。

ko.re.ga.yo.ya.ku.ka.ku.ni.n.sho.de.su

在電話上跟我聯絡的是叫〇〇的先生／小姐。

電話で応対してくれたのは〇〇さんという人でした。

de.n.wa.de.o.o.ta.i.shi.te.ku.re.ta.no.wa.〇〇.sa.n.to.i.u.hi.to.de.shi.ta

透過△△旅行社預約的。

△△旅行代理店を通して予約をしました。

△△.ryo.ko.o.da.i.ri.te.n.o.to.o.shi.te.yo.ya.ku.o.shi.ma.shi.ta

我再去確認一次。

もう一度、確認してまいります。

mo.o.i.chi.do、ka.ku.ni.n.shi.te.ma.i.ri.ma.su

非常抱歉。因爲我們疏忽，沒有接到您的預約。

大変失礼いたしました。こちらの手違いで、ご予約が取れていなかったようです。

ta.i.he.n.shi.tsu.re.i.i.ta.shi.ma.shi.ta。ko.chi.ra.no.te.chi.ga.i.de、go.yo.ya.ku.ga.to.re.te.i.na.ka.t.ta.yo.o.de.su

請問今天沒辦法入住嗎？

今日は泊まれないのですか。

kyo.o.wa.to.ma.re.na.i.no.de.su.ka

不，現在正在準備房間。眞的非常抱歉。

いえ、ただ今、お部屋を準備いたします。まことに申し訳ございませんでした。

i.e、ta.da.i.ma、o.he.ya.o.ju.n.bi.i.ta.shi.ma.su。ma.ko.to.ni.mo.o.shi.wa.ke.go.za.i.ma.se.n.de.shi.ta

想取消或變更訂房時間

♪ 031

1 不好意思臨時有事，請幫我取消預約。

すみません、急用が入ったので、予約のキャンセルをさせてください。

su.mi.ma.se.n、kyu.u.yo.o.ga.ha.i.t.ta.no.de、yo.ya.ku.no.kya.n.se.ru.o.sa.se.te.ku.da.sa.i

2 請問會收取消的費用嗎？

キャンセルチャージはかかりますか？

kya.n.se.ru.cha.a.ji.wa.ka.ka.ri.ma.su.ka

3 7天前取消是不收取任何費用的，請放心。

7日前までは無料ですので大丈夫です。

na.no.ka.ma.e.ma.de.wa.mu.ryo.o.de.su.no.de.da.i.jo.o.bu.de.su

4 針對取消住房，將收取住宿費的20%費用。

キャンセルについては、ご宿泊料金の20%を申し受けます。

kya.n.se.ru.ni.tsu.i.te.wa、go.shu.ku.ha.ku.ryo.o.ki.n.no.ni.ju.u.pa.a.se.n.to.o.mo.o.shi.u.ke.ma.su

5 不好意思，是否可以將預約的日期更改到○○日呢？

すみません、予約の日にちを○○日に変更することは可能でしょうか？

su.mi.ma.se.n、yo.ya.ku.no.hi.ni.chi.o.○○.ni.chi.ni.he.n.ko.o.su.ru.ko.to.wa.ka.no.o.de.sho.o.ka

6 因爲電車延遲，check-in的時間可能會延遲。

電車が遅れたので、チェックインが遅くなります。

de.n.sha.ga.o.ku.re.ta.no.de、che.k.ku.i.n.ga.o.so.ku.na.ri.ma.su

7 我有預約今晚的房間，但因爲飛機延遲，不好意思，可能要到晚上8點才有辦法抵達。

今夜の予約を取っているんですが、飛行機の到着が遅れています。すみませんが、チェックインが夜8時になりそうです。

ko.n.ya.no.yo.ya.ku.o.to.t.te.i.ru.n.de.su.ga、hi.ko.o.ki.no.to.o.cha.ku.ga.o.ku.re.te.i.ma.su。su.mi.ma.se.n.ga、che.k.ku.i.n.ga.yo.ru.ha.chi.ji.ni.na.ri.so.o.de.su

8 不好意思，我會晚到但請不要取消我的預約。

すみません。到着が遅れますが予約を取り消さないでください。

su.mi.ma.se.n。to.o.cha.ku.ga.o.ku.re.ma.su.ga.yo.ya.ku.wo.to.ri.ke.sa.na.i.de.ku.da.sa.i

抵達飯店時的相關單字 ♪032

大廳 ロビー ro.bi.i	行李員 ボーイ bo.o.i	櫃檯 フロント fu.ro.n.to	房務 ハウスキーパー ha.u.su.ki.i.pa.a
寄物處 クローク ku.ro.o.ku	電梯 エレベーター e.re.be.e.ta.a	客服 カスタマー ka.su.ta.ma.a	經理 マネージャー ma.ne.e.ja.a
入住手續 チェックイン che.k.ku.i.n	退房手續 チェックアウト che.k.ku.a.u.to	延長退房 レイトチェックアウト re.i.to.che.k.ku.a.u.to	
房間鑰匙 ルームキー・鍵（かぎ） ru.u.mu.ki.i・ka.gi	早餐券 朝食券（ちょうしょくけん） cho.o.sho.ku.ke.n		

房間風格

西式房間
洋室
yo.o.shi.tsu

日式房間
和室
wa.shi.tsu

日西合併房間
和洋室
wa.yo.o.shi.tsu

房型

單人房	雙人房(一張床)	雙人房(兩張單人床)	總統套房/蜜月套房
シングル	ダブル	ツイン	スイート
shi.n.gu.ru	da.bu.ru	tsu.i.n	su.i.i.to

飯店相關設施

微波爐	自動販賣機	製冰機	吸菸
電子レンジ	自動販売機	製氷機	喫煙
de.n.shi.re.n.ji	ji.do.o.ha.n.ba.i.ki	se.i.hyo.o.ki	ki.tsu.e.n

禁菸	日西自助吧
禁煙	和洋食ビュッフェ
ki.n.e.n	wa.yo.o.sho.ku.byu.f.fe

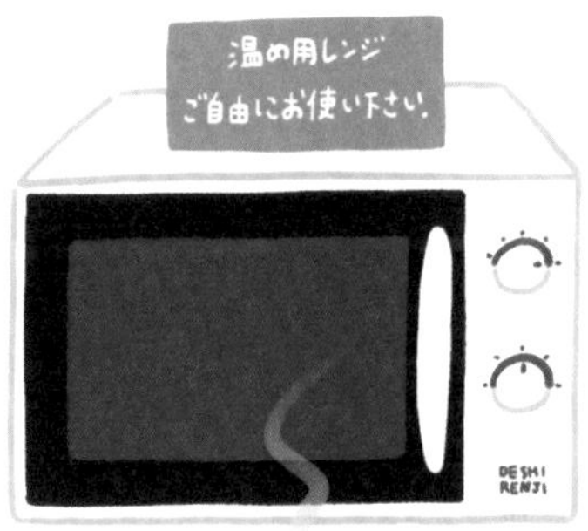

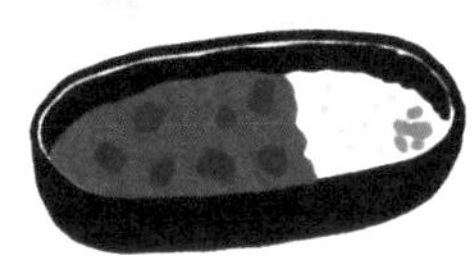

房間設備

浴室	バストイレ	ba.su.to.i.re
淋浴間	シャワー	sha.wa.a
冷暖房	冷暖房	re.i.da.n.bo.o
電視	テレビ	te.re.bi
冰箱	冷蔵庫	re.i.zo.o.ko
有線網路	有線LAN	yu.u.se.n.ra.n
無線網路	Wi-Fi	wa.i.fa.i
溫泉	温泉	o.n.se.n
室內溫泉	内湯	u.chi.yu
手巾	ハンドタオル	ha.n.do.ta.o.ru
沐浴乳	ボディソープ	bo.di.so.o.pu
吹風機	ドライヤー	do.ra.i.ya.a
免治馬桶	温水洗浄トイレ	o.n.su.i.se.n.jo.o.to.i.re
牙刷・牙膏	歯ブラシ・歯磨き粉	ha.bu.ra.shi・ha.mi.ga.ki.ko
肥皂	石けん	se.k.ke.n
羽絨棉被	羽毛布団	u.mo.o.bu.to.n
梳子	くし・ブラシ	ku.shi・bu.ra.shi
浴巾	バスタオル	ba.su.ta.o.ru
浴衣	浴衣	yu.ka.ta
刮鬍刀	髭剃り	hi.ge.so.ri
洗髮精	シャンプー	sha.n.pu.u
睡衣	パジャマ	pa.ja.ma
潤濕精	リンス	ri.n.su
浴袍	バスローブ	ba.su.ro.o.bu
棉花棒	綿棒	me.n.bo.o
吸菸・禁菸房	喫煙・禁煙ルーム	ki.tsu.e.n・ki.n.e.n.ru.u.mu
加濕空氣清淨機	加湿空気清浄器	ka.shi.tsu.ku.u.ki.se.i.jo.o.ki

住飯店做環保

為了響應環保，現在很多飯店跟民宿都不會主動提供牙刷牙膏，日本的部分飯店也是一樣，會把牙刷、牙膏、刮鬍刀等等消耗品放在櫃檯處供住客索取，有些膠囊旅館甚至要另外付費購買。所以到日本旅遊的時候，不妨順手帶上牙刷牙膏，省錢又環保！

其他服務

衣物送洗服務	自助洗衣	健身房
クリーニングサービス	コインランドリー	ジム
ku.ri.i.ni.n.gu.sa.a.bi.su	ko.i.n.ra.n.do.ri.i	ji.mu

SPA／按摩
スパ／マッサージ
su.pa／ma.s.sa.a.ji

優惠活動

續住優惠方案	早鳥優惠方案	※特殊優惠方案	限時優惠方案
連泊プラン	直前予約プラン	訳ありプラン	限定プラン
re.n.pa.ku.pu.ra.n	cho.ku.ze.n.yo.ya.ku.pu.ra.n	wa.ke.a.ri.pu.ra.n	ge.n.te.i.pu.ra.n
女性優惠方案	**附早餐優惠方案**	**線上結帳優惠價**	**情侶優惠方案**
レディースプラン	朝食付きプラン	オンライン決済でお得	カップルプラン
re.di.i.su.pu.ra.n	cho.o.sho.ku.tsu.ki.pu.ra.n	o.n.ra.i.n.ke.s.sa.i.de.o.to.ku	ka.p.pu.ru.pu.ra.n

※ 如果能接受理由，就可以以優惠的價格入住。

付款方式

現場結帳	提前刷卡結帳	線上刷卡結帳
現地決済	事前カード決済	オンラインカード決済
ge.n.chi.ke.s.sa.i	ji.ze.n.ka.a.do.ke.s.sa.i	o.n.ra.i.n.ka.a.do.ke.s.sa.i

取消規定

一個月前 一ヶ月前（いっかげつまえ） i.k.ka.ge.tsu.ma.e	一天前 1日前（いちにちまえ） i.chi.ni.chi.ma.e	當天 当日（とうじつ） to.o.ji.tsu	訂金 予約金（よやくきん） yo.ya.ku.ki.n
未聯絡取消 無連絡キャンセル（むれんらく） mu.re.n.ra.ku.kya.n.se.ru	※ 訂房時記得要留意取消規定，雖然各家飯店的規定都不太一樣，不過通常是愈晚取消，支付的違約金就愈高。		

網路訂房更快速更方便！

日本的線上訂房服務，發展得相當完善，利用網路來預訂房間，不僅方便快速，有時還能累計點數，可用以扣抵日後再次訂房時的費用。較爲大家所廣泛使用的，像是樂天或是JALAN，目前也都已推出中文介面的服務，不用擔心看不懂。

而網路訂房的好處，還包括了不定期所推出的各種優惠活動，像是點數10倍贈送、免費機場接送服務、女性顧客、壽星、學生、年長者等特定族群的套裝優惠等等。若是心中已有屬意的飯店，可以直接搜尋各大線上訂房網站找尋最適合自己的方案，有時甚至連飯店的官網也會有一些專屬特惠方案，預訂時可別忘了多方參考。

除了上述的方便性外，日本的線上訂房服務多數採取不收取訂金的制度，除了可以省去了海外匯款時所需承擔的手續費外，即便是沒有信用卡的旅客，也能順利訂房。在訂房時，通常各個飯店旅館都會標示關於取消預約的規定，入住的幾天前取消預約是不收取費用，幾天到幾天內將收取多少比例費用等。若是預訂後臨時有事無法入住，別忘了再次上網取消預約紀錄，通常都只是幾個簡單的步驟而已，千萬別濫用了這方便旅客的美意。

日本訂房網站

Jalan	一休	樂天旅遊
じゃらん ja.ra.n	一休（いっきゅう） i.k.kyu.u	楽天トラベル（らくてん） ra.ku.te.n.to.ra.be.ru

其他國際訂房網站

AGODA	Hotels	Tripadvisor
アゴダ a.go.da	ホテルズ ho.te.ru.zu	トリップアドバイザー to.ri.p.pu.a.do.ba.i.za.a

3 問題、狀況

飯店相關問題

033

1	請問緊急出口在哪裡？	非常口（ひじょうぐち）はどこですか？ hi.jo.o.gu.chi.wa.do.ko.de.su.ka
2	請問晚餐幾點開始？	夕食（ゆうしょく）は何時（なんじ）からですか？ yu.u.sho.ku.wa.na.n.ji.ka.ra.de.su.ka
3	請問食堂在幾樓？	食堂（しょくどう）は何階（なんかい）ですか？ sho.ku.do.o.wa.na.n.ka.i.de.su.ka
4	請問幾點可以開始泡溫泉？	温泉（おんせん）は何時（なんじ）から入（はい）れますか？ o.n.se.n.wa.na.n.ji.ka.ra.ha.i.re.ma.su.ka
5	請問可以用網路嗎？	インターネットは使（つか）えますか？ i.n.ta.a.ne.t.to.wa.tsu.ka.e.ma.su.ka
6	請問電燈的開關在哪裡？	電気（でんき）のスイッチはどこですか？ de.n.ki.no.su.i.c.chi.wa.do.ko.de.su.ka
7	我不知道怎麼用。	使（つか）い方（かた）が分（わ）かりません。 tsu.ka.i.ka.ta.ga.wa.ka.ri.ma.se.n
8	我不知道電話該怎麼使用。	電話（でんわ）のかけ方（かた）が分（わ）かりません。 de.n.wa.no.ka.ke.ka.ta.ga.wa.ka.ri.ma.se.n
9	請問有門禁嗎？ ※有的旅館有門禁。	門限（もんげん）はありますか？ mo.n.ge.n.wa.a.ri.ma.su.ka
10	請問有我的信嗎？	私（わたし）に手紙（てがみ）が来（き）ていませんか？ wa.ta.shi.ni.te.ga.mi.ga.ki.te.i.ma.se.n.ka
11	請問有洗衣的服務嗎？	ランドリーサービスはやっていますか？ ra.n.do.ri.i.sa.a.bi.su.wa.ya.t.te.i.ma.su.ka
12	地下一樓有投幣式洗衣間。	地下一階（ちかいっかい）にコインランドリーコーナーがございます。 chi.ka.i.k.ka.i.ni.ko.i.n.ra.n.do.ri.i.ko.o.na.a.ga.go.za.i.ma.su

13 請問房間裡可以使用WI-FI嗎？

お部屋でWI-FIは使えますか？

o.he.ya.de.wa.i.fa.i.wa.tsu.ka.e.ma.su.ka

14 非常抱歉。WI-FI只有在大廳才能使用。

申し訳ございません。WI-FIはロビーしか使えません。

mo.o.shi.wa.ke.go.za.i.ma.se.n。wa.i.fa.i.wa.ro.bi.i.shi.ka.tsu.ka.e.ma.se.n

15 一樓及地下一樓的餐廳有供應早餐。用餐時段爲早上8點到10點。

朝食は一階と地下一階のレストランでお取り頂けます。朝8時から10時までとなります。

cho.o.sho.ku.wa.i.k.ka.i.to.chi.ka.i.k.ka.i.no.re.su.to.ra.n.de.o.to.ri.i.ta.da.ke.ma.su。a.sa.ha.chi.ji.ka.ra.ju.u.ji.ma.de.to.na.ri.ma.su

16 請問外出時需要寄放鑰匙嗎？

外出する時に、鍵を預けた方がいいですか？

ga.i.shu.tsu.su.ru.to.ki.ni、ka.gi.o.a.zu.ke.ta.ho.o.ga.i.i.de.su.ka

17 外出時請將鑰匙寄放在櫃台。

外出する際は、フロントに鍵をお預けください。

ga.i.shu.tsu.su.ru.sa.i.wa、fu.ro.n.to.ni.ka.gi.o.o.a.zu.ke.ku.da.sa.i

18 您可以帶在身上沒有關係。

お客様ご自身で管理していただいても構いません。

o.kya.ku.sa.ma.go.ji.shi.n.de.ka.n.ri.shi.te.i.ta.da.i.te.mo.ka.ma.i.ma.se.n

19 請問退房後可以寄放行李嗎？

チェックアウトの後に、荷物を預かって頂けませんか？

che.k.ku.a.u.to.no.a.to.ni、ni.mo.tsu.o.a.zu.ka.t.te.i.ta.da.ke.ma.se.n.ka

各種突發狀況

1 房間裡有菸味，可以幫我換一個房間嗎？

部屋がタバコの匂いがするので、部屋を替えていただけませんか？

he.ya.ga.ta.ba.ko.no.ni.o.i.ga.su.ru.no.de、he.ya.o.ka.e.te.i.ta.da.ke.ma.se.n.ka

2 蓮蓬頭好像壞掉了。熱水沒有出來。

シャワーの調子が悪いようです。お湯が出ません。

sha.wa.a.no.cho.o.shi.ga.wa.ru.i.yo.o.de.su。o.yu.ga.de.ma.se.n

3 門(窗戶)打不開。關不起來。

ドア（窓）が開きません。閉まりません。

do.a(ma.do).ga.hi.ra.ki.ma.se.n。shi.ma.ri.ma.se.n

4 鑰匙打不開。關不起來。

鍵が開きません。閉まりません。

ka.gi.ga.a.ki.ma.se.n。shi.ma.ri.ma.se.n

5 馬桶的水不通。馬桶堵住了。

トイレの水が流れません。トイレが詰まっています。

to.i.re.no.mi.zu.ga.na.ga.re.ma.se.n。to.i.re.ga.tsu.ma.t.te.i.ma.su

6 水龍頭的出水狀況不太好。

水道の出が悪いです。

su.i.do.o.no.de.ga.wa.ru.i.de.su

7 排水溝塞住了。

排水溝が詰まっています。

ha.i.su.i.ko.o.ga.tsu.ma.t.te.i.ma.su

8 沒有毛巾。

タオルがありません。

ta.o.ru.ga.a.ri.ma.se.n

9 冷氣打不開。冷氣不冷。

エアコンが付きません。エアコンの効きが悪いです。

e.a.ko.n.ga.tsu.ki.ma.se.n。e.a.ko.n.no.ki.ki.ga.wa.ru.i.de.su

10 燈打不開。

電気がつきません。

de.n.ki.ga.tsu.ki.ma.se.n

11 吹風機壞了。

ドライヤーが壊れています。

do.ra.i.ya.a.ga.ko.wa.re.te.i.ma.su

12 保險箱打不開。

金庫が開きません。

ki.n.ko.ga.a.ki.ma.se.n

13 隔壁房間很吵，請幫我換房間。

隣の部屋がうるさいので部屋を替えてください。

to.na.ri.no.he.ya.ga.u.ru.sa.i.no.de.he.ya.o.ka.e.te.ku.da.sa.i

14 太冷了。太熱了。
寒すぎます。暑すぎます。
sa.mu.su.gi.ma.su。a.tsu.su.gi.ma.su

15 毛巾髒了。
タオルが汚れています。
ta.o.ru.ga.yo.go.re.te.i.ma.su

16 電話不通。
電話が繋がりません。
de.n.wa.ga.tsu.na.ga.ri.ma.se.n

17 鐘停了。
時計が止まっています。
to.ke.i.ga.to.ma.t.te.i.ma.su

18 好的，我知道了。
はい、かしこまりました。
ha.i、ka.shi.ko.ma.ri.ma.shi.ta

19 我馬上過去。
すぐに伺います。
su.gu.ni.u.ka.ga.i.ma.su

20 請稍候一下。
少々お待ちください。
sho.o.sho.o.o.ma.chi.ku.da.sa.i

21 我請負責人來。
担当の者を呼んでまいります。
ta.n.to.o.no.mo.no.o.yo.n.de.ma.i.ri.ma.su

22 馬上修理。
すぐに修理いたします。
su.gu.ni.shu.u.ri.i.ta.shi.ma.su

23 馬上拿去。
すぐにお持ちいたします。
su.gu.ni.o.mo.chi.i.ta.shi.ma.su

24 馬上換新的給您。
すぐに新しいものとお取替えいたします。
su.gu.ni.a.ta.ra.shi.i.mo.no.to.o.to.ri.ka.e.i.ta.shi.ma.su

25 不好意思。我把鑰匙弄丟了。
すみません。鍵をなくしてしまいました。
su.mi.ma.se.n。ka.gi.o.na.ku.shi.te.shi.ma.i.ma.shi.ta

26 我把鑰匙留在房間，就把門關起來了。
鍵を部屋に置いたまま、ドアを閉めてしまいました。
ka.gi.o.he.ya.ni.o.i.ta.ma.ma、do.a.o.shi.me.te.shi.ma.i.ma.shi.ta

退房後

1 不好意思。我有東西忘在房間裡了。

すみません。部屋に忘れ物をしてしまいました。

su.mi.ma.se.n。he.ya.ni.wa.su.re.mo.no.o.shi.te.shi.ma.i.ma.shi.ta

2 我的名字是○○○，房間號碼223號。我想請問有沒有人看到我的充電器？

私の名前は○○○です。ルームナンバーは223号室でした。どなたか私の充電器を見なかったか、お伺いしたいのですが。

wa.ta.shi.no.na.ma.e.wa.○○○.de.su。ru.u.mu.na.n.ba.a.wa.ni.ni.sa.n.go.o.shi.tsu.de.shi.ta。do.na.ta.ka.wa.ta.shi.no.ju.u.de.n.ki.o.mi.na.ka.t.ta.ka、o.u.ka.ga.i.shi.ta.i.no.de.su.ga

會話①

不好意思。我忘記房間號碼了。

すみません。部屋の番号を忘れてしまいました。

su.mi.ma.se.n。he.ya.no.ba.n.go.o.o.wa.su.re.te.shi.ma.i.ma.shi.ta

請問客人的姓名是？

お客様のお名前は？

o.kya.ku.sa.ma.no.o.na.ma.e.wa

我姓孫。

孫です。

so.n.de.su

為了確認，可以麻煩您將護照給我嗎？

確認のため、パスポートをお願いできますか。

ka.ku.ni.n.no.ta.me、pa.su.po.o.to.o.o.ne.ga.i.de.ki.ma.su.ka

好，在這裡。

はい、これです。

ha.i、ko.re.de.su

客人您的房間號碼為801號房。

お客様のお部屋番号は801号室になります。

o.kya.ku.sa.ma.no.o.he.ya.ba.n.go.o.wa.ha.chi.ze.ro.i.chi.go.o.shi.tsu.ni.na.ri.ma.su

謝謝。

ありがとうございました。

a.ri.ga.to.o.go.za.i.ma.shi.ta

4

提出要求

向服務人員提出要求

034

1 請告訴我這附近比較推薦的餐廳。
この近くのおすすめのレストランを教えてください。
ko.no.chi.ka.ku.no.o.su.su.me.no.re.su.to.ra.n.o.o.shi.e.te.ku.da.sa.i

2 請給我有寫這間飯店地址的卡片。
このホテルの住所が書いてあるカードをください。
ko.no.ho.te.ru.no.ju.u.sho.ga.ka.i.te.a.ru.ka.a.do.o.ku.da.sa.i

3 請問可以寄放貴重物品嗎？
貴重品を預かってもらえますか。
ki.cho.o.hi.n.o.a.zu.ka.t.te.mo.ra.e.ma.su.ka

4 我想領取寄放的貴重物品。
預けた貴重品を受け取りたいのですが。
a.zu.ke.ta.ki.cho.o.hi.n.o.u.ke.to.ri.ta.i.no.de.su.ga

5 請給我這附近的地圖。
この周辺の地図をください。
ko.no.shu.u.he.n.no.chi.zu.o.ku.da.sa.i

6 請告訴我這附近有名的地方。
この周辺の名所を教えてください。
ko.no.shu.u.he.n.no.me.i.sho.o.o.shi.e.te.ku.da.sa.i

7 我想將這個行李寄到台北。
この荷物を台北に送りたいのですが。
ko.no.ni.mo.tsu.o.ta.i.pe.i.ni.o.ku.ri.ta.i.no.de.su.ga

8 我想打國際電話。
国際電話をかけたいのですが。
ko.ku.sa.i.de.n.wa.o.ka.ke.ta.i.no.de.su.ga

9 請幫我叫計程車。
タクシーを呼んでください。
ta.ku.shi.i.o.yo.n.de.ku.da.sa.i

10 我想再多一條毛毯。
毛布をもう１枚持ってきて欲しいのですが。
mo.o.fu.o.mo.o.i.chi.ma.i.mo.t.te.ki.te.ho.shi.i.no.de.su.ga

11 麻煩馬上。
すぐにお願いします。
su.gu.ni.o.ne.ga.i.shi.ma.su

12 麻煩請儘早。

できるだけ早くお願いします。
de.ki.ru.da.ke.ha.ya.ku.o.ne.ga.i.shi.ma.su

13 等一下麻煩您了。

あとでお願いします。
a.to.de.o.ne.ga.i.shi.ma.su

14 隨時都可以。

いつでもいいです。
i.tsu.de.mo.i.i.de.su

15 明天房間不用打掃沒關係。

明日は部屋の掃除をしなくてもいいです。
a.shi.ta.wa.he.ya.no.so.o.ji.o.shi.na.ku.te.mo.i.i.de.su

16 明天早上到10點之前請不要叫我起床。

明日は朝10時まで起こさないでください。
a.shi.ta.wa.a.sa.ju.u.ji.ma.de.o.ko.sa.na.i.de.ku.da.sa.i

服務人員的各種回應

1 好的，我知道了。

はい、かしこまりました。
ha.i、ka.shi.ko.ma.ri.ma.shi.ta

2 這邊請。

どうぞ、こちらになります。
do.o.zo、ko.chi.ra.ni.na.ri.ma.su

3 請稍候。

少々お待ちください。
sho.o.sho.o.o.ma.chi.ku.da.sa.i

4 很抱歉。沒辦法。

申し訳ございません。いたしかねます。
mo.o.shi.wa.ke.go.za.i.ma.se.n。i.ta.shi.ka.ne.ma.su

會話①

麻煩明天早上7點半Morning-call。

明日の朝7時半にモーニングコールをお願いします。
a.shi.ta.no.a.sa.shi.chi.ji.ha.n.ni.mo.o.ni.n.gu.ko.o.ru.o.o.ne.ga.i.shi.ma.su

我知道了。

かしこまりました。
ka.shi.ko.ma.ri.ma.shi.ta

會話②

我希望能將餐點送到房間內。

食事を部屋まで運んで欲しいのですが。

sho.ku.ji.o.he.ya.ma.de.ha.ko.n.de.ho.shi.i.no.de.su.ga

很抱歉。請在食堂用餐。

申し訳ございません。お食事は食堂でお願いします。

mo.o.shi.wa.ke.go.za.i.ma.se.n。o.sho.ku.ji.wa.sho.ku.do.o.de.o.ne.ga.i.shi.ma.su

會話③

請問可以延長退房的時間嗎？

チェックアウトの時間を延長することは可能でしょうか？

che.k.ku.a.u.to.no.ji.ka.n.o.e.n.cho.o.su.ru.ko.to.wa.ka.no.o.de.sho.o.ka

我想再多住2晚。

もう２泊、延長したいのですが。

mo.o.ni.ha.ku、e.n.cho.o.shi.ta.i.no.de.su.ga

我想提早1天退房。

１日早くチェックアウトをしたいのですが。

i.chi.ni.chi.ha.ya.ku.che.k.ku.a.u.to.o.shi.ta.i.no.de.su.ga

我知道了。

かしこまりました。

ka.shi.ko.ma.ri.ma.shi.ta

5

日式旅館

用餐

 客人。

お客様。

o.kya.ku.sa.ma

 是的。

はい。

ha.i

 幫您送晚餐來了。

お夕飯をお持ちいたしました。

o.yu.u.ha.n.o.o.mo.chi.i.ta.shi.ma.shi.ta

 請進。麻煩您了。

どうぞ。お願いします。

do.o.zo。o.ne.ga.i.shi.ma.su

 打擾了。

失礼いたします。

shi.tsu.re.i.i.ta.shi.ma.su

請讓我爲您說明餐點。

お料理の説明をさせていただきます。

o.ryo.o.ri.no.se.tsu.me.i.o.sa.se.te.i.ta.da.ki.ma.su

這是本旅館的招牌料理。

当旅館の名物料理でございます。

to.o.ryo.ka.n.no.me.i.bu.tsu.ryo.o.ri.de.go.za.i.ma.su

因爲很燙，請小心。

熱いので気をつけてくださいね。

a.tsu.i.no.de.ki.o.tsu.ke.te.ku.da.sa.i.ne

請趁熱享用。

温かいうちにお召し上がりください。

a.ta.ta.ka.i.u.chi.ni.o.me.shi.a.ga.ri.ku.da.sa.i

詢問

 請問這是什麼？

これは何ですか。

ko.re.wa.na.n.de.su.ka

請問這個要怎麼吃？

これはどうやって食べるのですか。

ko.re.wa.do.o.ya.t.te.ta.be.ru.no.de.su.ka

會話①

請問要再添一碗飯嗎？

ご飯のおかわりはいかがですか。
go.ha.n.no.o.ka.wa.ri.wa.i.ka.ga.de.su.ka

麻煩再一碗。

おかわりをお願いします。
o.ka.wa.ri.o.o.ne.ga.i.shi.ma.su

已經飽了。

もう十分です。
mo.o.ju.u.bu.n.de.su

會話②

請問這個(碗盤等)可以收了嗎？

お下げしてよろしいですか。
o.sa.ge.shi.te.yo.ro.shi.i.de.su.ka

好的。麻煩了。

はい、お願いします。
ha.i、o.ne.ga.i.shi.ma.su

很好吃。多謝款待。

おいしかったです。ごちそうさまでした。
o.i.shi.ka.t.ta.de.su。go.chi.so.o.sa.ma.de.shi.ta

晚上休息時

我來幫您鋪棉被。

お布団を敷きにまいりました。
o.fu.to.n.o.shi.ki.ni.ma.i.ri.ma.shi.ta

麻煩您了。

お願いします。
o.ne.ga.i.shi.ma.su

沒關係我們自己鋪。

自分たちで敷くのでいいです。
ji.bu.n.ta.chi.de.shi.ku.no.de.i.i.de.su

6 準備退房

會話①

麻煩我要退房。

チェックアウトをお願いします。

che.k.ku.a.u.to.o.o.ne.ga.i.shi.ma.su

我知道了。

かしこまりました。

ka.shi.ko.ma.ri.ma.shi.ta

會話②

請問這個請款金額有沒有錯呢？

この請求金額は間違っていませんか。

ko.no.se.i.kyu.u.ki.n.ga.ku.wa.ma.chi.ga.t.te.i.ma.se.n.ka

非常抱歉。是我們的疏忽。

大変申し訳ございません。こちらの手違いでございました。

ta.i.he.n.mo.o.shi.wa.ke.go.za.i.ma.se.n。ko.chi.ra.no.te.chi.ga.i.de.go.za.i.ma.shi.ta

請問這個項目是什麼？

この項目はなんですか。

ko.no.ko.o.mo.ku.wa.na.n.de.su.ka

這個是客人在購買○○時所追加的費用。

こちらはお客様が○○をご注文された時の追加料金でございます。

ko.chi.ra.wa.o.kya.ku.sa.ma.ga.○○.o.go.chu.u.mo.n.sa.re.ta.to.ki.no.tsu.i.ka.ryo.o.ki.n.de.go.za.i.ma.su

這樣啊。我以爲○○是免費的。

そうですか。○○はサービスだと思っていたのですが。

so.o.de.su.ka。○○.wa.sa.a.bi.su.da.to.o.mo.t.te.i.ta.no.de.su.ga

很抱歉，我們的說明不夠周詳。

私どものご説明が足りなかったようで、申し訳ありませんでした。

wa.ta.shi.do.mo.no.go.se.tsu.me.i.ga.ta.ri.na.ka.t.ta.yo.o.de、mo.o.shi.wa.ke.a.ri.ma.se.n.de.shi.ta

7

在旅館泡溫泉

詢問功效

037

請問這裡的溫泉有什麼功效呢？ こちらの温泉は何に効くのですか。
ko.chi.ra.no.o.n.se.n.wa.na.ni.ni.ki.ku.no.de.su.ka

對關節痛或肌肉痠痛有效。 関節痛や筋肉痛に効きます。
ka.n.se.tsu.tsu.u.ya.ki.n.ni.ku.tsu.u.ni.ki.ki.ma.su

對皮膚好，剛泡完很保濕哦。 お肌によく、湯上りはしっとりしますよ。
o.ha.da.ni.yo.ku、yu.a.ga.ri.wa.shi.t.to.ri.shi.ma.su.yo

對神經痛有效。 神経痛に効きますよ。
shi.n.ke.i.tsu.u.ni.ki.ki.ma.su.yo

會降血壓哦。 血圧を下げますよ。
ke.tsu.a.tsu.o.sa.ge.ma.su.yo

對驅寒有效哦。 冷えに効きますよ。
hi.e.ni.ki.ki.ma.su.yo

請問這個溫泉可以喝嗎？ この温泉は飲めますか。
ko.no.o.n.se.n.wa.no.me.ma.su.ka

是的，可以喝。對腸胃好。 はい、飲めます。胃腸にいいですよ。
ha.i、no.me.ma.su。i.cho.o.ni.i.i.de.su.yo

不，不適合飲用。 いいえ、飲用には適していません。
i.i.e、i.n.yo.o.ni.wa.te.ki.shi.te.i.ma.se.n

其他的問題

請問露天湯池現在可以泡嗎？ 露天風呂は今の時間、入れますか。
ro.te.n.bu.ro.wa.i.ma.no.ji.ka.n、ha.i.re.ma.su.ka

是的，可以。 はい、入れます。
ha.i、ha.i.re.ma.su

很抱歉。晚上的11點到隔天早上的6點是關閉的。

申し訳ございません。夜 11 時から翌朝の6時までは閉めております。

mo.o.shi.wa.ke.go.za.i.ma.se.n。yo.ru.ju.u.i.chi.ji.ka.ra.yo.ku.a.sa.no.ro.ku.ji.ma.de.wa.shi.me.te.o.ri.ma.su

請問男湯和女湯有分開嗎？

男湯と女湯は分かれていますか。

o.to.ko.yu.to.o.n.na.yu.wa.wa.ka.re.te.i.ma.su.ka

是的。是按照時間來分。請確認入口處的牌子。

はい。時間ごとに入れ替え制になっております。入り口の札をご確認ください。

ha.i。ji.ka.n.go.to.ni.i.re.ka.e.se.i.ni.na.t.te.o.ri.ma.su。i.ri.gu.chi.no.fu.da.o.go.ka.ku.ni.n.ku.da.sa.i

泡溫泉時該注意的地方

1 請將貴重物品放入這裡的置物櫃。

貴重品はこちらのロッカーに入れてください。

ki.cho.o.hi.n.wa.ko.chi.ra.no.ro.k.ka.a.ni.i.re.te.ku.da.sa.i

2 鞋子請脫在這裡。

履物はここで脱いでください。

ha.ki.mo.no.wa.ko.ko.de.nu.i.de.ku.da.sa.i

3 由於地板(石頭)很容易滑倒，請小心。

床（岩）が滑りやすくなっていますので、気をつけてくださいね。

yu.ka(i.wa).ga.su.be.ri.ya.su.ku.na.t.te.i.ma.su.no.de、ki.o.tsu.ke.te.ku.da.sa.i.ne

4 請先確認過熱水的溫度後再進入。

お湯の温度を確かめてから入ってくださいね。

o.yu.no.o.n.do.o.ta.shi.ka.me.te.ka.ra.ha.i.t.te.ku.da.sa.i.ne

5 進入溫泉裡之前，請先在身上淋點水。

入る前にかけ湯をしてください。

ha.i.ru.ma.e.ni.ka.ke.yu.o.shi.te.ku.da.sa.i

6 請先將身體稍作清潔後再進去。

体の汚れを軽く落としてから入ってください。

ka.ra.da.no.yo.go.re.o.ka.ru.ku.o.to.shi.te.ka.ra.ha.i.t.te.ku.da.sa.i

7 請勿將頭髮或毛巾浸泡在水中。

湯の中に髪やタオルが浸からないようにしてください。

yu.no.na.ka.ni.ka.mi.ya.ta.o.ru.ga.tsu.ka.ra.na.i.yo.o.ni.shi.te.ku.da.sa.i

8 請勿在溫泉裡游泳。

温泉では泳がないでください。

o.n.se.n.de.wa.o.yo.ga.na.i.de.ku.da.sa.i

9 雖然對皮膚病有效，但請避免長時間浸泡。

皮膚病に効きますが、長い時間の入浴は避けてください。

hi.fu.byo.o.ni.ki.ki.ma.su.ga、na.ga.i.ji.ka.n.no.nyu.u.yo.ku.wa.sa.ke.te.ku.da.sa.i

8 在飯店使用游泳池、健身房

游泳池

♪ 038

1 進游泳池前請先卸妝。

プールにお入りになるときは、メイクは落としてください。

pu.u.ru.ni.o.ha.i.ri.ni.na.ru.to.ki.wa、me.i.ku.wa.o.to.shi.te.ku.da.sa.i

2 請將飾品取下。

アクセサリーは外してください

a.ku.se.sa.ri.i.wa.ha.zu.shi.te.ku.da.sa.i

3 禁止跳水。

飛び込みは禁止です。

to.bi.ko.mi.wa.ki.n.shi.de.su

4 飲酒者請勿進入。

酒気帯びの方は入らないでください

shu.ki.o.bi.no.ka.ta.wa.ha.i.ra.na.i.de.ku.da.sa.i

更衣室

請問更衣室在哪裡呢？

更衣室はどこですか。

ko.o.i.shi.tsu.wa.do.ko.de.su.ka

前面走到底右轉，前面的是男用更衣室，裡面一點則是女用更衣室。

突き当たりを右に曲がって手前が男性用、奥が女性用となっております。

tsu.ki.a.ta.ri.o.mi.gi.ni.ma.ga.t.te.te.ma.e.ga.da.n.se.i.yo.o、o.ku.ga.jo.se.i.yo.o.to.na.t.te.o.ri.ma.su

健身房

請告訴我如何使用這台機器。

このマシンの使い方を教えてください。

ko.no.ma.shi.n.no.tsu.ka.i.ka.ta.o.o.shi.e.te.ku.da.sa.i

好的。請按下啓動按鈕。再來，選擇您想要的速度。

はい。このスタートボタンを押します。次に走るスピードを選びます。

ha.i。ko.no.su.ta.a.to.bo.ta.n.o.o.shi.ma.su。tsu.gi.ni.ha.shi.ru.su.pi.i.do.o.e.ra.bi.ma.su

 最近，有點缺乏運動。

最近、運動不足なのですが。

sa.i.ki.n、u.n.do.o.bu.so.ku.na.no.de.su.ga

 那麼，先從這個刻度開始吧!還可以一邊跑步一邊調整速度哦!

では、最初の目盛りはこのくらいにしておきましょうか。走りながらでも、スピードは変えられますよ。

de.wa、sa.i.sho.no.me.mo.ri.wa.ko.no.ku.ra.i.ni.shi.te.o.ki.ma.sho.o.ka。ha.shi.ri.na.ga.ra.de.mo、su.pi.i.do.wa.ka.e.ra.re.ma.su.yo

 請問一下，現在在教室裡正在進行什麼課程?

すみません。今スタジオでやっているのは何ですか。

su.mi.ma.se.n。i.ma.su.ta.ji.o.de.ya.t.te.i.ru.no.wa.na.n.de.su.ka

 現在正在進行的是中級的瑜珈課程。

ヨガの中級クラスです。

yo.ga.no.chu.u.kyu.u.ku.ra.su.de.su

 現在還能參加嗎?

今から参加できますか。

i.ma.ka.ra.sa.n.ka.de.ki.ma.su.ka

 還有15分鐘就要結束了。之後還有初級課程，要不要參加看看呢?

あと 15 分で終了してしまいます。その後の初級クラスに参加されてみてはどうですか。

a.to.ju.u.go.fu.n.de.shu.u.ryo.o.shi.te.shi.ma.i.ma.su。so.no.a.to.no.sho.kyu.u.ku.ra.su.ni.sa.n.ka.sa.re.te.mi.te.wa.do.o.de.su.ka

 好。

そうします。

so.o.shi.ma.su

9 在飯店體驗SPA

SPA

039

首先詢問一下您的狀況。請問有什麼比較在意的地方呢？

まず、カウンセリングを行います。何か気になるところはございますか。

ma.zu、ka.u.n.se.ri.n.gu.o.o.ko.na.i.ma.su。na.ni.ka.ki.ni.na.ru.to.ko.ro.wa.go.za.i.ma.su.ka

最近有點發胖，肚子是我最在意的地方。

最近、少し太って…お腹周りが気になります。

sa.i.ki.n、su.ko.shi.fu.to.t.te…o.na.ka.ma.wa.ri.ga.ki.ni.na.ri.ma.su

曬了太陽後，出現的雀斑、毛孔問題是我在意的地方。

日焼けをして、シミやソバカスが気になります。

hi.ya.ke.o.shi.te、shi.mi.ya.so.ba.ka.su.ga.ki.ni.na.ri.ma.su

在進行之前，先爲您測量體重與尺寸。是否可以將您衣服脫下呢？

施術前に体重とサイズを測らせていただきます。お召し物を脱いでいただけますか。

se.ju.tsu.ma.e.ni.ta.i.ju.u.to.sa.i.zu.o.ha.ka.ra.se.te.i.ta.da.ki.ma.su。o.me.shi.mo.no.o.nu.i.de.i.ta.da.ke.ma.su.ka

脫下衣服後，請換上我們爲您準備的浴袍。

お召し物を脱いで、こちらのガウン（バスローブ）にお着替えください。

o.me.shi.mo.no.o.nu.i.de、ko.chi.ra.no.ga.u.n(ba.su.ro.o.bu).ni.o.ki.ga.e.ku.da.sa.i

按摩

按摩的力道可以嗎？

マッサージの強さは大丈夫ですか。

ma.s.sa.a.ji.no.tsu.yo.sa.wa.da.i.jo.o.bu.de.su.ka

嗯。很舒服。

はい。気持ちいいです。

ha.i。ki.mo.chi.i.i.de.su

有一點痛，請小力一點。

ちょっと痛いので、もう少し弱くお願いします。

cho.t.to.i.ta.i.no.de、mo.o.su.ko.shi.yo.wa.ku.o.ne.ga.i.shi.ma.su

力道似乎不太夠、請再稍微用力一些。

物足りないので、もう少し強く押してください。

mo.no.ta.ri.na.i.no.de、mo.o.su.ko.shi.tsu.yo.ku.o.shi.te.ku.da.sa.i

爲了讓精華液完全滲透進皮膚，請稍等五分鐘。

成分を浸透させますので、5分ほど、このままでお待ちください。

se.i.bu.n.o.shi.n.to.o.sa.se.ma.su.no.de、go.fu.n.ho.do、ko.no.ma.ma.de.o.ma.chi.ku.da.sa.i

美容相關用語

做臉 フェイシャル fe.i.sha.ru	美容 美顔 bi.ga.n	換膚 ピーリング pi.i.ri.n.gu	除毛 脱毛 da.tsu.mo.o
瘦身 痩身 so.o.shi.n	骨盤矯正 骨盤矯正 ko.tsu.ba.n.kyo.o.se.i	豐胸按摩 バストアップマッサージ ba.su.to.a.p.pu.ma.s.sa.a.ji	
舒壓 リラクゼーション ri.ra.ku.ze.e.sho.n	腳底按摩 リフレクソロジー ri.fu.re.ku.so.ro.ji.i	腳底穴道按摩 足つぼマッサージ a.shi.tsu.bo.ma.s.sa.a.ji	頭部按摩 ヘッドマッサージ he.d.do.ma.s.sa.a.ji
指部按摩 ネイル ne.i.ru	淋巴按摩 リンパマッサージ ri.n.pa.ma.s.sa.a.ji	芳香療法 アロマテラピー a.ro.ma.te.ra.pi.i	婚前全身美容 ブライダルエステ bu.ra.i.da.ru.e.su.te

PART 3

觀光篇

1 旅遊服務中心

詢問

♪ 041

1	不好意思。請問可以拿周邊地圖嗎？	すみません。周辺の地図をもらえますか。 su.mi.ma.se.n。shu.u.he.n.no.chi.zu.o.mo.ra.e.ma.su.ka
2	請告訴我值得去的地方。	見どころを教えてください。 mi.do.ko.ro.o.o.shi.e.te.ku.da.sa.i
3	請問有什麼有趣的地方嗎？	どこか面白いところはありますか？ do.ko.ka.o.mo.shi.ro.i.to.ko.ro.wa.a.ri.ma.su.ka
4	請問有推薦的地點嗎？	お勧めの場所はありますか？ o.su.su.me.no.ba.sho.wa.a.ri.ma.su.ka
5	這附近有一間著名的神社。	近くに有名な神社があります。 chi.ka.ku.ni.yu.u.me.i.na.ji.n.ja.ga.a.ri.ma.su
6	對面那條路上有很多有名的店家。	向こうの通りに、有名店がたくさんあります。 mu.ko.o.no.to.o.ri.ni、yu.u.me.i.te.n.ga.ta.ku.sa.n.a.ri.ma.su
7	有一座很大的公園。	大きな公園があります。 o.o.ki.na.ko.o.e.n.ga.a.ri.ma.su
8	有一座歷史悠久的遊樂園。	歴史がある遊園地があります。 re.ki.shi.ga.a.ru.yu.u.e.n.chi.ga.a.ri.ma.su
9	要不要早點起床，到早市去看看呢？	早起きして、朝市に行ってみてはどうですか？ ha.ya.o.ki.shi.te、a.sa.i.chi.ni.i.t.te.mi.te.wa.do.o.de.su.ka
10	六本木之丘裡有瞭望台。	六本木ヒルズには展望台があります。 ro.p.po.n.gi.hi.ru.zu.ni.wa.te.n.bo.o.da.i.ga.a.ri.ma.su

會話①

 請問可以拿觀光導覽手冊嗎？

観光案内のパンフレットをもらえますか？

ka.n.ko.o.a.n.na.i.no.pa.n.fu.re.t.to.o.mo.ra.e.ma.su.ka

 好的。請。

はい。どうぞ。

ha.i。do.o.zo

會話②

 請問這附近，有可以寄放行李的地方嗎？

この辺に、荷物を預かってくれるところはありますか？

ko.no.he.n.ni、ni.mo.tsu.o.a.zu.ka.t.te.ku.re.ru.to.ko.ro.wa.a.ri.ma.su.ka

 大部分的車站都有投幣式的寄物櫃喔。

ほとんどの駅に、コインロッカーがありますよ。

ho.to.n.do.no.e.ki.ni、ko.i.n.ro.k.ka.a.ga.a.ri.ma.su.yo

會話③

 請問開放時間（關閉時間）是幾點呢？

開館時間（閉館時間）は何時ですか？

ka.i.ka.n.ji.ka.n (he.i.ka.n.ji.ka.n).wa.na.n.ji.de.su.ka

請問休館日是什麼時候呢？

休館日はいつですか？

kyu.u.ka.n.bi.wa.i.tsu.de.su.ka

2 參加觀光行程

索取簡介

042

請給我旅遊簡介。

ツアーのパンフレットをください。
tsu.a.a.no.pa.n.fu.re.t.to.o.ku.da.sa.i

請問需要哪種旅遊行程呢？

どんなツアーをご希望ですか？
do.n.na.tsu.a.a.o.go.ki.bo.o.de.su.ka

我想報名當天來回的觀光行程。

日帰りのツアーに申し込みたいのですが。
hi.ga.e.ri.no.tsu.a.a.ni.mo.o.shi.ko.mi.ta.i.no.de.su.ga

這本簡介裡有寫詳細的內容，請拿去看。

こちらのパンフレットに詳しい内容が載っていますので、どうぞお持ちください。
ko.chi.ra.no.pa.n.fu.re.t.to.ni.ku.wa.shi.i.na.i.yo.o.ga.no.t.te.i.ma.su.no.de、do.o.zo.o.mo.chi.ku.da.sa.i

詢問行程內容

不好意思。我想詢問有關這個行程的事。

すみません。このツアーのことで聞きたいのですが。
su.mi.ma.se.n。ko.no.tsu.a.a.no.ko.to.de.ki.ki.ta.i.no.de.su.ga

好的。請問是什麼事呢？

はい。どういったことでしょうか。
ha.i。do.o.i.t.ta.ko.to.de.sho.o.ka

請問是觀光哪些地點呢？

どこらへんを観光するのですか。
do.ko.ra.he.n.o.ka.n.ko.o.su.ru.no.de.su.ka

主要爲遊覽下町周邊景點。

下町を中心に観光します。
shi.ta.ma.chi.o.chu.u.shi.n.ni.ka.n.ko.o.shi.ma.su

會繞過東京鐵塔和皇居。

東京タワーと皇居を回ります。
to.o.kyo.o.ta.wa.a.to.ko.o.kyo.o.ma.wa.ri.ma.su

會搭配觀賞舞台表演。

舞台観賞とセットになっています。
bu.ta.i.ka.n.sho.o.to.se.t.to.ni.na.t.te.i.ma.su

詢問時間①

請問大約要花多少時間呢？

何時間くらいかかりますか？

na.n.ji.ka.n.ku.ra.i.ka.ka.ri.ma.su.ka

大約3小時。

3時間ほどです。

sa.n.ji.ka.n.ho.do.de.su

半天左右。

半日ぐらいです。

ha.n.ni.chi.gu.ra.i.de.su

是住一晚的行程。

1泊コースとなります。

i.p.pa.ku.ko.o.su.to.na.ri.ma.su

詢問時間②

請問大概幾點會回來呢？

何時くらいに戻って来られますか？

na.n.ji.ku.ra.i.ni.mo.do.t.te.ko.ra.re.ma.su.ka

預定是下午6點30分，若遇上塞車等狀況，預定時間可能會有所變更。

予定では 18 時 30 分ですが、渋滞などにより、予定時刻は前後することがあります。

yo.te.i.de.wa.ju.u.ha.chi.ji.sa.n.ju.p.pu.n.de.su.ga、ju.u.ta.i.na.do.ni.yo.ri、yo.te.i.ji.ko.ku.wa.ze.n.go.su.ru.ko.to.ga.a.ri.ma.su

詢問集合地點

請問集合地點在哪裡呢？

集合場所はどこですか？

shu.u.go.o.ba.sho.wa.do.ko.de.su.ka

在新宿車站的東口。

新宿駅の東口です。

shi.n.ju.ku.e.ki.no.hi.ga.shi.gu.chi.de.su

在東京車站的丸之內南口有觀光巴士的乘車處。

東京駅の丸の内南口に観光バス乗り場があります。

to.o.kyo.o.e.ki.no.ma.ru.no.u.chi.mi.na.mi.gu.chi.ni.ka.n.ko.o.ba.su.no.ri.ba.ga.a.ri.ma.su

詢問解散地點

請問解散的地點在哪裡？

解散場所はどこですか？

ka.i.sa.n.ba.sho.wa.do.ko.de.su.ka

和集合地點一樣。

集合場所と同じです。

shu.u.go.o.ba.sho.to.o.na.ji.de.su

在池袋車站。

池袋駅です。

i.ke.bu.ku.ro.e.ki.de.su

就地解散。

現地解散です。

ge.n.chi.ka.i.sa.n.de.su

詢問餐點

請問這個行程有附餐點嗎？

このコースは食事付きですか？

ko.no.ko.o.su.wa.sho.ku.ji.tsu.ki.de.su.ka

有的。有附餐點。

はい。お食事付きです。

ha.i。o.sho.ku.ji.tsu.ki.de.su

在飯店用自助餐。

ホテルでバイキング形式となります。

ho.te.ru.de.ba.i.ki.n.gu.ke.i.shi.ki.to.na.ri.ma.su

有附中餐和晚餐。

お昼と夕食が付きます。

o.hi.ru.to.yu.u.sho.ku.ga.tsu.ki.ma.su

詢問隨行導遊

請問有中文的導覽員嗎？

中国語のガイドは付きますか？

chu.u.go.ku.go.no.ga.i.do.wa.tsu.ki.ma.su.ka

很抱歉。是日文的導覽員。

申し訳ございません。日本語のガイドになります。

mo.o.shi.wa.ke.go.za.i.ma.se.n。ni.ho.n.go.no.ga.i.do.ni.na.ri.ma.su

可使用中文語音導覽。

中国語の自動音声ガイドがご利用できます。

chu.u.go.ku.go.no.ji.do.o.o.n.se.i.ga.i.do.ga.go.ri.yo.o.de.ki.ma.su

其他疑問①

請問可以中途參加嗎？

途中から参加できますか？

to.chu.u.ka.ra.sa.n.ka.de.ki.ma.su.ka

可以。下午2點左右，在這個地點等候的話，就可以中途參加行程。

はい。午後2時くらいに、この地点でお待ちいただければ、途中から参加可能です。

ha.i。go.go.ni.ji.ku.ra.i.ni、ko.no.chi.te.n.de.o.ma.chi.i.ta.da.ke.re.ba、to.chu.u.ka.ra.sa.n.ka.ka.no.o.de.su

抱歉。無法中途參加。

申し訳ございません。途中からの参加はできません。

mo.o.shi.wa.ke.go.za.i.ma.se.n。to.chu.u.ka.ra.no.sa.n.ka.wa.de.ki.ma.se.n

其他疑問②

請問可以在旅遊途中先離開嗎？

ツアーの途中で帰ってもいいですか？

tsu.a.a.no.to.chu.u.de.ka.e.t.te.mo.i.i.de.su.ka

是的，沒關係。但是，仍須支付全額的旅遊費用。

はい、構いません。ですが、ツアー料金は全額お支払いいただいております。

ha.i、ka.ma.i.ma.se.n。de.su.ga、tsu.a.a.ryo.o.ki.n.wa.ze.n.ga.ku.o.shi.ha.ra.i.i.ta.da.i.te.o.ri.ma.su

其他疑問③

請問下雨的話會取消嗎？

雨の時は中止ですか？

a.me.no.to.ki.wa.chu.u.shi.de.su.ka

不會，下雨天也會成行。

いいえ、雨天決行です。

i.i.e、u.te.n.ke.k.ko.o.de.su

天氣狀況不好時，有可能會取消。若取消，將會另行通知。

悪天候の場合は中止の可能性があります。その場合はご連絡します。

a.ku.te.n.ko.o.no.ba.a.i.wa.chu.u.shi.no.ka.no.o.se.i.ga.a.ri.ma.su。so.no.ba.a.i.wa.go.re.n.ra.ku.shi.ma.su

3 觀光

詢問

043

1 請問入口在哪裡呢？
入り口はどこですか？
i.ri.gu.chi.wa.do.ko.de.su.ka

2 請問入場費是多少錢呢？
入場料はいくらですか？
nyu.u.jo.o.ryo.o.wa.i.ku.ra.de.su.ka

3 請問開放到幾點呢？
何時まで開いていますか？
na.n.ji.ma.de.a.i.te.i.ma.su.ka

4 請問有中文的簡介嗎？
中国語のパンフレットはありますか？
chu.u.go.ku.go.no.pa.n.fu.re.t.to.wa.a.ri.ma.su.ka

5 請問有中文的語音導覽嗎？
中国語の音声ガイドはありますか？
chu.u.go.ku.go.no.o.n.se.i.ga.i.do.wa.a.ri.ma.su.ka

6 請問按照哪一個路線走比較好呢？
どういう順路で回ればいいですか？
do.o.i.u.ju.n.ro.de.ma.wa.re.ba.i.i.de.su.ka

7 請問出口在哪裡呢？
出口はどこですか？
de.gu.chi.wa.do.ko.de.su.ka

8 請問哪裡可以清楚看到風景呢？
景色が良く見えるところはどこですか？
ke.shi.ki.ga.yo.ku.mi.e.ru.to.ko.ro.wa.do.ko.de.su.ka

各種告示

1 這裡禁止進入。
ここは立ち入り禁止です。
ko.ko.wa.ta.chi.i.ri.ki.n.shi.de.su

2 這裡禁止穿鞋。請脫鞋。
ここは土足禁止です。靴を脱いでください。
ko.ko.wa.do.so.ku.ki.n.shi.de.su。ku.tsu.o.nu.i.de.ku.da.sa.i

3 請按照箭頭的方向行走。
矢印の順に回ってください。
ya.ji.ru.shi.no.ju.n.ni.ma.wa.t.te.ku.da.sa.i

4 不能再次入場。
再入場はできません。
sa.i.nyu.u.jo.o.wa.de.ki.ma.se.n

5　請勿用手觸摸。　お手を触れないでください。
o.te.o.fu.re.na.i.de.ku.da.sa.i

6　請不要進到柵欄裡面。　柵より中に入らないでください。
sa.ku.yo.ri.na.ka.ni.ha.i.ra.na.i.de.ku.da.sa.i

7　請勿進入草地。　芝生に入らないでください。
shi.ba.fu.ni.ha.i.ra.na.i.de.ku.da.sa.i

在日本買郵票

許多人出國玩的時候習慣寄明信片給自己和朋友，除了分享這趟旅程之外也可以留做紀念，但是「郵票」往往是令人頭痛的一點。

買明信片的時候可以在結帳櫃台順便問問看，有時候也會賣郵票，碰了閉門羹也不用擔心，只要到便利商店的櫃台就可以買到了，寄到海外的明信片要貼70日幣的郵票。

如果這兩個方法都沒有成功也沒關係！飯店或是民宿的櫃檯大多有代寄明信片的服務，只要把明信片交給櫃檯再付錢即可。

4 拍照

詢問

044

1 請問這裡可以拍照嗎？

ここで写真を撮ってもいいですか？

ko.ko.de.sha.shi.n.o.to.t.te.mo.i.i.de.su.ka

2 請問可以錄影嗎？

ビデオで撮ってもいいですか？

bi.de.o.de.to.t.te.mo.i.i.de.su.ka

3 可以跟你一起拍照嗎？

一緒に写真を撮ってもいいですか？

i.s.sho.ni.sha.shi.n.o.to.t.te.mo.i.i.de.su.ka

各種告示

1 這裡禁止拍照。

ここは撮影禁止です。

ko.ko.wa.sa.tsu.e.i.ki.n.shi.de.su

2 請勿使用閃光燈。

フラッシュは、たかないでください。

fu.ra.s.shu.wa、ta.ka.na.i.de.ku.da.sa.i

3 請勿使用腳架。

三脚は使わないでください。

sa.n.kya.ku.wa.tsu.ka.wa.na.i.de.ku.da.sa.i

會話①

請問可以幫我們拍照嗎？

写真を撮ってもらえますか？

sha.shi.n.o.to.t.te.mo.ra.e.ma.su.ka

好啊。

いいですよ。

i.i.de.su.yo

按這裡就好了。

ここを押すだけですので。

ko.ko.o.o.su.da.ke.de.su.no.de

好，我知道了。

はい、分かりました。

ha.i、wa.ka.ri.ma.shi.ta

會話②

請將後面的建築物也拍進去。

後ろの建物も入れてください。
u.shi.ro.no.ta.te.mo.no.mo.i.re.te.ku.da.sa.i

請把這銅像也一起拍進去。

この銅像も一緒に入れてください。
ko.no.do.o.zo.o.mo.i.s.sho.ni.i.re.te.ku.da.sa.i

可以請往右靠一點嗎？

もう少し右に寄ってもらえますか？
mo.o.su.ko.shi.mi.gi.ni.yo.t.te.mo.ra.e.ma.su.ka

請往後退一點。

もう少し後ろに下がってください。
mo.o.su.ko.shi.u.shi.ro.ni.sa.ga.t.te.ku.da.sa.i

請問全部的人都有入鏡嗎？

全員入っていますか？
ze.n.i.n.ha.i.t.te.i.ma.su.ka

是的，有。

ええ、入っていますよ。
e.e、ha.i.t.te.i.ma.su.yo

嗯，有點勉強。

うーん、ギリギリですね。
u.u.n、gi.ri.gi.ri.de.su.ne

不要排成一排，排成前後兩排比較好。

一列じゃなくて、前後に二列になった方がいいですよ。
i.chi.re.tsu.ja.na.ku.te、ze.n.go.ni.ni.re.tsu.ni.na.t.ta.ho.o.ga.i.i.de.su.yo

前面的人請蹲下。

前の人はしゃがんでください。
ma.e.no.hi.to.wa.sha.ga.n.de.ku.da.sa.i

後面的人，站在台子上比較好哦。

後ろの人は、台に上がった方がいいですね。
u.shi.ro.no.hi.to.wa、da.i.ni.a.ga.t.ta.ho.o.ga.i.i.de.su.ne

好了。那要照了。來，笑一個！

はい。じゃあ、撮ります。はい、チーズ！
ha.i。ja.a、to.ri.ma.su。ha.i、chi.i.zu

會話③

這樣可以嗎？

こんな感(かん)じでいいですか。
ko.n.na.ka.n.ji.de.i.i.de.su.ka

可以，非常謝謝您。

はい、どうもありがとうございました。
ha.i、do.o.mo.a.ri.ga.to.o.go.za.i.ma.shi.ta

不客氣。請小心。

どういたしまして。お気(き)をつけて。
do.o.i.ta.shi.ma.shi.te。o.ki.o.tsu.ke.te

為什麼拍照的時候要說「はい、チーズ」？

「チーズ」在日文是「起司」的意思，但是爲什麼拍照的時候要說「起司」呢？據說在1963年因爲電視上的一則起司廣告，逐漸普遍開來。廣告裡，攝影師請模特兒說「起司」後，順利拍出笑起來相當自然的表情，由於當時正逢起司需求量大增，個人相機開始普遍，因此「說起司展微笑」的口號在日本廣爲流傳。下次有機會拍照的時候，試著說說看「チーズ」吧！

5 神社

詢問參拜方式①

♪ 045

 請告訴我參拜的方式。

参拝の仕方を教えてください。

sa.n.pa.i.no.shi.ka.ta.o.o.shi.e.te.ku.da.sa.i

 首先，通過鳥居。直達神殿的通道稱爲「參道」。請不要走在參道的中央。

まず、鳥居をくぐります。神殿までの道を「参道」といいます。参道の真ん中は歩かないでください。

ma.zu、to.ri.i.o.ku.gu.ri.ma.su。shi.n.de.n.ma.de.no.mi.chi.o.「sa.n.do.o」.to.i.i.ma.su。sa.n.do.o.no.ma.n.na.ka.wa.a.ru.ka.na.i.de.ku.da.sa.i

 爲什麼呢？

どうしてですか？

do.o.shi.te.de.su.ka

 因爲中央是神明通過的地方。人請走兩邊。

真ん中は神様が通るところだからです。人は端を歩いてください。

ma.n.na.ka.wa.ka.mi.sa.ma.ga.to.o.ru.to.ko.ro.da.ka.ra.de.su。hi.to.wa.ha.shi.o.a.ru.i.te.ku.da.sa.i

請在這裡洗手、漱口。

ここで、手を洗って、口をゆすいでください。

ko.ko.de、te.o.a.ra.t.te、ku.chi.o.yu.su.i.de.ku.da.sa.i

 請問要怎麼洗比較好呢？

どうやって洗えばいいのですか？

do.o.ya.t.te.a.ra.e.ba.i.i.no.de.su.ka

 用這個杓子將水舀起來洗手。再舀一次水，然後用手接水起來漱口。

この柄杓で水をすくって手をあらいます。もう一度、柄杓に水を取って手の平で水を受けて、それで口をゆすいでください。

ko.no.hi.sha.ku.de.mi.zu.o.su.ku.t.te.te.o.a.ra.i.ma.su。mo.o.i.chi.do、hi.sha.ku.ni.mi.zu.o.to.t.te.te.no.hi.ra.de.mi.zu.o.u.ke.te、so.re.de.ku.chi.o.yu.su.i.de.ku.da.sa.i

 水好冰喔。

水がすごく冷たいですね。

mi.zu.ga.su.go.ku.tsu.me.ta.i.de.su.ne

 洗好了嗎?那麼到神殿去吧。

洗えましたか?では神殿に行きましょう。
a.ra.e.ma.shi.ta.ka?de.wa.shi.n.de.n.ni.i.ki.ma.sho.o

詢問參拜方式②

 請將香油錢放進錢箱裡。

賽銭箱に、お賽銭を入れてください。
sa.i.se.n.ba.ko.ni、o.sa.i.se.n.o.i.re.te.ku.da.sa.i

 請問放多少比較好呢?

いくら入れればいいですか。
i.ku.ra.i.re.re.ba.i.i.de.su.ka

 沒有特別規定。是按個人的「心意」。

特に決まっていません。自分の「気持ち」です。
to.ku.ni.ki.ma.t.te.i.ma.se.n。ji.bu.n.no.「ki.mo.chi」.de.su

 要祈求什麼好呢?

何をお願いしようかな。
na.ni.o.o.ne.ga.i.shi.yo.o.ka.na

 還沒喔。要大力搖晃這個繩子，讓鐘聲響起。

まだですよ。この紐を大きく揺さぶって、鐘を鳴らしてください。
ma.da.de.su.yo。ko.no.hi.mo.o.o.o.ki.ku.yu.sa.bu.t.te、ka.ne.o.na.ra.shi.te.ku.da.sa.i

 好。

はい。
ha.i

 再來…這個神社是「二拜二拍手」。鞠躬二次後，拍手二次。

次に…この神社は「二礼二拍手」ですね。お辞儀を二回した後、拍手を二回します。
tsu.gi.ni…ko.no.ji.n.ja.wa.「ni.re.i.ni.ha.ku.shu」.de.su.ne。o.ji.gi.o.ni.ka.i.shi.ta.a.to、ha.ku.shu.o.ni.ka.i.shi.ma.su

 好。

はい。
ha.i

 依神社的不同，次數也會不同哦。

神社によって、回数が違う場合もあるんですよ。
ji.n.ja.ni.yo.t.te、ka.i.su.u.ga.chi.ga.u.ba.a.i.mo.a.ru.n.de.su.yo

 （希望這次旅行能有很多很棒的回憶）

（この旅で素敵な思い出がたくさん作れますように）

(ko.no.ta.bi.de.su.te.ki.na.o.mo.i.de.ga.ta.ku.sa.n.tsu.ku.re.ma.su.yo.o.ni)

 祈求完畢後，再鞠躬一次。

願い事が済んだら、またお辞儀をします。

ne.ga.i.go.to.ga.su.n.da.ra、ma.ta.o.ji.gi.o.shi.ma.su

好。Bさん祈求了什麼事呢？

はい。Bさんは何をお願いしたんですか。

ha.i。B.sa.n.wa.na.ni.o.o.ne.ga.i.shi.ta.n.de.su.ka

 秘密。

それは秘密です。

so.re.wa.hi.mi.tsu.de.su

會話①

 神殿裡是什麼樣子呢？

神殿の中はどうなっているのかな？

shi.n.de.n.no.na.ka.wa.do.o.na.t.te.i.ru.no.ka.na

 啊！請不要從這裡進去。

あ、ここから中に入らないでください。

a、ko.ko.ka.ra.na.ka.ni.ha.i.ra.na.i.de.ku.da.sa.i

 抱歉。

すみません。

su.mi.ma.se.n

 不可以擅自攀爬樓梯哦。

勝手に階段を昇ってはいけませんよ。

ka.t.te.ni.ka.i.da.n.o.no.bo.t.te.wa.i.ke.ma.se.n.yo

 可是，神殿裡好像有人。

でも、神殿の中に誰かいるみたいですよ。

de.mo、shi.n.de.n.no.na.ka.ni.da.re.ka.i.ru.mi.ta.i.de.su.yo

 那一定是在祭奉什麼吧。

あれはきっと、お払いをしてもらっているのでしょう。

a.re.wa.ki.t.to、o.ha.ra.i.o.shi.te.mo.ra.t.te.i.ru.no.de.sho.o

抽籤

 我想抽籤。

おみくじを引いてみたいのですが。

o.mi.ku.ji.o.hi.i.te.mi.ta.i.no.de.su.ga

 可以在那裡買。

あそこで買えますよ。

a.so.ko.de.ka.e.ma.su.yo

 不好意思。請給我籤。

すみません。おみくじをください。

su.mi.ma.se.n。o.mi.ku.ji.o.ku.da.sa.i

 請繳交100日圓。

100円をお納めください。

hya.ku.e.n.o.o.o.sa.me.ku.da.sa.i

 好。

はい。

ha.i

會話②

 請搖這裡的籤筒。並說出從這個洞掉出來的數字。

こちらの筒を振ってください。穴から出てきた数字をおっしゃってください。

ko.chi.ra.no.tsu.tsu.o.fu.t.te.ku.da.sa.i。a.na.ka.ra.de.te.ki.ta.su.u.ji.o.o.s.sha.t.te.ku.da.sa.i

 15號。

15番です。

ju.u.go.ba.n.de.su

 好。請收。

はい。こちらをどうぞ。

ha.i。ko.chi.ra.o.do.o.zo

 謝謝。啊！寫著「中吉」。

ありがとうございます。あ、『中吉』って書いてありますよ。

a.ri.ga.to.o.go.za.i.ma.su。a、「chu.u.ki.chi」.t.te.ka.i.te.a.ri.ma.su.yo

 還不錯呢。

なかなか、いいじゃありませんか。

na.ka.na.ka、i.i.ja.a.ri.ma.se.n.ka

會話③

其他還有寫很多東西吧。

他にも色々書いてあるでしょう。

ho.ka.ni.mo.i.ro.i.ro.ka.i.te.a.ru.de.sho.o

有工作、旅行、姻緣…。

仕事、旅行、縁談…。

shi.go.to、ryo.ko.o、e.n.da.n…

跟吉或凶比起來，在各個項目裡寫的字反而比較重要哦。

吉とか凶とかよりも、それぞれの項目に書いてある言葉の方が大切なんですよ。

ki.chi.to.ka.kyo.o.to.ka.yo.ri.mo、so.re.zo.re.no.ko.o.mo.ku.ni.ka.i.te.a.ru.ko.to.ba.no.ho.o.ga.ta.i.se.tsu.na.n.de.su.yo

這樣啊。我會仔細地讀。

そうですか。きちんと読んでおきます。

so.o.de.su.ka。ki.chi.n.to.yo.n.de.o.ki.ma.su

那個人把籤綁在樹枝上耶。

あの人は、おみくじを木の枝に結んでいますね。

a.no.hi.to.wa、o.mi.ku.ji.o.ki.no.e.da.ni.mu.su.n.de.i.ma.su.ne

如果把凶的籤綁在樹枝上，可以轉換成吉，類似像咒文之類的東西。可是有人抽到大吉也會綁。這是習俗。

凶のおみくじを結ぶと、吉に転じるという、おまじないのようなものです。でも、大吉でも結ぶ人もいます。そういう風習なのです。

kyo.o.no.o.mi.ku.ji.o.mu.su.bu.to、ki.chi.ni.te.n.ji.ru.to.i.u、o.ma.ji.na.i.no.yo.o.na.mo.no.de.su。de.mo、da.i.ki.chi.de.mo.mu.su.bu.hi.to.mo.i.ma.su。so.o.i.u.fu.u.shu.u.na.no.de.su

我是中吉，要怎麼做比較好呢？

私は中吉だから、どうすればいいですか。

wa.ta.shi.wa.chu.u.ki.chi.da.ka.ra、do.o.su.re.ba.i.i.de.su.ka

因爲結果是好的，所以好好地拿回去也可以哦。

良い結果だったら、大事に持ち帰ってもいいんですよ。

yo.i.ke.k.ka.da.t.ta.ra、da.i.ji.ni.mo.chi.ka.e.t.te.mo.i.i.n.de.su.yo

這樣啊。那我就拿回去作紀念。

そうですか。じゃあ、記念に持ち帰ることにします。

so.o.de.su.ka。ja.a、ki.ne.n.ni.mo.chi.ka.e.ru.ko.to.ni.shi.ma.su

※ 一般來說，好的順序是大吉、中吉、小吉、吉、半吉、末吉、凶、大凶是最不好的。

購買繪馬

那個人好像在小小的板子上寫什麼呢。

あの人は、小さな板に何か書いていますね。

a.no.hi.to.wa、chi.i.sa.na.i.ta.ni.na.ni.ka.ka.i.te.i.ma.su.ne

那是在繪馬上寫心願哦。 Aさん也要寫寫看嗎？

あれは、絵馬に願い事を書いているのですよ。Aさんも書いてみますか。

a.re.wa、e.ma.ni.ne.ga.i.go.to.o.ka.i.te.i.ru.no.de.su.yo。A.sa.n.mo.ka.i.te.mi.ma.su.ka

好。我也想寫寫看。

はい。やってみたいです。

ha.i。ya.t.te.mi.ta.i.de.su

那麼，買繪馬吧。

じゃあ、絵馬を買いましょう。

ja.a、e.ma.o.ka.i.ma.sho.o

在繪馬上寫下心願

不是有畫圖的那面，是在背面寫上名字和心願。

絵の描いてある方ではなく、裏側に名前と願い事を書きます。

e.no.ka.i.te.a.ru.ho.o.de.wa.na.ku、u.ra.ga.wa.ni.na.ma.e.to.ne.ga.i.go.to.o.ka.ki.ma.su

嗯。希望順利畢業。順利就業。家人健康長壽。網球球技變好。能交到男朋友。

ええと。無事に卒業できますように。就職が決まりますように。家族が健康で長生きできますように。テニスが上手になりますように。恋人ができますように。

e.e.to。bu.ji.ni.so.tsu.gyo.o.de.ki.ma.su.yo.o.ni。shu.u.sho.ku.ga.ki.ma.ri.ma.su.yo.o.ni。ka.zo.ku.ga.ke.n.ko.o.de.na.ga.i.ki.de.ki.ma.su.yo.o.ni。te.ni.su.ga.jo.o.zu.ni.na.ri.ma.su.yo.o.ni。ko.i.bi.to.ga.de.ki.ma.su.yo.o.ni

這麼多，寫不完吧。

そんなにたくさん、書ききれないでしょう。

so.n.na.ni.ta.ku.sa.n、ka.ki.ki.re.na.i.de.sho.o

買護身符

不好意思。請給我姻緣御守。

すみません。縁結びのお守りをください。

su.mi.ma.se.n。e.n.mu.su.bi.no.o.ma.mo.ri.o.ku.da.sa.i

請繳交600日圓。

600円をお納めください。

ro.p.pya.ku.e.n.o.o.o.sa.me.ku.da.sa.i

Bさん想要保佑什麼呢？

Bさんは、何のお守りにするんですか。

B.sa.n.wa、na.n.no.o.ma.mo.ri.ni.su.ru.n.de.su.ka

因爲剛買車，所以我想保佑交通安全。

車を買ったばかりなので、交通安全のお守りにします。

ku.ru.ma.o.ka.t.ta.ba.ka.ri.na.no.de、ko.o.tsu.u.a.n.ze.n.no.o.ma.mo.ri.ni.shi.ma.su

籤詩相關用語 ♪046

大吉 大吉 da.i.ki.chi	中吉 中吉 chu.u.ki.chi	小吉 小吉 sho.o.ki.chi	吉 吉 ki.chi
半吉 半吉 ha.n.ki.chi	末吉 末吉 su.e.ki.chi	凶 凶 kyo.o	大凶 大凶 da.i.kyo.o

除厄 厄除け ya.ku.yo.ke	解厄 厄払い ya.ku.ba.ra.i	開運 開運 ka.i.u.n	招福 招福 sho.o.fu.ku
心想事成 心願成就 shi.n.ga.n.jo.o.ju	祈求健康 健康祈願 ke.n.ko.o.ki.ga.n	病痛全癒 病気平癒 byo.o.ki.he.i.yu	祈求合格 合格祈願 go.o.ka.ku.ki.ga.n
學業進步 学業成就 ga.ku.gyo.o.jo.o.ju	生意興隆 商売繁盛 sho.o.ba.i.ha.n.jo.o	客人川流不息 千客万来 se.n.kya.ku.ba.n.ra.i	財運 金運 ki.n.u.n

財運 財運（さいうん） za.i.u.n	功名 出世（しゅっせ） shu.s.se	成就 成功（せいこう） se.i.ko.o	升官 昇格（しょうかく） sho.o.ka.ku
升官 昇進（しょうしん） sho.o.shi.n	必勝 必勝（ひっしょう） hi.s.sho.o	居住／家人安全 家内安全（かないあんぜん） ka.na.i.a.n.ze.n	交通安全 交通安全（こうつうあんぜん） ko.o.tsu.u.a.n.ze.n
戀愛成功 恋愛成就（れんあいじょうじゅ） re.n.a.i.jo.o.ju	結緣 縁結び（えんむすび） e.n.mu.su.bi	祈求兒孫 子宝祈願（こだからきがん） ko.da.ka.ra.ki.ga.n	祈求安產 安産祈願（あんざいきがん） a.n.za.i.ki.ga.n
五穀豐饒 五穀豊穣（ごこくほうじょう） go.ko.ku.ho.o.jo.o	祈求魚獲豐盛 大漁祈願（たいりょうきがん） ta.i.ryo.o.ki.ga.n		

願望 願望（がんぼう） ga.n.bo.o	等待的人 待ち人（まちびと） ma.chi.bi.to	遺失物 失せ物（うせもの） u.se.mo.no	旅行 旅行（りょこう） ryo.ko.o
工作 仕事（しごと） shi.go.to	學業 学業（がくぎょう） ga.ku.gyo.o	評價 相場（そうば） so.o.ba	戀愛 恋愛（れんあい） re.n.a.i
糾紛 争い（あらそい） a.ra.so.i	打賭 賭け事（かけごと） ka.ke.go.to	健康 健康（けんこう） ke.n.ko.o	婚事 縁談（えんだん）（結婚（けっこん）） e.n.da.n (ke.k.ko.n)
生產 お産（おさん） o.sa.n			

6 寺院

參觀寺院

047

 好大間的寺廟呢。

大きなお寺ですね。

o.o.ki.na.o.te.ra.de.su.ne

 嗯，因爲這裡很有名，所以來參拜的人很多。

ええ、ここは有名ですから訪れる人も多いです。

e.e、ko.ko.wa.yu.u.me.i.de.su.ka.ra.o.to.zu.re.ru.hi.to.mo.o.o.i.de.su

 那些人在做什麼呢？

あの人たちは何をしているのですか。

a.no.hi.to.ta.chi.wa.na.ni.o.shi.te.i.ru.no.de.su.ka

 他們把香的煙撥到自己身上。

お線香の煙を体にかけているのです。

o.se.n.ko.o.no.ke.mu.ri.o.ka.ra.da.ni.ka.ke.te.i.ru.no.de.su

 爲什麼要這樣呢？

なぜ、そんなことをするのですか？

na.ze、so.n.na.ko.to.o.su.ru.no.de.su.ka

 頭腦可以變好，或是身體比較不好的地方可以獲得醫治等，類似法術的東西。

頭が良くなるとか、体の悪いところが治るとか、おまじないのようなものです。

a.ta.ma.ga.yo.ku.na.ru.to.ka、ka.ra.da.no.wa.ru.i.to.ko.ro.ga.na.o.ru.to.ka、o.ma.ji.na.i.no.yo.o.na.mo.no.de.su

 那，我全部都要撥到。

じゃあ、私は全部かけます。

ja.a、wa.ta.shi.wa.ze.n.bu.ka.ke.ma.su

參拜

 在寺廟參拜時，不能像神社一樣地拍手哦。

お寺で参拝するときは、神社のように拍手をしてはいけませんよ。

o.te.ra.de.sa.n.pa.i.su.ru.to.ki.wa、ji.n.ja.no.yo.o.ni.ha.ku.shu.o.shi.te.wa.i.ke.ma.se.n.yo

 那要怎麼做比較好呢？

どうすればいいんですか。

do.o.su.re.ba.i.i.n.de.su.ka

 安靜地合掌誦經。

静かに合掌して、お経を唱えます。

shi.zu.ka.ni.ga.s.sho.o.shi.te、o.kyo.o.o.to.na.e.ma.su

7 遊樂園、主題樂園

遊樂園內

048

我們來坐雲霄飛車吧。

ジェットコースターに乗りましょう。

je.t.to.ko.o.su.ta.a.ni.no.ri.ma.sho.o

我…不是很擅長這種比較刺激的遊樂設施。

私は…絶叫系は苦手なんです。

wa.ta.shi.wa... ze.k.kyo.o.ke.i.wa.ni.ga.te.na.n.de.su

沒關係啦。你看國小生年紀的小朋友也在排隊。

大丈夫ですよ。ほら、小学生くらいの子どもも並んでいますよ。

da.i.jo.o.bu.de.su.yo。ho.ra、sho.o.ga.ku.se.i.ku.ra.i.no.ko.do.mo.mo.na.ra.n.de.i.ma.su.yo

嗯。但是，好像要等很久。

うーん。でも、すごく待つみたいですよ。

u.u.n。de.mo、su.go.ku.ma.tsu.mi.ta.i.de.su.yo

真的耶。等候時間寫著40分鐘耶。

本当だ。待ち時間 40 分って書いてありますね。

ho.n.to.o.da。ma.chi.ji.ka.n.yo.n.ju.p.pu.n.t.te.ka.i.te.a.ri.ma.su.ne

等那麼久，好浪費時間喔。我們去玩其他遊樂設施吧。

そんなに待つなんて、時間がもったいないですよ。

他のアトラクションに乗りましょう。

so.n.na.ni.ma.tsu.na.n.te、ji.ka.n.ga.mo.t.ta.i.na.i.de.su.yo。ho.ka.no.a.to.ra.ku.sho.n.ni.no.ri.ma.sho.o

好比說？

例えば？

ta.to.e.ba

旋轉木馬或是摩天輪之類的。

メリーゴーランドとか観覧車とか。

me.ri.i.go.o.ra.n.do.to.ka.ka.n.ra.n.sha.to.ka

好啊，雖然不能滿足我。如果雲霄飛車的人變少了，我們再去排吧。

私には物足りないけど、いいですよ。ジェットコースターの列が短くなったら、並びましょうね。

wa.ta.shi.ni.wa.mo.no.ta.ri.na.i.ke.do、i.i.de.su.yo。je.t.to.ko.o.su.ta.a.no.re.tsu.ga.mi.ji.ka.ku.na.t.ta.ra、na.ra.bi.ma.sho.o.ne

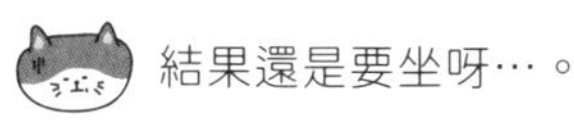

結果還是要坐呀…。

やっぱり乗るんですか…。
ya.p.pa.ri.no.ru.n.de.su.ka…

搭雲霄飛車

1 請確實繫上腰部的安全帶。

腰のシートベルトをしっかりと締めてください。
ko.shi.no.shi.i.to.be.ru.to.o.shi.k.ka.ri.to.shi.me.te.ku.da.sa.i

2 請確實固定好安全護欄。

安全バーをしっかりと固定してください。
a.n.ze.n.ba.a.o.shi.k.ka.ri.to.ko.te.i.shi.te.ku.da.sa.i

3 請確實抓牢前方的扶手。

前の手すりにしっかりとおつかまりください。
ma.e.no.te.su.ri.ni.shi.k.ka.ri.to.o.tsu.ka.ma.ri.ku.da.sa.i

走下雲霄飛車時

1 在雲霄飛車確實停止之前，請不要從座位站起。

コースターが停止するまで、席から立ち上がらないでください。
ko.o.su.ta.a.ga.te.i.shi.su.ru.ma.de、se.ki.ka.ra.ta.chi.a.ga.ra.na.i.de.ku.da.sa.i

2 下來時請小心腳步。

足元に気をつけて降りてください。
a.shi.mo.to.ni.ki.o.tsu.ke.te.o.ri.te.ku.da.sa.i

雲霄飛車出口處

照片洗好了。如何？

お写真が出来ております。いかがですか？
o.sha.shi.n.ga.de.ki.te.o.ri.ma.su。i.ka.ga.de.su.ka

啊！什麼時候被拍的。

あ！いつの間に撮られたんだろう。
a! i.tsu.no.ma.ni.to.ra.re.ta.n.da.ro.o

最後急速下降時拍的。把我們可怕的臉都拍下來了。

最後に急降下した時に撮られたんですね。私たちすごい顔をして写っていますよ。

sa.i.go.ni.kyu.u.ko.o.ka.shi.ta.to.ki.ni.to.ra.re.ta.n.de.su.ne。wa.ta.shi.ta.chi.su.go.i.ka.o.o.shi.te.u.tsu.t.te.i.ma.su.yo

怎麼樣?要買嗎?

どうする?買いますか?

do.o.su.ru?ka.i.ma.su.ka

1000日圓呀。有點貴耶。但是，就當作是第一次坐雲霄飛車的紀念，買吧。

1000円かぁ。ちょっと高いですね。でも、初めてジェットコースターに乗った記念に買います。

se.n.e.n.ka.a。cho.t.to.ta.ka.i.de.su.ne。de.mo、ha.ji.me.te.je.t.to.ko.o.su.ta.a.ni.no.t.ta.ki.ne.n.ni.ka.i.ma.su

咦?是第一次啊!

え?初めてだったの!

e?ha.ji.me.te.da.t.ta.no

遊樂園設施相關用語 ♪049

雲霄飛車 ジェットコースター je.t.to.ko.o.su.ta.a	雲霄飛車 ローラーコースター ro.o.ra.a.ko.o.su.ta.a	旋轉木馬 メリーゴーランド me.ri.i.go.o.ra.n.do	咖啡杯 コーヒーカップ ko.o.hi.i.ka.p.pu
空中腳踏車 スカイサイクル su.ka.i.sa.i.ku.ru	小火車 豆汽車 ma.me.ki.sha	遊覽船 遊覧船 yu.u.ra.n.se.n	摩天輪 観覧車 ka.n.ra.n.sha
鬼屋 お化け屋敷 o.ba.ke.ya.shi.ki	滑水道 ウォーターライド wo.o.ta.a.ra.i.do	空中腳踏車 サイクルモノレール sa.i.ku.ru.mo.no.re.e.ru	小型賽車 ゴーカート go.o.ka.a.to
海盜船 バイキング ba.i.ki.n.gu	自由落體 フリーフォール fu.ri.i.fo.o.ru	狂飆飛碟 回転ブランコ ka.i.te.n.bu.ra.n.ko	電動車 バッテリーカー ba.t.te.ri.i.ka.a
卡通人物舞台表演 ステージでのキャラクターショー su.te.e.ji.de.no.kya.ra.ku.ta.a.sho.o		戰隊英雄表演 戦隊ヒーローショー se.n.ta.i.hi.i.ro.o.sho.o	迷路孩童中心 迷子センター ma.i.go.se.n.ta.a

動物園、水族館

園區內的告示與廣播

050

1 請不要餵食。

動物に餌を与えないでください。

do.o.bu.tsu.ni.e.sa.o.a.ta.e.na.i.de.ku.da.sa.i

2 請勿碰觸柵欄。

柵に触らないでください。

sa.ku.ni.sa.wa.ra.na.i.de.ku.da.sa.i

3 禁止使用閃光燈拍照。

フラッシュ撮影は禁止です。

fu.ra.s.shu.sa.tsu.e.i.wa.ki.n.shi.de.su

4 請勿大聲喧嘩。

大きな声を出さないでください。

o.o.ki.na.ko.e.o.da.sa.na.i.de.ku.da.sa.i

5 觸摸動物時，手請先消毒。

動物に触るときは、手を消毒してください。

do.o.bu.tsu.ni.sa.wa.ru.to.ki.wa、te.o.sho.o.do.ku.shi.te.ku.da.sa.i

6 觸摸動物後請洗手。

動物に触った後は、手を洗ってください。

do.o.bu.tsu.ni.sa.wa.t.ta.a.to.wa、te.o.a.ra.t.te.ku.da.sa.i

7 餵食大象的時間是10點。

象の餌やりは10時です。

zo.o.no.e.sa.ya.ri.wa.ju.u.ji.de.su

8 12點於中央廣場將進行企鵝散步的活動。

12時より中央広場でペンギンのお散歩を行います。

ju.u.ni.ji.yo.ri.chu.u.o.o.hi.ro.ba.de.pe.n.gi.n.no.o.sa.n.po.o.o.ko.na.i.ma.su

9 在可愛動物園裡，可以觸摸或餵食兔子及綿羊。

ふれあい動物園では、ウサギやヒツジに触ったり、餌をやったりできます。

fu.re.a.i.do.o.bu.tsu.e.n.de.wa、u.sa.gi.ya.hi.tsu.ji.ni.sa.wa.t.ta.ri、e.sa.o.ya.t.ta.ri.de.ki.ma.su

觀賞海獅表演

1	來賓也可以參加海獅表演。想丟球給海獅露露的來賓請到前面來。	アシカショーにはお客様(きゃくさま)も参加(さんか)できます。アシカのルルちゃんにボールを投(な)げてくれるお客様(きゃくさま)は前(まえ)に出(で)てきてください。 a.shi.ka.sho.o.ni.wa.o.kya.ku.sa.ma.mo.sa.n.ka.de.ki.ma.su。a.shi.ka.no.ru.ru.cha.n.ni.bo.o.ru.o.na.ge.te.ku.re.ru.o.kya.ku.sa.ma.wa.ma.e.ni.de.te.ki.te.ku.da.sa.i
2	海豚表演時，坐在前排的來賓可能會被水潑到。	イルカショーでは、前列(ぜんれつ)に座(すわ)っているお客様(きゃくさま)に水(みず)がかかる場合(ばあい)があります。 i.ru.ka.sho.o.de.wa、ze.n.re.tsu.ni.su.wa.t.te.i.ru.o.kya.ku.sa.ma.ni.mi.zu.ga.ka.ka.ru.ba.a.i.ga.a.ri.ma.su

9 博物館、美術館

詢問

♪ 051

1 請問有中文的導覽手冊嗎？
中国語のパンフレットはありますか？
chu.u.go.ku.go.no.pa.n.fu.re.t.to.wa.a.ri.ma.su.ka

2 請問有中文的語音導覽嗎？
中国語の音声ガイドはありますか？
chu.u.go.ku.go.no.o.n.se.i.ga.i.do.wa.a.ri.ma.su.ka

3 請問開館時間（閉館時間）是幾點呢？
開館時間（閉館時間）は何時ですか？
ka.i.ka.n.ji.ka.n(he.i.ka.n.ji.ka.n).wa.na.n.ji.de.su.ka

4 請問休館日是什麼時候呢？
休館日はいつですか？
kyu.u.ka.n.bi.wa.i.tsu.de.su.ka

5 請問用這張票也可以看特別展嗎？
このチケットで、特別展も見られますか？
ko.no.chi.ke.t.to.de、to.ku.be.tsu.te.n.mo.mi.ra.re.ma.su.ka

6 請問怎麼到別館去呢？
別館にはどうやって行くのですか？
be.k.ka.n.ni.wa.do.o.ya.t.te.i.ku.no.de.su.ka

7 請問可以再次入館嗎？
再入館は出来ますか？
sa.i.nyu.u.ka.n.wa.de.ki.ma.su.ka

館內告示

1 有入場限制。請排隊。
入場制限をしております。列にお並びください。
nyu.u.jo.o.se.i.ge.n.o.shi.te.o.ri.ma.su。re.tsu.ni.o.na.ra.bi.ku.da.sa.i

2 請勿用手觸摸。
お手を触れないでください。
o.te.o.fu.re.na.i.de.ku.da.sa.i

3 禁止拍照。
写真撮影は禁止です。
sha.shi.n.sa.tsu.e.i.wa.ki.n.shi.de.su

4 請勿進入繩子內側。
ロープの内側に入らないでください。
ro.o.pu.no.u.chi.ga.wa.ni.ha.i.ra.na.i.de.ku.da.sa.i

5 請勿坐在台階上。

台に腰を掛けないでください。

da.i.ni.ko.shi.o.ka.ke.na.i.de.ku.da.sa.i

6 請脫鞋。

履物を脱いでください。

ha.ki.mo.no.o.nu.i.de.ku.da.sa.i

7 館內請保持安靜。

館内はお静かに願います。

ka.n.na.i.wa.o.shi.zu.ka.ni.ne.ga.i.ma.su

美術館・博物館相關單字

企劃展	展覽	常設展	活動
企画展 ki.ka.ku.te.n	展覧会 te.n.ra.n.ka.i	常設展 jo.o.se.tsu.te.n	イベント i.be.n.to

講談	巡迴展
講演会／シンポジウム ko.o.e.n.ka.i／shi.n.po.ji.u.mu	巡回展 ju.n.ka.i.te.n

日本知名的兩大國際藝術祭

瀬戸内国際芸術祭

se.to.u.chi.ko.ku.sa.i.ge.i.ju.tsu.sa.i

3年舉辦一次，以瀨戶內海上的島嶼作為展場，邀請世界各國藝術家共同參與，舉辦國際性的當代藝術祭。

大地の芸術祭

da.i.chi.no.ge.i.ju.tsu.sa.i

3年舉辦一次，在新潟縣越後妻有地區（十日町市、津南町）舉辦的世界性最大規模的國際藝術祭。

超划算的東京美術館博物館通票

在東京有著爲數衆多的美術館及博物館，是在旅遊時不可錯過的一環。但所有的門票買起來，也是一筆不小的金額。如果對藝文活動特別有興趣或是有打算在東京待上一段時間的人，不妨可以考慮購買一本「ぐるっとパスGrutto Pass」。

Grutto Pass

ぐるっとパス

gu.ru.t.to.pa.su

- https://www.rekibun.or.jp/grutto/
- 2500日圓

這是一本每年都會推出，囊括東京都內101處(時有增減)美術館、博物館及動物園等景點的門票或門票折價券的便利門票手冊。使用期限爲從最初開始使用日算起的兩個月內，每本售價2500日圓。可以直接向都內101處景點售票口購買。

10 電影院

詢問窗口

052

請問要在哪裡買票呢？

どちらでチケットを買うことができますか？
do.chi.ra.de.chi.ke.t.to.o.ka.u.ko.to.ga.de.ki.ma.su.ka

請到那邊的櫃檯購買。

あちらのカウンターでお願いします。
a.chi.ra.no.ka.u.n.ta.a.de.o.ne.ga.i.shi.ma.su

買票

歡迎光臨。請問要看哪一部電影呢？

いらっしゃいませ。どの映画になさいますか？
i.ra.s.sha.i.ma.se。do.no.e.i.ga.ni.na.sa.i.ma.su.ka

請問要看哪一場的呢？

何時の回になさいますか？
na.n.ji.no.ka.i.ni.na.sa.i.ma.su.ka

請問下一場幾點開始？

次の時間は何時になりますか？
tsu.gi.no.ji.ka.n.wa.na.n.ji.ni.na.ri.ma.su.ka

下午1點。

午後1時です。
go.go.i.chi.ji.de.su

那就那場，請給我2張全票。

それでは、その時間で大人2枚お願いします。
so.re.de.wa、so.no.ji.ka.n.de.o.to.na.ni.ma.i.o.ne.ga.i.shi.ma.su

好的，謝謝您。下午1點，2張，位置是在M列的2號和4號。

はい、ありがとうございます。午後1時、2枚で、お席はM列の2と4になります。
ha.i、a.ri.ga.to.o.go.za.i.ma.su。go.go.i.chi.ji、ni.ma.i.de、o.se.ki.wa.e.mu.re.tsu.no.ni.to.yo.n.ni.na.ri.ma.su

電影票售完時

不好意思，那一場已經售完了。

すみません。その回は売り切れとなりました。

su.mi.ma.se.n。so.no.ka.i.wa.u.ri.ki.re.to.na.ri.ma.shi.ta

下一場是什麼時候？

次の上映は何時ですか？

tsu.gi.no.jo.o.e.i.wa.na.n.ji.de.su.ka

15:30那一場的話還有空位。

次の15時 30 分の回でしたら、また席が残っています。

tsu.gi.no.ju.u.go.ji.sa.n.ju.p.pu.n.no.ka.i.de.shi.ta.ra、ma.ta.se.ki.ga.no.ko.t.te.i.ma.su

那就改買那一場的吧。

じゃあ、それにします。

ja.a、so.re.ni.shi.ma.su

請給我2張全票。

大人2枚ください。

o.to.na.ni.ma.i.ku.da.sa.i

挑選座位

我們電影院是採劃位制。請問想要哪裡的座位呢？

こちらの映画館は指定席制となっております。ご希望の席はありますか？

ko.chi.ra.no.e.i.ga.ka.n.wa.shi.te.i.se.ki.se.i.to.na.t.te.o.ri.ma.su。go.ki.bo.o.no.se.ki.wa.a.ri.ma.su.ka

前面比較好。

前の方がいいです。

ma.e.no.ho.o.ga.i.i.de.su

後面比較好。

後ろの方がいいです。

u.shi.ro.no.ho.o.ga.i.i.de.su

1樓座位比較好。

1階席がいいです。

i.k.ka.i.se.ki.ga.i.i.de.su

2樓座位比較好。

2階席がいいです。

ni.ka.i.se.ki.ga.i.i.de.su

靠走道比較好。

通路側がいいです。

tsu.u.ro.ga.wa.ga.i.i.de.su

中間附近比較好。

中央付近がいいです。

chu.u.o.o.fu.ki.n.ga.i.i.de.su

有4人一起的座位比較好。

4人並んで座れるところがいいです。
yo.ni.n.na.ra.n.de.su.wa.re.ru.to.ko.ro.ga.i.i.de.su

是自由入座，請自己選擇喜歡的座位。

自由席となっております。お好きな席にお座りください。
ji.yu.u.se.ki.to.na.t.te.o.ri.ma.su。o.su.ki.na.se.ki.ni.o.su.wa.ri.ku.da.sa.i

關於電影的二三事 ♪053

特惠票價 割引サービス wa.ri.bi.ki.sa.a.bi.su	其中常見的有像是「ファーストデイ(first day)」或「サービスデイー(service day)」指的是於每月1號推出的特惠票價，「レディースデイー(ladies day)」是針對女性所推出的特惠票價，不少戲院都選在星期三這天推出。「夫婦50」是50歲以上夫妻兩人同行的優惠票。「シニア(senior)」是60歲以上觀眾的特惠票。
預售票 前売券 ma.e.u.ri.ke.n	於電影上映前，先行販售的票，票券上會印有劇照，比起一般販售的票，更具收藏價值，且不時還會推出搭配贈品的預售套票等活動。通常只販售到上映的前一天，可以在電影院裡的專賣店或是街上的票券店購得。
首映會 初日舞台挨拶 sho.ni.chi.bu.ta.i.a.i.sa.tsu	劇中演員及導演會在電影播放完畢後登場向影迷打招呼。通常會於售票系統、電影或戲院的官網上進行抽籤販售。
字幕・配音 字幕・吹き替え ji.ma.ku・fu.ki.ka.e	日本片會分為有字幕(限定戲院、限定場次)及沒有字幕兩種。外國影片則多數都會配上日文字幕，並且有原音及日文配音可供選擇。
場刊・週邊商品 プログラム・グッズ pu.ro.gu.ra.mu・gu.z.zu	可於戲院裡的商店購得。

指專門播放非首輪影片的戲院

めいがざ
名画座
me.i.ga.za

除了一般常見的，播放已下檔影片的二輪電影院外，還有像是專門播放某特定主題影片的戲院，例如專門播放像昭和時代這樣以某個年代為主題。通常以日幣1千圓左右的價格，可以連著觀賞兩部影片，而最終場因為只能觀看一部的關係，票價會再便宜一些。

現正熱映・即將上映

じょうえいちゅう　こうかいよてい
上映中・公開予定
jo.o.e.i.chu.u・ko.o.ka.i.yo.te.i

爆米花・吉拿棒

ポップコーン・チュロス
po.p.pu.ko.o.n・chu.ro.su

影展

えいがさい
映画祭
e.i.ga.sa.i

11 購買各種表演門票

詢問

♪ 054

1 請問有站票嗎？

立見席はありますか？

ta.chi.mi.se.ki.wa.a.ri.ma.su.ka

2 請問還有當日票嗎？

当日券はまだ残っていますか？

to.o.ji.tsu.ke.n.wa.ma.da.no.ko.t.te.i.ma.su.ka

3 請問哪一天的公演還有票呢？

何日の公演なら、チケットが取れますか？

na.n.ni.chi.no.ko.o.e.n.na.ra、chi.ke.t.to.ga.to.re.ma.su.ka

4 請問最便宜的座位是多少錢？

一番安い席はいくらですか？

i.chi.ba.n.ya.su.i.se.ki.wa.i.ku.ra.de.su.ka

5 請問開場是幾點？

開場時間は何時ですか？

ka.i.jo.o.ji.ka.n.wa.na.n.ji.de.su.ka

6 請問開園是幾點？

開園時間は何時ですか？

ka.i.e.n.ji.ka.n.wa.na.n.ji.de.su.ka

7 請問有規定服裝嗎？

ドレスコードはありますか？

do.re.su.ko.o.do.wa.a.ri.ma.su.ka

8 請給我節目表。

プログラムをください。

pu.ro.gu.ra.mu.o.ku.da.sa.i

9 請問可以幫我寄放行李嗎？

荷物を預かってもらえませんか？

ni.mo.tsu.o.a.zu.ka.t.te.mo.ra.e.ma.se.n.ka

10 請問休息時間有幾分鐘？

休憩時間は何分間ですか？

kyu.u.ke.i.ji.ka.n.wa.na.n.pu.n.ka.n.de.su.ka

會話①

請問要怎麼買票呢？

チケットはどうやって手に入れるのですか？

chi.ke.t.to.wa.do.o.ya.t.te.te.ni.i.re.ru.no.de.su.ka

請電話預約或網路預約。

電話で予約するか、インターネットで予約してください。

de.n.wa.de.yo.ya.ku.su.ru.ka、i.n.ta.a.ne.t.to.de.yo.ya.ku.shi.te.ku.da.sa.i

請於當日在劇場的窗口購買。

当日に劇場の窓口でお買い求めください。

to.o.ji.tsu.ni.ge.ki.jo.o.no.ma.do.gu.chi.de.o.ka.i.mo.to.me.ku.da.sa.i

您想買的日期的公演票已經售完了。

ご希望の日の公演は完売しました。

go.ki.bo.o.no.hi.no.ko.o.e.n.wa.ka.n.ba.i.shi.ma.shi.ta

預約購票尚未開始。

チケットの予約販売は、まだ開始していません。

chi.ke.t.to.no.yo.ya.ku.ha.n.ba.i.wa、ma.da.ka.i.shi.shi.te.i.ma.se.n

會話②

請問這個座位在哪裡？

この席はどこですか？

ko.no.se.ki.wa.do.ko.de.su.ka

我為您帶位。請跟著我走。

ご案内いたします。後について来てください。

go.a.n.na.i.i.ta.shi.ma.su。a.to.ni.tsu.i.te.ki.te.ku.da.sa.i

12 祭典、煙火大會

參加祭典

♪ 055

請問我也可以參加祭典嗎？

私もお祭りに参加してもいいですか？

wa.ta.shi.mo.o.ma.tsu.ri.ni.sa.n.ka.shi.te.mo.i.i.de.su.ka

嗯，請。加入隊伍一同跳舞吧。

ええ、どうぞ。列に入って、一緒に踊りましょう。

e.e、do.o.zo。re.tsu.ni.ha.i.t.te、i.s.sho.ni.o.do.ri.ma.sho.o

對不起。只有當地的人才能參加。

ごめんなさい。地元の人しか参加できません。

go.me.n.na.sa.i。ji.mo.to.no.hi.to.shi.ka.sa.n.ka.de.ki.ma.se.n

請問抬神轎的人在說什麼呢？

おみこしを担いでいる人たちは何と言っているんですか？

o.mi.ko.shi.o.ka.tsu.i.de.i.ru.hi.to.ta.chi.wa.na.n.to.i.t.te.i.ru.n.de.su.ka

在說「哇咻、哇咻」。
大家一起出聲，調整腳步。

「わっしょい、わっしょい」といっています。みんなで声を揃えて、足並みを合わせているんですよ。

「wa.s.sho.i、wa.s.sho.i」.to.i.t.te.i.ma.su。mi.n.na.de.ko.e.o.so.ro.e.te、a.shi.na.mi.o.a.wa.se.te.i.ru.n.de.su.yo

觀賞煙火

請問煙火大會幾點開始呢？

花火大会は何時から始まりますか？

ha.na.bi.ta.i.ka.i.wa.na.n.ji.ka.ra.ha.ji.ma.ri.ma.su.ka

晚上7點半開始。但是，好位置很快就會被佔走，所以早點去佔位置吧。

夜の7時半からです。でも、いい場所はすぐに取られてしまいますから、早めに行って場所取りをしましょう。

yo.ru.no.shi.chi.ji.ha.n.ka.ra.de.su。de.mo、i.i.ba.sho.wa.su.gu.ni.to.ra.re.te.shi.ma.i.ma.su.ka.ra、ha.ya.me.ni.i.t.te.ba.sho.to.ri.o.shi.ma.sho.o

祭典相關單字

♪056

神轎	神輿	mi.ko.shi
神轎	山車	da.shi
拜神的好日子	縁日	e.n.ni.chi
販賣與祭祀物品相關的店	露店	ro.te.n
移動攤販	屋台	ya.ta.i
盂蘭盆時跳的舞	盆踊り	bo.n.o.do.ri
(提)燈籠	提灯	cho.o.chi.n
浴衣	浴衣	yu.ka.ta
武士穿的上衣，寬袖及腰或膝的上衣	半被	ha.p.pi
頭巾、額帶	鉢巻き	ha.chi.ma.ki
祭典上助陣的樂器	祭囃子	ma.tsu.ri.ba.ya.shi
吊水球	ヨーヨー釣り	yo.o.yo.o.tsu.ri
撈金魚	金魚すくい	ki.n.gyo.su.ku.i
投圈圈	輪投げ	wa.na.ge
射擊	射的	sha.te.ki
抽籤	くじ引き	ku.ji.bi.ki
面具	お面	o.me.n
扇子	うちわ	u.chi.wa
薄荷管狀糖	ハッカパイプ	ha.k.ka.pa.i.pu
圓形花狀煙火	打ち上げ花火	u.chi.a.ge.ha.na.bi
瀑布煙火	ナイアガラ	na.i.a.ga.ra
連續放多種煙火	スターマイン	su.ta.a.ma.i.n
仙女棒	線香花火	se.n.ko.o.ha.na.bi
沖天炮	ロケット花火	ro.ke.t.to.ha.na.bi
陀螺炮	ねずみ花火	ne.zu.mi.ha.na.bi

ゆるキャラ！日本各地人氣吉祥物！

日本是一個非常熱衷於設計吉祥物的國家，很多縣市、企業、觀光景點、遊樂園等等都會有自己的吉祥物！雖然說是吉祥物，但日本人對他們認真的態度可不一般。

不僅是在特殊節慶出來娛樂大家而已，他們小則出現在各種廣告看板，提醒小朋友過馬路要記得看車子、或是請大家愛護花圃之類，大則出演電視節目或是擔任大型活動的特別佳賓，讓你的生活在不知不覺中充滿他們的存在。

日本吉祥物的經濟效益極大，琳瑯滿目的週邊商品讓大人小孩都喜歡，不但帶動地區的經濟和觀光、也帶給大家歡樂，同時也徹底落實了設計吉祥物的三個初衷：帶給當地活力！帶給公司活力！帶給日本活力！

話題性十足的吉祥物們每年甚至還有人氣票選，競爭非常激烈、民眾投票也十分踴躍，一點也不輸給演藝圈的藝人，對日本來說可是一年一度的大事呢！

下面列出最紅的七位吉祥物！下次去日本的時候也可以好好注意看看有沒有吉祥物們出現在身邊哦！

日本吉祥物的官方網站：http://www.yurugp.jp/
裡面還有全國各地吉祥物的行程表喔！

PART 4

飲食篇

1 向人詢問

尋找餐廳

057

1	不好意思。請問這附近有沒有便宜一點的天婦羅專賣店呢？	すいません。このあたりに、あまり高くない天ぷらのお店はありますか？ su.i.ma.se.n。ko.no.a.ta.ri.ni、a.ma.ri.ta.ka.ku.na.i.te.n.pu.ra.no.o.mi.se.wa.a.ri.ma.su.ka
2	請問受當地人歡迎的店在哪裡呢？	地元の人に人気のお店はどこですか？ ji.mo.to.no.hi.to.ni.ni.n.ki.no.o.mi.se.wa.do.ko.de.su.ka
3	不是針對觀光客的店比較好。	観光客向けじゃない方がいいです。 ka.n.ko.o.kya.ku.mu.ke.ja.na.i.ho.o.ga.i.i.de.su
4	請問有可以吃到在地美食的店家嗎？	郷土料理が食べられるお店はありますか？ kyo.o.do.ryo.o.ri.ga.ta.be.ra.re.ru.o.mi.se.wa.a.ri.ma.su.ka
5	請問餐廳比較多的區域在哪裡呢？	飲食店が多いエリアはどこですか？ i.n.sho.ku.te.n.ga.o.o.i.e.ri.a.wa.do.ko.de.su.ka
6	請問有在這個時間還開著的餐廳嗎？	この時間でも、開いているレストランはありますか？ ko.no.ji.ka.n.de.mo、a.i.te.i.ru.re.su.to.ra.n.wa.a.ri.ma.su.ka
7	請告訴我哪裡有充滿家庭氣氛的餐廳。	家庭的な雰囲気のお店を教えてください。 ka.te.i.te.ki.na.fu.n.i.ki.no.o.mi.se.o.o.shi.e.te.ku.da.sa.i
8	請問有1個人花費約1500日圓的店家嗎？	1人1500円くらいで食べられるお店はありますか？ hi.to.ri.se.n.go.hya.ku.e.n.ku.ra.i.de.ta.be.ra.re.ru.o.mi.se.wa.a.ri.ma.su.ka
9	請問有可以小酌的店嗎？	軽く飲めるお店はありますか？ ka.ru.ku.no.me.ru.o.mi.se.wa.a.ri.ma.su.ka
10	可不可以告訴我要怎麼到那間店。	そのお店への行き方を教えてください。 so.no.o.mi.se.e.no.i.ki.ka.ta.o.o.shi.e.te.ku.da.sa.i

11	在飯店對面通道的左前方，有一間評價不錯的天婦羅專賣店哦。	ホテルの向かい側の通りを左に行った先に、評判の天ぷら屋さんがありますよ。 ho.te.ru.no.mu.ka.i.ga.wa.no.to.o.ri.o.hi.da.ri.ni.i.t.ta.sa.ki.ni、hyo.o.ba.n.no.te.n.pu.ra.ya.sa.n.ga.a.ri.ma.su.yo
12	那棟大樓裡有幾間日式料理店哦。	あのビルに何軒か和食のお店が入っていますよ。 a.no.bi.ru.ni.na.n.ke.n.ka.wa.sho.ku.no.o.mi.se.ga.ha.i.t.te.i.ma.su.yo

會話

 請問先預約比較好嗎？

予約した方がいいですか？

yo.ya.ku.shi.ta.ho.o.ga.i.i.de.su.ka

 是啊。那樣比較保險吧。

そうですね。その方が確実でしょう。

so.o.de.su.ne。so.no.ho.o.ga.ka.ku.ji.tsu.de.sho.o

2 打電話預約

預約餐廳

058

 喂。我想預約。

もしもし。予約をお願いしたいのですが。

mo.shi.mo.shi。yo.ya.ku.o.o.ne.ga.i.shi.ta.i.no.de.su.ga

 謝謝您。請告訴我時間和人數好嗎？

ありがとうございます。ご希望の日時と人数を教えていただけますか。

a.ri.ga.to.o.go.za.i.ma.su。go.ki.bo.o.no.ni.chi.ji.to.ni.n.zu.u.o.o.shi.e.te.i.ta.da.ke.ma.su.ka

我想預約明天下午6點，4位。

明日の午後6時、4名でお願いします。

a.shi.ta.no.go.go.ro.ku.ji、yo.n.me.i.de.o.ne.ga.i.shi.ma.su

請您稍候。現在爲您確認。

少々お待ちください。ただ今確認してまいります。

sho.o.sho.o.o.ma.chi.ku.da.sa.i。ta.da.i.ma.ka.ku.ni.n.shi.te.ma.i.ri.ma.su

好的。

はい。

ha.i

 讓您久等了。那麼，幫您預約明天下午6點，4位。麻煩客人留下姓名電話。

お待たせしました。では、明日の午後6時、4名様でご予約をお取りできました。お客様のお名前とご連絡先を教えていただけますか。

o.ma.ta.se.shi.ma.shi.ta。de.wa、a.shi.ta.no.go.go.ro.ku.ji、yo.n.me.i.sa.ma.de.go.yo.ya.ku.o.o.to.ri.de.ki.ma.shi.ta。o.kya.ku.sa.ma.no.o.na.ma.e.to.go.re.n.ra.ku.sa.ki.o.o.shi.e.te.i.ta.da.ke.ma.su.ka

好的，我姓林。電話號碼是XXX-XXXX-XXXX。

はい、林といいます。電話番号はXXX-XXXX-XXXXです。

ha.i、ri.n.to.i.i.ma.su。de.n.wa.ba.n.go.o.wa.XXX-XXXX-XXXX.de.su

謝謝您。那麼，等候您的光臨。

ありがとうございます。では、ご来店をお待ちしております。

a.ri.ga.to.o.go.za.i.ma.su。de.wa、go.ra.i.te.n.o.o.ma.chi.shi.te.o.ri.ma.su

餐廳客滿時

讓您久等了。很抱歉，那個時間正好都已經客滿了。

お待たせいたしました。申し訳ございません。あいにく、その時間は満席となっております。

o.ma.ta.se.i.ta.shi.ma.shi.ta。mo.o.shi.wa.ke.go.za.i.ma.se.n。a.i.ni.ku、so.no.ji.ka.n.wa.ma.n.se.ki.to.na.t.te.o.ri.ma.su

請問其他的時間還有空位嗎？

別の時間は開いていますか？

be.tsu.no.ji.ka.n.wa.a.i.te.i.ma.su.ka

如果是一小時之後，可以預約喔。

一時間後でしたら、お取りできますが。

i.chi.ji.ka.n.go.de.shi.ta.ra、o.to.ri.de.ki.ma.su.ga

那麼，請改成7點。

じゃ、7時にしてください。

ja、shi.chi.ji.ni.shi.te.ku.da.sa.i

我知道了。那麼幫您預約明天下午7點，4位。

かしこまりました。では明日の午後7時、4名様でご予約をお取りします。

ka.shi.ko.ma.ri.ma.shi.ta。de.wa.a.shi.ta.no.go.go.shi.chi.ji、yo.n.me.i.sa.ma.de.go.yo.ya.ku.o.o.to.ri.shi.ma.su

電話預約

在日本如果預約了比較高級的餐廳，但是卻沒有如期出現、也沒有事先取消的話，是會被店家收取費用的。現在更有旅遊網站和餐廳合作，推出使用「信用卡扣款」的方式來預防客人預約未到的情形，即使沒有到場用餐也會透過信用卡全額收費。到日本品嚐美食的同時，也別忘了要當個守信的人。

3 抵達店家、服務生帶位

有預約

♪ 059

 歡迎光臨。

いらっしゃいませ。

i.ra.s.sha.i.ma.se

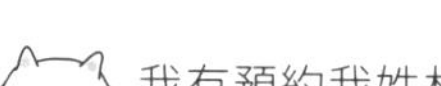 我有預約我姓林。

予約(よやく)してある、林(りん)ですが。

yo.ya.ku.shi.te.a.ru、ri.n.de.su.ga

是的。林先生，正等候您的光臨。座位請往這邊。幫您將外套掛起來。

はい。林(りん)さま、お待(ま)ちしておりました。お席(せき)へご案内(あんない)いたします。コートをお預(あず)かりいたします。

ha.i。ri.n.sa.ma、o.ma.chi.shi.te.o.ri.ma.shi.ta。o.se.ki.e.go.a.n.na.i.i.ta.shi.ma.su。ko.o.to.o.o.a.zu.ka.ri.i.ta.shi.ma.su

沒有預約

不好意思。我沒有預約，請問有空位嗎？

すみません。予約(よやく)をしていないのですが、空(あ)いている席(せき)はありますか？

su.mi.ma.se.n。yo.ya.ku.o.shi.te.i.na.i.no.de.su.ga、a.i.te.i.ru.se.ki.wa.a.ri.ma.su.ka

歡迎光臨。是的，沒有關係。我爲您帶位。

いらっしゃいませ。はい。大丈夫(だいじょうぶ)です。お席(せき)にご案内(あんない)いたします。

i.ra.s.sha.i.ma.se。ha.i。da.i.jo.o.bu.de.su。o.se.ki.ni.go.a.n.na.i.i.ta.shi.ma.su

很抱歉。目前客滿。大約要等30分鐘，可以嗎？

申(もう)し訳(わけ)ございません。ただ今(いま)、満席(まんせき)でございます。30分(さんじゅっぷん)ほどお待(ま)ちいただくことになりますが、よろしいでしょうか。

mo.o.shi.wa.ke.go.za.i.ma.se.n。ta.da.i.ma、ma.n.se.ki.de.go.za.i.ma.su。sa.n.ju.p.pu.n.ho.do.o.ma.chi.i.ta.da.ku.ko.to.ni.na.ri.ma.su.ga、yo.ro.shi.i.de.sho.o.ka

好的。我可以等。

はい。待(ま)ちます。

ha.i。ma.chi.ma.su

是哦。那，不用了。

そうですか。じゃあ、いいです。

so.o.de.su.ka。ja.a、i.i.de.su

那麼，請您坐在椅子上稍等。若有空位，我再通知您。

では、こちらの椅子でお待ちください。席が空きましたら、お呼びいたします。

de.wa、ko.chi.ra.no.i.su.de.o.ma.chi.ku.da.sa.i。se.ki.ga.a.ki.ma.shi.ta.ra、o.yo.bi.i.ta.shi.ma.su

現在座位都很滿，若是併桌可以接受嗎？

ただ今、大変込み合っておりまして、相席でもよろしいですか。

ta.da.i.ma、ta.i.he.n.ko.mi.a.t.te.o.ri.ma.shi.te、a.i.se.ki.de.mo.yo.ro.shi.i.de.su.ka

8位的客人。很抱歉，請問可以分成4人4人2桌嗎？

8名のお客さま。申し訳ありませんが、4人、4人で2組に分かれてしまいますが、よろしいですか。

ha.chi.me.i.no.o.kya.ku.sa.ma。mo.o.shi.wa.ke.a.ri.ma.se.n.ga、yo.ni.n、yo.ni.n.de.fu.ta.ku.mi.ni.wa.ka.re.te.shi.ma.i.ma.su.ga、yo.ro.shi.i.de.su.ka

很抱歉。今天被包場了。

申し訳ございません。本日は貸し切りとなっております。

mo.o.shi.wa.ke.go.za.i.ma.se.n。ho.n.ji.tsu.wa.ka.shi.ki.ri.to.na.t.te.o.ri.ma.su

已經過了最後點餐的時間。

ラストオーダーの時間を過ぎております。

ra.su.to.o.o.da.a.no.ji.ka.n.o.su.gi.te.o.ri.ma.su

選擇位置

請問要禁煙區還是吸煙區呢？

禁煙席と喫煙席、どちらになさいますか？

ki.n.e.n.se.ki.to.ki.tsu.e.n.se.ki、do.chi.ra.ni.na.sa.i.ma.su.ka

麻煩禁煙區。

禁煙席をお願いします。

ki.n.e.n.se.ki.o.o.ne.ga.i.shi.ma.su

麻煩吸煙區。

喫煙席をお願いします。

ki.tsu.e.n.se.ki.o.o.ne.ga.i.shi.ma.su

都可以。

どちらでもいいです。
do.chi.ra.de.mo.i.i.de.su

排隊等候位置時

因爲現在客滿，可以請您在這張紙上寫下姓名及人數嗎？

ただ今、満席ですので、こちらの紙にお名前と人数をご記入いただけますか？
ta.da.i.ma、ma.n.se.ki.de.su.no.de、ko.chi.ra.no.ka.mi.ni.o.na.ma.e.to.ni.n.zu.u.o.go.ki.nyu.u.i.ta.da.ke.ma.su.ka

有很多人在等喔。

たくさん待っていますね。
ta.ku.sa.n.ma.t.te.i.ma.su.ne

有空位的話，會照順序叫名字。

お席が空きましたら、順番にお名前をお呼びいたします。
o.se.ki.ga.a.ki.ma.shi.ta.ra、ju.n.ba.n.ni.o.na.ma.e.o.o.yo.bi.i.ta.shi.ma.su

請問3位的陳先生在嗎？

3名でお待ちの陳さま。いらっしゃいますか。
sa.n.me.i.de.o.ma.chi.no.chi.n.sa.ma。i.ra.s.sha.i.ma.su.ka

久等了。禁菸區的座位這邊請。

お待たせいたしました。禁煙席にご案内いたします。
o.ma.ta.se.i.ta.shi.ma.shi.ta。ki.n.e.n.se.ki.ni.go.a.n.na.i.i.ta.shi.ma.su

4 點餐

詢問

♪ 060

1	不好意思。請給我菜單。	すみません。メニューを持ってきてください。 su.mi.ma.se.n。me.nyu.u.o.mo.t.te.ki.te.ku.da.sa.i
2	請問今日義大利麵是什麼？	本日のパスタって何ですか？ ho.n.ji.tsu.no.pa.su.ta.t.te.na.n.de.su.ka
3	請問組合餐裡有些什麼呢？	盛り合わせって、何が入っているのですか？ mo.ri.a.wa.se.t.te、na.ni.ga.ha.i.t.te.i.ru.no.de.su.ka
4	請問有推薦的餐點嗎？	おすすめの料理はありますか？ o.su.su.me.no.ryo.o.ri.wa.a.ri.ma.su.ka
5	店裡最受歡迎的料理是什麼呢？	店で一番人気な料理は何ですか？ mi.se.de.i.chi.ba.n.ni.n.ki.na.ryo.o.ri.wa.na.n.de.su.ka
6	請問有推薦的紅酒嗎？	おすすめのワインはありますか。 o.su.su.me.no.wa.i.n.wa.a.ri.ma.su.ka
7	請問有日本酒嗎？	日本酒はありますか？ ni.ho.n.shu.wa.a.ri.ma.su.ka

會話①

請問餐點決定好了嗎？

ご注文はお決まりでしょうか？
go.chu.u.mo.n.wa.o.ki.ma.ri.de.sho.o.ka

那個，再等一下…。

ええと、もう少し…。
e.e.to、mo.o.su.ko.shi…

那麼，我等您決定好再來。

では、お決まりになりました頃、お伺いに参ります。
de.wa、o.ki.ma.ri.ni.na.ri.ma.shi.ta.ko.ro、o.u.ka.ga.i.ni.ma.i.ri.ma.su

會話②

先從飲料開始幫您點菜。

先(さき)にお飲(の)み物(もの)をどうぞ。
sa.ki.ni.o.no.mi.mo.no.o.do.o.zo

麻煩這個和…這個。

これと…これをお願(ねが)いします。
ko.re.to…ko.re.o.o.ne.ga.i.shi.ma.su

我知道了。

かしこまりました。
ka.shi.ko.ma.ri.ma.shi.ta

會話③

請問餐點決定好了嗎？

ご注文(ちゅうもん)はお決(き)まりですか。
go.chu.u.mo.n.wa.o.ki.ma.ri.de.su.ka

是的。麻煩A套餐。

はい。Aコースをお願(ねが)いします。
ha.i。e.i.ko.o.su.o.o.ne.ga.i.shi.ma.su

可以選擇麵包和白飯，請問要哪一個呢？

パンとライスが選(えら)べますが、どちらになさいますか。
pa.n.to.ra.i.su.ga.e.ra.be.ma.su.ga、do.chi.ra.ni.na.sa.i.ma.su.ka

請給我白飯。

ライスをお願(ねが)いします。
ra.i.su.o.o.ne.ga.i.shi.ma.su

請問沙拉的沾醬要哪一種呢？

サラダのドレッシングは、どちらになさいますか？
sa.ra.da.no.do.re.s.shi.n.gu.wa、do.chi.ra.ni.na.sa.i.ma.su.ka

請給我和風沾醬。

和風(わふう)ドレッシングをお願(ねが)いします。
wa.fu.u.do.re.s.shi.n.gu.o.o.ne.ga.i.shi.ma.su

可以選擇飲料和甜點，請問要什麼呢？

お飲(の)み物(もの)とデザートが選(えら)べますが、どれになさいますか。
o.no.mi.mo.no.to.de.za.a.to.ga.e.ra.be.ma.su.ga、do.re.ni.na.sa.i.ma.su.ka

濃縮咖啡和…甜點請給我鬆餅。

エスプレッソと…デザートはワッフルをお願(ねが)いします。
e.su.pu.re.s.so.to…de.za.a.to.wa.wa.f.fu.ru.o.o.ne.ga.i.shi.ma.su

請問飲料想要什麼時候上呢？

お飲み物は、いつお持ちいたしましょうか？

o.no.mi.mo.no.wa、i.tsu.o.mo.chi.i.ta.shi.ma.sho.o.ka

麻煩餐後再上。

食後にお願いします。

sho.ku.go.ni.o.ne.ga.i.shi.ma.su

我知道了。請再稍等一下。

かしこまりました。もうしばらくお待ちくださいませ。

ka.shi.ko.ma.ri.ma.shi.ta。mo.o.shi.ba.ra.ku.o.ma.chi.ku.da.sa.i.ma.se

飲料爲自取。請到那裡的飲料吧拿飲料。沙拉請到那裡的沙拉吧自由選用。

ドリンクはセルフサービスとなっております。あちらのドリンクバーでお飲み物をお取りください。
サラダはあちらのサラダバーでご自由にお選びください。

do.ri.n.ku.wa.se.ru.fu.sa.a.bi.su.to.na.t.te.o.ri.ma.su。a.chi.ra.no.do.ri.n.ku.ba.a.de.o.no.mi.mo.no.o.o.to.ri.ku.da.sa.i。sa.ra.da.wa.a.chi.ra.no.sa.ra.da.ba.a.de.go.ji.yu.u.ni.o.e.ra.bi.ku.da.sa.i

會話④

差不多是最後點餐的時間了，請問都點完了嗎？

そろそろラストオーダーとなりますが、ご注文はお済みですか。

so.ro.so.ro.ra.su.to.o.o.da.a.to.na.ri.ma.su.ga、go.chu.u.mo.n.wa.o.su.mi.de.su.ka

是的，不用了。謝謝。

はい、もう大丈夫です。ありがとうございます。

ha.i、mo.o.da.i.jo.o.bu.de.su。a.ri.ga.to.o.go.za.i.ma.su

各種要求

1	請問是什麼樣的餐點呢？	**どんな料理（りょうり）ですか？** do.n.na.ryo.o.ri.de.su.ka
2	（指著其他桌） 請給我一樣的東西。份量大約是多少呢？	**あれと同（おな）じものをください。量（りょう）はどれくらいですか？** a.re.to.o.na.ji.mo.no.o.ku.da.sa.i。ryo.o.wa.do.re.ku.ra.i.de.su.ka
3	白飯請給我大碗的。	**ご飯（はん）を大盛（おおも）りにしてください。** go.ha.n.o.o.o.mo.ri.ni.shi.te.ku.da.sa.i
4	請給我小碗的。	**少（すく）なめにしてください。** su.ku.na.me.ni.shi.te.ku.da.sa.i

會話①

請給我這個。

これをください。

ko.re.o.ku.da.sa.i

很抱歉。這個餐點1天限定10份，今天已經賣完了。

申（もう）し訳（わけ）ございません。そちらのメニューは1日（いちにち）10食（じゅっしょく）限定（げんてい）で、本日（ほんじつ）はもう終（お）わってしまいました。

mo.o.shi.wa.ke.go.za.i.ma.se.n。so.chi.ra.no.me.nyu.u.wa.i.chi.ni.chi.ju.s.sho.ku.ge.n.te.i.de、ho.n.ji.tsu.wa.mo.o.o.wa.t.te.shi.ma.i.ma.shi.ta

那邊是只給預約客人的餐點。

あちらはご予約（よやく）のお客（きゃく）さま限定（げんてい）のメニューとなっております。

a.chi.ra.wa.go.yo.ya.ku.no.o.kya.ku.sa.ma.ge.n.te.i.no.me.nyu.u.to.na.t.te.o.ri.ma.su

家庭餐廳相關用語

♪ 061

家庭餐廳 **ファミレス** fa.mi.re.su	飲料吧 **ドリンクバー** do.ri.n.ku.ba.a	沙拉吧 **サラダバー** sa.ra.da.ba.a	兒童餐 **キッズメニュー** ki.z.zu.me.nyu.u
副餐 **サイドメニュー** sa.i.do.me.nyu.u	商業午餐 **ランチメニュー** ra.n.chi.me.nyu.u	輕食 **ライトミール** ra.i.to.mi.i.ru	附白飯的套餐 **ライスセット** ra.i.su.se.t.to
沙拉組合 **サラダセット** sa.ra.da.se.t.to	湯品組合 **スープセット** su.u.pu.se.t.to	蛋糕組合 **ケーキセット** ke.e.ki.se.t.to	甜點組合 **デザートセット** de.za.a.to.se.t.to
外帶 **テイクアウト** te.i.ku.a.u.to	生日優待 **バースデーサービス** ba.a.su.de.e.sa.a.bi.su	卡路里標示 ひょうじ **カロリー表示** ka.ro.ri.i.hyo.o.ji	鹽分標示 えんぶんひょうじ **塩分表示** e.n.bu.n.hyo.o.ji
過敏標示 ひょうじ **アレルギー表示** a.re.ru.gi.i.hyo.o.ji			

5

送餐

服務生送餐時

♪ 062

 久等了。請問山之恩惠義大利麵是哪位客人的呢？

お待たせしました。山の幸のパスタのお客さま…？

o.ma.ta.se.shi.ma.shi.ta。ya.ma.no.sa.chi.no.pa.su.ta.no.o.kya.ku.sa.ma…

 是的。是我。

はい。私です。

ha.i。wa.ta.shi.de.su

 請問紅酒燉牛肉是哪位客人的呢？

牛肉の赤ワイン煮込みのお客さま…？

gyu.u.ni.ku.no.a.ka.wa.i.n.ni.ko.mi.no.o.kya.ku.sa.ma…

 是我。

はい。

ha.i

 您的餐點都到齊了嗎？

以上で、ご注文の品はお揃いでしょうか？

i.jo.o.de、go.chu.u.mo.n.no.shi.na.wa.o.so.ro.i.de.sho.o.ka

 是的。

はい。

ha.i

 那麼，請慢用。

では、ごゆっくりお召し上がりください。

de.wa、go.yu.k.ku.ri.o.me.shi.a.ga.ri.ku.da.sa.i

詢問餐點吃法

 不好意思。請問這個要怎麼吃呢？

すみません。これはどうやって食べるのですか。

su.mi.ma.se.n。ko.re.wa.do.o.ya.t.te.ta.be.ru.no.de.su.ka

 請淋上醬油食用。若再沾芥末，會更好吃哦。

お醤油をかけてお召し上がりください。わさびをつけると、よりおいしくなりますよ。

o.sho.o.yu.o.ka.ke.te.o.me.shi.a.ga.ri.ku.da.sa.i。wa.sa.bi.o.tsu.ke.ru.to、yo.ri.o.i.shi.ku.na.ri.ma.su.yo

 請問這個是什麼東西做的呢？

これは何から作られているのですか？

ko.re.wa.na.ni.ka.ra.tsu.ku.ra.re.te.i.ru.no.de.su.ka

 這個叫「魚板」，是將魚肉刮下，磨成泥而製成的。

これは「かまぼこ」と言いまして、魚をすって練り上げたものです。

ko.re.wa.「ka.ma.bo.ko」.to.i.i.ma.shi.te、sa.ka.na.o.su.t.te.ne.ri.a.ge.ta.mo.no.de.su

 請問這是裝飾嗎？可以吃嗎？

これは飾りですか。食べられるのですか？

ko.re.wa.ka.za.ri.de.su.ka。ta.be.ra.re.ru.no.de.su.ka

 跟生魚片一起上的白蘿蔔、紅蘿蔔、海藻等叫做「小菜」，除了裝盤用之外，對消化有幫助，也有提味的作用。請用。

お刺身に付いている、大根や人参や海藻などは「ツマ」と言って、盛り付けに利用する他に、消化を助けたり味をひきしめる働きをします。どうぞ、お召しあがりください。

o.sa.shi.mi.ni.tsu.i.te.i.ru、da.i.ko.n.ya.ni.n.ji.n.ya.ka.i.so.o.na.do.wa.「tsu.ma」.to.i.t.te、mo.ri.tsu.ke.ni.ri.yo.o.su.ru.ho.ka.ni、sho.o.ka.o.ta.su.ke.ta.ri.a.ji.o.hi.ki.shi.me.ru.ha.ta.ra.ki.o.shi.ma.su。do.o.zo、o.me.shi.a.ga.ri.ku.da.sa.i

6 糾紛狀況

訂位問題

063

 您好，我有訂位。

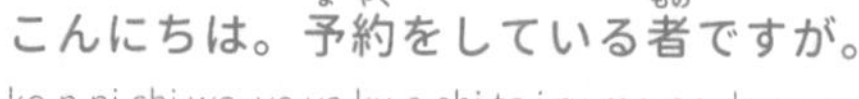
こんにちは。予約をしている者ですが。

ko.n.ni.chi.wa。yo.ya.ku.o.shi.te.i.ru.mo.no.de.su.ga

 歡迎光臨，請問貴姓？

いらっしゃいませ。お名前は？

i.ra.s.sha.i.ma.se。o.na.ma.e.wa

 我姓李。預約兩點。

李です。2時に予約しました。

ri.de.su。ni.ji.ni.yo.ya.ku.shi.ma.shi.ta

 不好意思，這邊沒有記錄到您的訂位資料耶。

すみません。こちらにお客様の予約記録がないのですが。

su.mi.ma.se.n。ko.chi.ra.ni.o.kya.ku.sa.ma.no.yo.ya.ku.ki.ro.ku.ga.na.i.no.de.su.ga

 怎麼可能。我上個星期就先打電話來預約了。

そんなことはないと思います。先週電話で予約したのですが。

so.n.na.ko.to.wa.na.i.to.o.mo.i.ma.su。se.n.shu.u.de.n.wa.de.yo.ya.ku.shi.ta.no.de.su.ga

 不好意思，可能是我們這邊的疏失，很抱歉，現在立刻就為您安排座位。

すみません。こちらの手違いで、申し訳ありませんでした。只今すぐにお席をご用意いたします。

su.mi.ma.se.n。ko.chi.ra.no.te.chi.ga.i.de、mo.o.shi.wa.ke.a.ri.ma.se.n.de.shi.ta。ta.da.i.ma.su.gu.ni.o.se.ki.o.go.yo.o.i.i.ta.shi.ma.su

 麻煩你。

お願いします。

o.ne.ga.i.shi.ma.su

餐點問題①

 不好意思。餐點還沒來，從剛才就一直在等了。

すみません。料理がまだきていないのですが、さっきから、ずっと待っています。

su.mi.ma.se.n。ryo.o.ri.ga.ma.da.ki.te.i.na.i.no.de.su.ga、sa.k.ki.ka.ra、zu.t.to.ma.t.te.i.ma.su

很抱歉。馬上送來。

申(もう)し訳(わけ)ございません。ただ今(いま)お持(も)ちいたします。

mo.o.shi.wa.ke.go.za.i.ma.se.n。ta.da.i.ma.o.mo.chi.i.ta.shi.ma.su

餐點問題②

這和我點的餐不一樣。我沒有點這個。

頼(たの)んだものと違(ちが)う料理(りょうり)です。これは注文(ちゅうもん)していません。

ta.no.n.da.mo.no.to.chi.ga.u.ryo.o.ri.de.su。ko.re.wa.chu.u.mo.n.shi.te.i.ma.se.n

真的很抱歉。馬上送上您所點的餐點。

大変失礼(たいへんしつれい)しました。ご注文(ちゅうもん)の料理(りょうり)をすぐにお持(も)ちいたします。

ta.i.he.n.shi.tsu.re.i.shi.ma.shi.ta。go.chu.u.mo.n.no.ryo.o.ri.o.su.gu.ni.o.mo.chi.i.ta.shi.ma.su

雖然和點的餐點不同…。但看起來也很美味，這個就可以了。

注文(ちゅうもん)と違(ちが)うけど…。それもおいしそうだから、それでもいいです。

chu.u.mo.n.to.chi.ga.u.ke.do…。so.re.mo.o.i.shi.so.o.da.ka.ra、so.re.de.mo.i.i.de.su

這樣嗎？謝謝您。招待您一杯咖啡。

さようでございますか。ありがとうございます。それでしたら、コーヒーをサービスでお付(つ)けいたします。

sa.yo.o.de.go.za.i.ma.su.ka。a.ri.ga.to.o.go.za.i.ma.su。so.re.de.shi.ta.ra、ko.o.hi.i.o.sa.a.bi.su.de.o.tsu.ke.i.ta.shi.ma.su

餐點問題③

餐點裡有頭髮。

料理(りょうり)に髪(かみ)の毛(け)が入(はい)っていました。

ryo.o.ri.ni.ka.mi.no.ke.ga.ha.i.t.te.i.ma.shi.ta

有髒東西。有蟲。

ゴミが入(はい)っていました。虫(むし)が入(はい)っていました。

go.mi.ga.ha.i.t.te.i.ma.shi.ta。mu.shi.ga.ha.i.t.te.i.ma.shi.ta

 眞的很抱歉。馬上爲您換新的。

大変申し訳ございませんでした。すぐに新しいものとお取替えいたします。

ta.i.he.n.mo.o.shi.wa.ke.go.za.i.ma.se.n.de.shi.ta。su.gu.ni.a.ta.ra.shi.i.mo.no.to.o.to.ri.ka.e.i.ta.shi.ma.su

餐點問題④

 不好意思。我把湯匙弄掉了。

すみません。スプーンを落としてしまいました。

su.mi.ma.se.n。su.pu.u.n.o.o.to.shi.te.shi.ma.i.ma.shi.ta

 我幫您拿新的湯匙。

新しいスプーンをお持ちします。

a.ta.ra.shi.i.su.pu.u.n.o.o.mo.chi.shi.ma.su

餐點問題⑤

 不好意思。杯子破了。

すみません。コップを割ってしまいました。

su.mi.ma.se.n。ko.p.pu.o.wa.t.te.shi.ma.i.ma.shi.ta

 有受傷嗎？

お怪我はありませんか？

o.ke.ga.wa.a.ri.ma.se.n.ka

有弄髒衣服嗎？

お洋服は汚されませんでしたか?

o.yo.o.fu.ku.wa.yo.go.sa.re.ma.se.n.de.shi.ta.ka

7 用餐時

會話①

♪ 064

 請問合您的口味嗎？

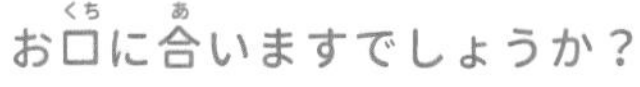
お口(くち)に合(あ)いますでしょうか？

o.ku.chi.ni.a.i.ma.su.de.sho.o.ka

 是的，非常好吃。

はい。とってもおいしいです。

ha.i。to.t.te.mo.o.i.shi.i.de.su

 有點辣。

少(すこ)し辛(から)いです。

su.ko.shi.ka.ra.i.de.su

 第一次吃到，很好吃。

初(はじ)めての味(あじ)ですが、おいしいです。

ha.ji.me.te.no.a.ji.de.su.ga、o.i.shi.i.de.su

會話②

 請問這裡的盤子可以收了嗎？

こちらのお皿(さら)は、お下(さ)げしてもよろしいでしょうか？

ko.chi.ra.no.o.sa.ra.wa、o.sa.ge.shi.te.mo.yo.ro.shi.i.de.sho.o.ka

是的。麻煩。

はい。お願(ねが)いします。

ha.i。o.ne.ga.i.shi.ma.su

不。還在用。

いいえ。まだ食(た)べています。

i.i.e。ma.da.ta.be.te.i.ma.su

會話③

 請問可以上甜點了嗎？

デザートをお持(も)ちしてもよろしいでしょうか？

de.za.a.to.o.o.mo.chi.shi.te.mo.yo.ro.shi.i.de.sho.o.ka

 好的。麻煩。

はい。お願(ねが)いします。

ha.i。o.ne.ga.i.shi.ma.su

請再稍等一下。

もう少(すこ)し、後(あと)でお願(ねが)いします。

mo.o.su.ko.shi、a.to.de.o.ne.ga.i.shi.ma.su

不好意思。請再給我看一次菜單。

すみません。もう一度(いちど)、メニューを見(み)せてください。

su.mi.ma.se.n。mo.o.i.chi.do、me.nyu.u.o.mi.se.te.ku.da.sa.i

請再給我一盤和這個一樣的東西。

これと同(おな)じものを、もう一皿(ひとさら)ください。

ko.re.to.o.na.ji.mo.no.o、mo.o.hi.to.sa.ra.ku.da.sa.i

會話④

請問可以打包嗎？

テイクアウトはできますか？

te.i.ku.a.u.to.wa.de.ki.ma.su.ka

可以。那麼我把容器拿過來。

はい。では容器(ようき)をお持(も)ちします。

ha.i。de.wa.yo.o.ki.o.o.mo.chi.shi.ma.su

很抱歉。因爲衛生上的考量，無法做打包。

申(もう)し訳(わけ)ございません。衛生上(えいせいじょう)の理由(りゆう)でお持(も)ち帰(かえ)りはできません。

mo.o.shi.wa.ke.go.za.i.ma.se.n。e.i.se.i.jo.o.no.ri.yu.u.de.o.mo.chi.ka.e.ri.wa.de.ki.ma.se.n

其他要求

1 請問可以換座位嗎？

席(せき)を替(か)わってもいいですか？

se.ki.o.ka.wa.t.te.mo.i.i.de.su.ka

2 不好意思。請再幫我倒一杯水。

すみません。お水(みず)のおかわりをください。

su.mi.ma.se.n。o.mi.zu.no.o.ka.wa.ri.o.ku.da.sa.i

3 請給我幾個小盤子。

取(と)り皿(ざら)を何枚(なんまい)かください。

to.ri.za.ra.o.na.n.ma.i.ka.ku.da.sa.i

4 請給我溼紙巾。

おしぼりを持(も)ってきてください。

o.shi.bo.ri.o.mo.t.te.ki.te.ku.da.sa.i

5 不好意思。請問廁所在哪裡？

すみません。トイレはどこでしょうか？

su.mi.ma.se.n。to.i.re.wa.do.ko.de.sho.o.ka

6 請問可以給我衛生紙嗎？ **ティッシュをくれませんか。**
ti.s.shu.o.ku.re.ma.se.n.ka

7 請問能給我叉子嗎？ **フォークをくれませんか。**
fo.o.ku.o.ku.re.ma.se.n.ka

8 結帳

在座位上結帳

♪065

 不好意思。麻煩結帳。

すみません。会計をお願いします。

su.mi.ma.se.n。ka.i.ke.i.o.o.ne.ga.i.shi.ma.su

 我知道了。

かしこまりました。

ka.shi.ko.ma.ri.ma.shi.ta

 請問可以用信用卡結嗎？

カードでもいいですか。

ka.a.do.de.mo.i.i.de.su.ka

 可以。那麼收您信用卡。麻煩您在這裡簽名。

はい。ではカードをお預かりいたします。こちらにサインをお願いいたします。

ha.i。de.wa.ka.a.do.o.o.a.zu.ka.ri.i.ta.shi.ma.su。ko.chi.ra.ni.sa.i.n.o.o.ne.ga.i.i.ta.shi.ma.su

在櫃台結帳

 不好意思。麻煩結帳。

すみません。会計をお願いします。

su.mi.ma.se.n。ka.i.ke.i.o.o.ne.ga.i.shi.ma.su

 收下您的點餐單。總共是3540日圓。

伝票をお預かりします。合計で３５４０円になります。

de.n.pyo.o.o.o.a.zu.ka.ri.shi.ma.su。go.o.ke.i.de.sa.n.ze.n.go.hya.ku.yo.n.ju.u.e.n.ni.na.ri.ma.su

 我想各付各的。

あの、別々に払いたいのですが。

a.no、be.tsu.be.tsu.ni.ha.ra.i.ta.i.no.de.su.ga

 好的，可以。

はい、かしこまりました。

ha.i、ka.shi.ko.ma.ri.ma.shi.ta

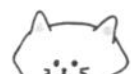 我的是山菜定食和抹茶冰淇淋。

山菜定食と抹茶アイスです。

sa.n.sa.i.te.i.sho.ku.to.ma.c.cha.a.i.su.de.su

我的是天婦羅定食。

天ぷら定食です。

te.n.pu.ra.te.i.sho.ku.de.su

我的是味噌豬排定食和紅豆湯圓。	味噌カツ定食と白玉あんみつです。 mi.so.ka.tsu.te.i.sho.ku.to.shi.ra.ta.ma.a.n.mi.tsu.de.su
 總共是1260日圓。	合計で 1260 円になります。 go.o.ke.i.de.se.n.ni.hya.ku.ro.ku.ju.u.e.n.ni.na.ri.ma.su
謝謝您。歡迎再來。	ありがとうございました。またご利用ください。 a.ri.ga.to.o.go.za.i.ma.shi.ta。ma.ta.go.ri.yo.o.ku.da.sa.i

 餐飲店相關用語

♪066

營業中 **営業中** e.i.gyo.o.chu.u	開店 **開店** ka.i.te.n	準備中 **準備中（支度中）** ju.n.bi.chu.u(shi.ta.ku.chu.u)	關店 **閉店** he.i.te.n
固定休日 **定休日** te.i.kyu.u.bi	全年無休 **年中無休** ne.n.ju.u.mu.kyu.u	年初年尾停業 **年末年始休業** ne.n.ma.tsu.ne.n.shi.kyu.u.gyo.o	
盂蘭盆日休息 **お盆休み** o.bo.n.ya.su.mi			

 懷石料理相關用語

筷套 **箸付** ha.shi.zu.ke	前菜 **先付（前菜）** sa.ki.zu.ke(ze.n.sa.i)	湯品 **お椀** o.wa.n	配菜(生魚片) **向付（刺身）** mu.ko.o.zu.ke(sa.shi.mi)
用餐途中，變換口味的餐食 **箸休め** ha.shi.ya.su.me		指裝了二～三道的下酒菜 **八寸** ha.s.su.n	

綜合拼盤 炊き合わせ ta.ki.a.wa.se	燒烤 焼き物 ya.ki.mo.no	蒸食 蒸し物 mu.shi.mo.no	炸食 揚げ物 a.ge.mo.no
煮食 煮物 ni.mo.no	鍋品 鍋物 na.be.mo.no	醋物 酢の物 su.no.mo.no	涼拌 和え物 a.e.mo.no
餐點（白飯・湯） お食事（ご飯・汁物） o.sho.ku.ji (go.ha.n・shi.ru.mo.no)		醬菜 香の物（つけ物） ko.o.no.mo.no (tsu.ke.mo.no)	
水果 水菓子（果物・甘味） mi.zu.ga.shi (ku.da.mo.no・ka.n.mi)			

9 壽司店

進入店內

♪ 067

 歡迎光臨。

いらっしゃい。
i.ra.s.sha.i

 2位。

2名(にめい)なんですが。
ni.me.i.na.n.de.su.ga

 有空位都可以坐。

空(あ)いている席(せき)へどうぞ。
a.i.te.i.ru.se.ki.e.do.o.zo

 不好意思。請問這裡是空位嗎？

すみません。ここ空(あ)いていますか。
su.mi.ma.se.n。ko.ko.a.i.te.i.ma.su.ka

 是的，沒有人坐。請坐。

ええ、空(あ)いています。どうぞ。
e.e、a.i.te.i.ma.su。do.o.zo

點餐

 要點什麼呢?請問有推薦嗎？

何(なに)にしようかな？おすすめはありますか？
na.ni.ni.shi.yo.o.ka.na?o.su.su.me.wa.a.ri.ma.su.ka

 今天是鮪魚!有好貨來哦。

今日(きょう)は、マグロ！いいのが入(はい)っているよ。
kyo.o.wa、ma.gu.ro!i.i.no.ga.ha.i.t.te.i.ru.yo

 那，我要鮪魚。

じゃ、マグロをお願(ねが)いします。
ja、ma.gu.ro.o.o.ne.ga.i.shi.ma.su

 好的。來，久等了。

あいよ。はい、お待(ま)ちどう。
a.i.yo。ha.i、o.ma.chi.do.o

 我開動了。嗯，好吃。

いただきます。ん、おいしい。
i.ta.da.ki.ma.su。n、o.i.shi.i

其他

1	不好意思。請不要放芥末。	すみません。わさび抜(ぬ)きにしてください。 su.mi.ma.se.n。wa.sa.bi.nu.ki.ni.shi.te.ku.da.sa.i
2	不好意思。麻煩結帳。	すみません。お勘定(かんじょう)をお願(ねが)いします。 su.mi.ma.se.n。o.ka.n.jo.o.o.o.ne.ga.i.shi.ma.su

10

迴轉壽司

進入店內

068

 歡迎光臨。爲您帶位。

いらっしゃいませ。お席にご案内します。

i.ra.s.sha.i.ma.se。o.se.ki.ni.go.a.n.na.i.shi.ma.su

 那個。請問是自己取用嗎？

ええと。自分でお皿を取って食べるんですか。

e.e.to。ji.bu.n.de.o.sa.ra.o.to.t.te.ta.be.ru.n.de.su.ka

 是的。請客人選用由輸送帶送來的壽司。

はい。ベルトコンベアで流れてくるお寿司を、お客さまが選んで召し上がってください。

ha.i。be.ru.to.ko.n.be.a.de.na.ga.re.te.ku.ru.o.su.shi.o、o.kya.ku.sa.ma.ga.e.ra.n.de.me.shi.a.ga.t.te.ku.da.sa.i

 請問價錢都一樣嗎？

値段はみんな同じですか。

ne.da.n.wa.mi.n.na.o.na.ji.de.su.ka

 不是的。因盤子而異。那邊的牆上有盤子的價目表。只要記得樸素的盤子比較便宜，樣式豪華的盤子比較貴，這樣就比較容易分辨了。

いいえ。お皿によって違います。あちらの壁に、お皿と値段の表があります。シンプルなお皿が安くて、豪華な模様のお皿が高いと覚えていただけると、分かりやすいと思います。

i.i.e。o.sa.ra.ni.yo.t.te.chi.ga.i.ma.su。a.chi.ra.no.ka.be.ni、o.sa.ra.to.ne.da.n.no.hyo.o.ga.a.ri.ma.su。shi.n.pu.ru.na.o.sa.ra.ga.ya.su.ku.te、go.o.ka.na.mo.yo.o.no.o.sa.ra.ga.ta.ka.i.to.o.bo.e.te.i.ta.da.ke.ru.to、wa.ka.ri.ya.su.i.to.o.mo.i.ma.su

 我知道了。咦？也有甜點耶。

分かりました。あれ？デザートも流れてきますね。

wa.ka.ri.ma.shi.ta。a.re? de.za.a.to.mo.na.ga.re.te.ki.ma.su.ne

是。也有水果和蛋糕哦。還有，桌上有菜單。請向櫃台內的師傅點餐。

ええ。果物やケーキもありますよ。あと、テーブルにもメニューがございます。カウンター内の職人に注文してください。

e.e。ku.da.mo.no.ya.ke.e.ki.mo.a.ri.ma.su.yo。a.to、te.e.bu.ru.ni.mo.me.nyu.u.ga.go.za.i.ma.su。ka.u.n.ta.a.na.i.no.sho.ku.ni.n.ni.chu.u.mo.n.shi.te.ku.da.sa.i

結帳

不好意思。麻煩結帳。

すみません。お会計をお願いします。

su.mi.ma.se.n。o.ka.i.ke.i.o.o.ne.ga.i.shi.ma.su

好的。久等了。請將這個點餐單拿到收銀台。

はい。お待たせしました。この伝票を会計に持っていってください。

ha.i。o.ma.ta.se.shi.ma.shi.ta。ko.no.de.n.pyo.o.o.ka.i.ke.i.ni.mo.t.te.i.t.te.ku.da.sa.i

好的。受您招待了。

はい。ごちそうさまでした。

ha.i。go.chi.so.o.sa.ma.de.shi.ta

謝謝。

ありがとうございました。

a.ri.ga.to.o.go.za.i.ma.shi.ta

握壽司・壽司食材 069

握壽司 握り寿司 ni.gi.ri.zu.shi	鮪魚 まぐろ ma.gu.ro	紅肉 赤身 a.ka.mi	鮪魚背部的肉 中トロ chu.u.to.ro
鮪魚腹部的肉 大トロ o.o.to.ro	醃鮪魚 トロづけ to.ro.zu.ke	蔥鮪魚壽司 ネギトロ ne.gi.to.ro	花枝 いか i.ka
竹莢魚 鯵 a.ji	小鰭魚 こはだ ko.ha.da	鯛魚 鯛 ta.i	鯖魚 鯖 sa.ba

蝦	甜蝦	比目魚	星鰻
えび e.bi	甘えび（あま） a.ma.e.bi	ひらめ hi.ra.me	アナゴ a.na.go
蝦蛄 しゃこ sha.ko	螃蟹 かに ka.ni	章魚 たこ ta.ko	鮭魚卵 いくら i.ku.ra
飛魚卵 とびっこ to.bi.k.ko	海膽 うに u.ni	鮑魚 あわび a.wa.bi	赤貝 赤貝（あかがい） a.ka.ga.i
海扇貝 帆立貝（ほたてがい） ho.ta.te.ga.i	螺 つぶ貝（がい） tsu.bu.ga.i	蛋 玉子（たまご） ta.ma.go	

卷壽司	軍艦卷	手卷	鐵火卷
巻き寿司（ま、ずし） ma.ki.zu.shi	軍艦巻き（ぐんかんま） gu.n.ka.n.ma.ki	手巻き寿司（てま、ずし） te.ma.ki.zu.shi	鉄火巻き（てっかま） te.k.ka.ma.ki
黃瓜卷 かっぱ巻き（ま） ka.p.pa.ma.ki	乾瓢卷 かんぴょう巻き（ま） ka.n.pyo.o.ma.ki	蔥花鮪魚卷 ネギトロ巻き（ま） ne.gi.to.ro.ma.ki	納豆卷 納豆巻き（なっとうま） na.t.to.o.ma.ki
沙拉卷 サラダ巻き（ま） sa.ra.da.ma.ki	細卷 細巻き（ほそま） ho.so.ma.ki	中卷 中巻き（ちゅうま） chu.u.ma.ki	大卷 太巻き（ふとま） fu.to.ma.ki

壓壽司	散壽司	豆皮壽司	茶巾壽司
押し寿司（お、ずし） o.shi.zu.shi	ちらし寿司（ずし） chi.ra.shi.zu.shi	いなり寿司（ずし） i.na.ri.zu.shi	茶巾寿司（ちゃきんずし） cha.ki.n.zu.shi
醋飯 酢飯（すめし） su.me.shi	海苔 海苔（のり） no.ri	醬油 しょうゆ sho.o.yu	山葵 わさび wa.sa.bi
甜薑片 ガリ ga.ri			

天婦羅相關用語

天婦羅 天（てん）ぷら te.n.pu.ra	炸蝦 海老天（えびてん） e.bi.te.n	炸花枝 いか天（てん） i.ka.te.n	炸番薯 さつま天（てん） sa.tsu.ma.te.n
炸南瓜 かぼちゃ天（てん） ka.bo.cha.te.n	炸青椒 ししとう天（てん） shi.shi.to.o.te.n	炸茄子 ナス天（てん） na.su.te.n	炸四季豆 いんげん天（てん） i.n.ge.n.te.n
炸喜相逢 きす天（てん） ki.su.te.n	炸星鰻 穴子天（あなごてん） a.na.go.te.n	炸物沾醬 天（てん）つゆ te.n.tsu.yu	沾鹽 付（つ）け塩（しお） tsu.ke.shi.o
茶鹽 抹茶塩（まっちゃじお） ma.c.cha.ji.o	柚子鹽 柚子塩（ゆずしお） yu.zu.shi.o	蘿蔔泥 大根（だいこん）おろし da.i.ko.n.o.ro.shi	天婦羅丼 天丼（てんどん） te.n.do.n
天婦羅蕎麥麵 天（てん）ぷらそば te.n.pu.ra.so.ba	天婦羅烏龍麵 天（てん）ぷらうどん te.n.pu.ra.u.do.n	天婦羅蕎麥涼麵 天（てん）ざる te.n.za.ru	天婦羅蕎麥涼麵 天（てん）せいろ te.n.se.i.ro

大阪的串炸 ♪070

※在大阪隨處可見在地的美食，其中串炸很受大家的歡迎。是用竹籤串上各種食材後，裹上日式太白粉，油炸而成的日本國民點心。如果想要稍微解解饞，不妨到串炸店轉轉。

元祖炸豬肉串 元祖串（がんそくし）カツ ga.n.so.ku.shi.ka.tsu	炸豬排 豚（とん）カツ to.n.ka.tsu	天然蝦子 天然（てんねん）エビ te.n.ne.n.e.bi	蓮藕 れんこん re.n.ko.n
※禁止重覆沾醬 二度付（にどづ）け禁止（きんし） ni.do.tsu.ke.ki.n.shi			

※「二度付け禁止」：串炸的醬汁是一大桶的，店家基於衛生上的考量，會禁止客人將吃過的串炸重覆沾醬。如果覺得醬沾得不夠多，可以利用店家提供的高麗菜，將醬盛到自己的盤子上。

烏龍麵・蕎麥麵相關用語

♪ 071

烏龍麵 うどん u.do.n	清湯烏龍麵（關西） 素うどん su.u.do.n	清湯烏龍麵（關東） かけうどん ka.ke.u.do.n	豆皮烏龍麵 きつねうどん ki.tsu.ne.u.do.n
蛋酥烏龍麵 たぬきうどん ta.nu.ki.u.do.n	魚板烏龍麵 おかめうどん o.ka.me.u.do.n	天婦羅烏龍麵 天ぷらうどん te.n.pu.ra.u.do.n	咖哩烏龍麵 カレーうどん ka.re.e.u.do.n
肉片烏龍麵 肉うどん ni.ku.u.do.n	麻糬烏龍麵 力うどん chi.ka.ra.u.do.n	鍋燒烏龍麵 鍋焼きうどん na.be.ya.ki.u.do.n	蛋黃烏龍麵 月見うどん tsu.ki.mi.u.do.n
紅燒烏龍麵 煮込みうどん ni.ko.mi.u.do.n	天婦羅釜燒烏龍麵 釜揚げうどん ka.ma.a.ge.u.do.n	炒烏龍麵 焼きうどん ya.ki.u.do.n	

蕎麥麵 そば so.ba	清湯 天然そば te.n.ne.n.so.ba	山藥蕎麥涼麵 とろろそば to.ro.ro.so.ba	珍珠菇蕎麥麵 なめこそば na.me.ko.so.ba
山菜蕎麥麵 山菜そば sa.n.sa.i.so.ba	蛋酥蕎麥麵 たぬきそば ta.nu.ki.so.ba	豆皮蕎麥麵 きつねそば ki.tsu.ne.so.ba	蔥花鴨肉蕎麥麵 鴨南蛮 ka.mo.na.n.ba.n
蔥花肉片蕎麥麵 肉南蛮 ni.ku.na.n.ba.n	鯡魚蕎麥麵 にしんそば ni.shi.n.so.ba	碗裝蕎麥麵 もりそば mo.ri.so.ba	裝盛在竹篩上的蕎麥麵 ざるそば za.ru.so.ba
天婦羅蕎麥涼麵 天ざる te.n.za.ru	蛋酥蕎麥冷麵 冷やしたぬき hi.ya.shi.ta.nu.ki	蘿蔔泥蕎麥麵 おろしそば o.ro.shi.so.ba	鴨肉蕎麥涼麵 鴨せいろ ka.mo.se.i.ro

七味唐辛子	辛香料	蔥	煮蕎麥麵湯
七味唐辛子（しちみとうがらし） shi.chi.mi.to.o.ga.ra.shi	薬味（やくみ） ya.ku.mi	ねぎ ne.gi	そば湯（ゆ） so.ba.yu
蕎麥茶 そば茶（ちゃ） so.ba.cha	※ 天婦羅釜燒烏龍麵是將煮好的麵與煮麵水一起端上桌的烏龍麵。		

 きつね和たぬき ♪072

※「きつね」原指狐狸，「たぬき」是狸貓，在這裡指的是在烏龍麵、蕎麥麵上盛放蛋酥或豆皮的庶民美食。不過隨著日本各地風土民情的不同，盛放的配料以及口味也不太一樣。以下介紹的主要爲關東地方的吃法。

蛋酥烏龍麵／蛋酥蕎麥麵

きつねうどん／きつねそば

ki.tsu.ne.u.do.n／ki.tsu.ne.so.ba

豆皮烏龍麵／豆皮蕎麥麵

たぬきうどん／たぬきそば

ta.nu.ki.u.do.n／ta.nu.ki.so.ba

11 定食

進入店內

073

 歡迎光臨。

いらっしゃい。
i.ra.s.sha.i

 請問坐哪好呢？

どこに座ればいいですか？
do.ko.ni.su.wa.re.ba.i.i.de.su.ka

 請往空位入座。

空いている席にどうぞ。
a.i.te.i.ru.se.ki.ni.do.o.zo

 請問今天的每日定食是什麼呢？

今日の日替わり定食はなんですか？
kyo.o.no.hi.ga.wa.ri.te.i.sho.ku.wa.na.n.de.su.ka

 是炸鱈魚定食。

白身魚のフライだよ。
shi.ro.mi.za.ka.na.no.fu.ra.i.da.yo

 那，我要那個。

じゃ、それをお願いします。
ja、so.re.o.o.ne.ga.i.shi.ma.su

購買餐券

 歡迎光臨。

いらっしゃい。
i.ra.s.sha.i

 麻煩一個炸火腿排蛋包飯定食。

ハムかつ定食ひとつお願いします。
ha.mu.ka.tsu.te.i.sho.ku.hi.to.tsu.o.ne.ga.i.shi.ma.su

 不好意思，請您先購買餐券。

申し訳ありませんが、先に食券を買ってください。
mo.o.shi.wa.ke.a.ri.ma.se.n.ga、sa.ki.ni.sho.k.ke.n.o.ka.t.te.ku.da.sa.i

 餐券嗎？

食券ですか？
sho.k.ke.n.de.su.ka

 在入口的地方有餐券的販賣機。

入り口のところに食券の販売機がありますから。
i.ri.gu.chi.no.to.ko.ro.ni.sho.k.ke.n.no.ha.n.ba.i.ki.ga.a.ri.ma.su.ka.ra

是這個機器嗎？

この機械ですか？

ko.no.ki.ka.i.de.su.ka

是的，就是那個。把錢放進去，按壓想吃的菜色，餐券就會從下方跑出來。

はい。お金を入れて、食べたいメニューのボタンを押すと、下から食券が出てきます。

ha.i。o.ka.ne.o.i.re.te、ta.be.ta.i.me.nyu.u.no.bo.ta.n.o.o.su.to、shi.ta.ka.ra.sho.k.ke.n.ga.de.te.ki.ma.su

跑出來了。但是2張連在一起…。

出てきました。2枚つながってますけど…。

de.te.ki.ma.shi.ta。ni.ma.i.tsu.na.ga.t.te.ma.su.ke.do…

不要撕開。請往空位坐。

そのまま破かないで、空いている席にどうぞ。

so.no.ma.ma.ya.bu.ka.na.i.de、a.i.te.i.ru.se.ki.ni.do.o.zo

好的。

はい。

ha.i

茶的話可以到那裡的茶水機倒。

お茶はあそこにお茶の機械がありますから、ご自由に淹れてください。

o.cha.wa.a.so.ko.ni.o.cha.no.ki.ka.i.ga.a.ri.ma.su.ka.ra、go.ji.yu.u.ni.i.re.te.ku.da.sa.i

好的，炸火腿排蛋包飯定食。請稍候。

はい、ハムかつ定食ですね。少々お待ちください。

ha.i、ha.mu.ka.tsu.te.i.sho.ku.de.su.ne。sho.o.sho.o.o.ma.chi.ku.da.sa.i

定食的相關用語

♪074

今日特餐 **日替わり定食** hi.ga.wa.ri.te.i.sho.ku	炸雞塊定食 **から揚げ定食** ka.ra.a.ge.te.i.sho.ku	炸豬排定食 **とんかつ定食** to.n.ka.tsu.te.i.sho.ku	漢堡排定食 **ハンバーグ定食** ha.n.ba.a.gu.te.i.sho.ku
薑燒定食 **生姜焼き定食** sho.o.ga.ya.ki.te.i.sho.ku	生魚片定食 **刺身定食** sa.shi.mi.te.i.sho.ku	味噌豬排定食 **味噌カツ定食** mi.so.ka.tsu.te.i.sho.ku	烏龍麵定食 **うどん定食** u.do.n.te.i.sho.ku

燒肉定食 やきにくていしょく **焼肉定食** ya.ki.ni.ku.te.i.sho.ku	牛排定食 ていしょく **ステーキ定食** su.te.e.ki.te.i.sho.ku	烤魚定食 や　ざかなていしょく **焼き魚定食** ya.ki.za.ka.na.te.i.sho.ku	味噌鯖魚定食 み そ ていしょく **さば味噌定食** sa.ba.mi.so.te.i.sho.ku
肉絲炒菜定食 にく や さい いた ていしょく **肉野菜炒め定食** ni.ku.ya.sa.i.i.ta.me.te.i.sho.ku	炸天婦羅丼套餐 てんどん **天丼セット** te.n.do.n.se.t.to	炸豬排丼套餐 どん **カツ丼セット** ka.tsu.do.n.se.t.to	白飯 はん **ご飯** go.ha.n
味噌湯 み そ しる **味噌汁** mi.so.shi.ru	醃漬品 つけもの **漬物** tsu.ke.mo.no	小菜 こ ばち **小鉢** ko.ba.chi	沙拉 **サラダ** sa.ra.da
大份 おお も **大盛り** o.o.mo.ri	半碗飯 はん **半ライス** ha.n.ra.i.su		

居酒屋的相關用語

居酒屋 い ざか や **居酒屋** i.za.ka.ya	主菜出來前的簡單下酒菜 とお **お通し** o.to.o.shi	宴會菜單 えんかい **宴会メニュー** e.n.ka.i.me.nyu.u	喝到飽 の ほうだい **飲み放題** no.mi.ho.o.da.i
常客寄放在居酒屋的酒 **ボトルキープ** bo.to.ru.ki.i.pu	生啤酒 なま **生ビール** na.ma.bi.i.ru	啤酒杯 **ジョッキ** jo.k.ki	中型啤酒杯 ちゅう **中ジョッキ** chu.u.jo.k.ki
大型啤酒杯 だい **大ジョッキ** da.i.jo.k.ki	沙瓦 **サワー** sa.wa.a	燒酒 しょうちゅう **焼酎** sho.o.chu.u	番薯燒酒 いもじょうちゅう **芋焼酎** i.mo.jo.o.chu.u
水果酒 **チューハイ** chu.u.ha.i	雞尾酒 **カクテル** ka.ku.te.ru	紅酒（玻璃瓶、有軟木塞的玻璃瓶） **ワイン（グラス・ボトル、デカンタ）** wa.i.n(gu.ra.su・bo.to.ru、de.ka.n.ta)	
威士忌 **ウイスキー** u.i.su.ki.i	梅酒 うめしゅ **梅酒** u.me.shu	日本酒 に ほんしゅ **日本酒** ni.ho.n.shu	

冷酒 **冷酒** re.i.shu	溫熱酒 **熱燗** a.tsu.ka.n	當地特有的酒 **地酒** ji.za.ke	無酒精飲料 **ソフトドリンク** so.fu.to.do.ri.n.ku
鍋類料理 **鍋料理** na.be.ryo.o.ri	生魚片 **お造り（刺身）** o.tsu.ku.ri (sa.shi.mi)	鹹粥 **雑炊** zo.o.su.i	茶泡飯 **お茶漬け** o.cha.zu.ke
飯糰 **おにぎり** o.ni.gi.ri	毛豆 **枝豆** e.da.ma.me	冷豆腐 **冷やっこ** hi.ya.ya.k.ko	炸薯條 **フライドポテト** fu.ra.i.do.po.te.to
雞塊 **ナゲット** na.ge.t.to	炸雞塊 **鳥のから揚げ** to.ri.no.ka.ra.a.ge	炸軟骨 **軟骨揚げ** na.n.ko.tsu.a.ge	炸花枝 **いかのやわらか揚げ** i.ka.no.ya.wa.ra.ka.a.ge
粗絞肉香腸 **粗挽きソーセージ** a.ra.bi.ki.so.o.se.e.ji	炸春捲 **春巻き** ha.ru.ma.ki	煎餃 **餃子** gyo.o.za	※ 炸物 **フリッター** fu.ri.t.ta.a
紅燒肉 **豚の角煮** bu.ta.no.ka.ku.ni	炸蝦 **エビフライ** e.bi.fu.ra.i	炸牡蠣 **カキフライ** ka.ki.fu.ra.i	炸帆立貝 **ホタテフライ** ho.ta.te.fu.ra.i
沙拉 **サラダ** sa.ra.da	炸豬肉串 **串かつ** ku.shi.ka.tsu	烤雞肉串 **焼き鳥** ya.ki.to.ri	味噌烤物 **田楽** de.n.ga.ku
滷大腸 **モツ煮込み** mo.tsu.ni.ko.mi	鐵板燒 **鉄板焼き** te.p.pa.n.ya.ki	奶油燒 **バター焼き** ba.ta.a.ya.ki	裝盛在容器裡烹煮的方式 **つぼ焼き** tsu.bo.ya.ki
茶碗蒸 **茶碗蒸** cha.wa.n.mu.shi	天婦羅 **天ぷら** te.n.pu.ra		

※ 炸物和天婦羅不同，麵衣較軟。

拉麵的相關單字

拉麵 ラーメン ra.a.me.n	醬油拉麵 醤油（しょうゆ）ラーメン sho.o.yu.ra.a.me.n	鹽味拉麵 塩（しお）ラーメン shi.o.ra.a.me.n	味噌拉麵 味噌（みそ）ラーメン mi.so.ra.a.me.n
豚骨拉麵 豚骨（とんこつ）ラーメン to.n.ko.tsu.ra.a.me.n	湯麵 タンメン ta.n.me.n	餛飩麵 ワンタンメン wa.n.ta.n.me.n	叉燒麵 チャーシューメン cha.a.shu.u.me.n
豆芽菜麵 サンマーメン sa.n.ma.a.me.n			

口味的濃淡 味（あじ）の濃（こ）さ a.ji.no.ko.sa	輕淡口味 あっさり系（けい） a.s.sa.ri.ke.i	濃厚口味 こってり系（けい） ko.t.te.ri.ke.i

麵的種類 麺（めん）の種類（しゅるい） me.n.no.shu.ru.i	粗麵 太麺（ふとめん） fu.to.me.n	細麵 細麺（ほそめん） ho.so.me.n	直條麵 ストレート麺（めん） su.to.re.e.to.me.n
※ 捲麵 ちぢれ麺（めん） chi.ji.re.me.n	※ 拉麵的一種。麵條呈現波浪狀。		

配料 具（ぐ） gu	筍乾 メンマ me.n.ma	叉燒 叉焼（チャーシュー） cha.a.shu.u	水煮蛋 煮卵（にたまご） ni.ta.ma.go
海苔 海苔（のり） no.ri	魚板捲 なると na.ru.to	蔥 ねぎ ne.gi	大蒜 ニンニク ni.n.ni.ku
加麵 替（か）え玉（だま） ka.e.da.ma			

12 燒肉店

在燒肉店用餐

075

1	鐵板的溫度請由這裡調整。	鉄板(てっぱん)の温度(おんど)は、ここで調節(ちょうせつ)してください。 te.p.pa.n.no.o.n.do.wa、ko.ko.de.cho.o.se.tsu.shi.te.ku.da.sa.i
2	因爲油分和醬汁會弄髒您的衣服，所以請穿上圍裙。	お洋服(ようふく)が油(あぶら)やタレで汚(よご)れますから、エプロンをどうぞ。 o.yo.o.fu.ku.ga.a.bu.ra.ya.ta.re.de.yo.go.re.ma.su.ka.ra、e.pu.ro.n.o.do.o.zo

燒肉的相關用語

076

燒肉	焼肉(やきにく)	ya.ki.ni.ku
三層肉	カルビ（バラ肉(にく)）	ka.ru.bi(ba.ra.ni.ku)
背脊肉	ロース（背肉(せにく)）	ro.o.su(se.ni.ku)
內臟	ホルモン	ho.ru.mo.n
橫隔膜（背部靠中間位置）	ハラミ	ha.ra.mi
橫隔膜（肋骨位置）	サガリ	sa.ga.ri
牛舌	牛(ぎゅう)タン	gyu.u.ta.n
肝	レバー	re.ba.a
腎	マメ	ma.me
子宮	コブクロ	ko.bu.ku.ro
瘤胃（牛的第一個胃）	ミノ	mi.no
蜂巢胃（牛的第二個胃）	ハチノス	ha.chi.no.su
重瓣胃（牛的第三個胃）	センマイ	se.n.ma.i
皺胃（牛的第四個胃）	ギアラ	gi.a.ra

其他 **その他**(た) so.no.ta	韓國的生肉料理 **ユッケ** yu.k.ke	無煙烤肉 **無煙焼肉**(むえんやきにく) mu.e.n.ya.ki.ni.ku
石鍋拌飯 **ビビンバ** bi.bi.n.ba	韓國的牛肉湯飯 **クッパ** ku.p.pa	

泡菜 **キムチ** ki.mu.chi	麻油拌青菜(麻油涼拌菜) **ナムル** na.mu.ru	茄子 **ナス** na.su
生菜的一種，用來包燒肉 **サンチュ** sa.n.chu	南瓜 **カボチャ** ka.bo.cha	洋蔥 **たまねぎ** ta.ma.ne.gi
青椒 **ピーマン** pi.i.ma.n		

13 涮涮鍋

詢問吃法

077

 請告訴我吃法。

食べ方を教えてください。

ta.be.ka.ta.o.o.shi.e.te.ku.da.sa.i

 好。那麼，先將涮涮鍋裡的湯汁煮沸。沸騰後，請把裡面的昆布拿起來。

はい。では、最初に、このしゃぶしゃぶ用のお鍋に入っているだし汁を沸騰させます。沸騰したら、中の昆布は取り除いてください。

ha.i。de.wa、sa.i.sho.ni、ko.no.sha.bu.sha.bu.yo.o.no.o.na.be.ni.ha.i.t.te.i.ru.da.shi.ji.ru.o.fu.t.to.o.sa.se.ma.su。fu.t.to.o.shi.ta.ra、na.ka.no.ko.n.bu.wa.to.ri.no.zo.i.te.ku.da.sa.i

再來是，將青菜按照最不容易熟的順序放進去。

次に、お野菜を火の通りにくいものから順に入れていきます。

tsu.gi.ni、o.ya.sa.i.o.hi.no.to.o.ri.ni.ku.i.mo.no.ka.ra.ju.n.ni.i.re.te.i.ki.ma.su

 好。

はい。

ha.i

 最後放入茼蒿。這樣就完成了。

最後に春菊を入れます。これで出来上がりです。

sa.i.go.ni.shu.n.gi.ku.o.i.re.ma.su。ko.re.de.de.ki.a.ga.ri.de.su

 咦？那肉怎麼辦？

え？お肉はどうするんですか？

e?o.ni.ku.wa.do.o.su.ru.n.de.su.ka

 由客人自己「涮」喲。將肉一片一片夾起，放入湯裡，像這樣邊涮邊煮。

お客様がご自分で「しゃぶしゃぶ」するんですよ。お箸でお肉を一枚ずつとって、だし汁の中でこうして振りながら火を通します。

o.kya.ku.sa.ma.ga.go.ji.bu.n.de.「sha.bu.sha.bu」.su.ru.n.de.su.yo。o.ha.shi.de.o.ni.ku.o.i.chi.ma.i.zu.tsu.to.t.te、da.shi.ji.ru.no.na.ka.de.ko.o.shi.te.fu.ri.na.ga.ra.hi.o.to.o.shi.ma.su

 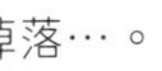

感覺肉會從筷子掉落…。

肉がお箸から落ちそう…。

ni.ku.ga.o.ha.shi.ka.ra.o.chi.so.o…

 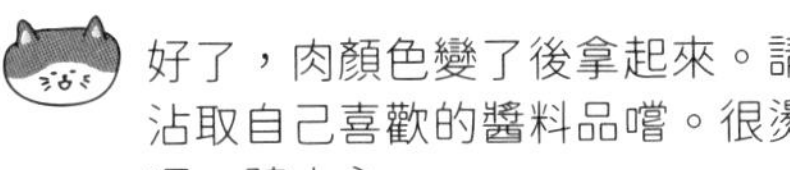

好了，肉顏色變了後拿起來。請沾取自己喜歡的醬料品嚐。很燙喔，請小心。

はい、お肉の色が変わったら引き上げて。お好みのタレをつけてお召し上がりください。熱いので気をつけてくださいね。

ha.i、o.ni.ku.no.i.ro.ga.ka.wa.t.ta.ra.hi.ki.a.ge.te。o.ko.no.mi.no.ta.re.o.tsu.ke.te.o.me.shi.a.ga.ri.ku.da.sa.i。a.tsu.i.no.de.ki.o.tsu.ke.te.ku.da.sa.i.ne

好燙。

あちち。

a.chi.chi

因爲肉會產生「雜質」，請隨時將雜質撈起來。

お肉から「アク」が出てきますので、時々アクをすくってくださいね。

o.ni.ku.ka.ra.「a.ku」.ga.de.te.ki.ma.su.no.de、to.ki.do.ki.a.ku.o.su.ku.t.te.ku.da.sa.i.ne

青菜也很入味很好吃。

野菜にもだしが染みておいしいです。

ya.sa.i.ni.mo.da.shi.ga.shi.mi.te.o.i.shi.i.de.su

最後請將麵或年糕放入湯裡食用。因爲會吸收肉和青菜的精華，所以非常好吃喲。

最後にだし汁の中に麺やお餅を入れてお召し上がりください。お肉やお野菜のうまみが染みこんで、とてもおいしくなりますよ。

sa.i.go.ni.da.shi.ji.ru.no.na.ka.ni.me.n.ya.o.mo.chi.o.i.re.te.o.me.shi.a.ga.ri.ku.da.sa.i。o.ni.ku.ya.o.ya.sa.i.no.u.ma.mi.ga.shi.mi.ko.n.de、to.te.mo.o.i.shi.ku.na.ri.ma.su.yo

涮涮鍋的相關用語 ♪078

葉菜類 葉野菜 ha.ya.sa.i	白菜 白菜 ha.ku.sa.i	水菜 水菜 mi.zu.na	蔥 ねぎ ne.gi
茼蒿 春菊 shu.n.gi.ku			

菇類	香菇	舞菇	鴻喜菇
キノコ類（るい）	しいたけ	まいたけ	しめじ
ki.no.ko.ru.i	shi.i.ta.ke	ma.i.ta.ke	shi.me.ji
金針菇	杏鮑菇		
えのき	エリンギ		
e.no.ki	e.ri.n.gi		

麵類	葛粉麵	烏龍麵	麵線
麺類（めんるい）	くずきり	うどん	そうめん
me.n.ru.i	ku.zu.ki.ri	u.do.n	so.o.me.n

其他	薄片肉（涮涮鍋用。豬肉／牛肉）		
その他（た）	薄切り肉（うすぎりにく）（しゃぶしゃぶ用（よう）。豚肉（ぶたにく）／牛肉（ぎゅうにく））		
so.no.ta	u.su.gi.ri.ni.ku (sha.bu.sha.bu.yo.o。bu.ta.ni.ku／gyu.u.ni.ku)		
豆腐	紅蘿蔔	年糕薄片	
豆腐（とうふ）	人参（にんじん）	薄切り餅（うすぎりもち）	
to.o.fu	ni.n.ji.n	u.su.gi.ri.mo.chi	

沾醬	柚子醋	白蘿蔔泥柚子醋	芝麻醬
タレ	ポン酢（ず）	おろしポン酢（ず）	ゴマだれ
ta.re	po.n.zu	o.ro.shi.po.n.zu	go.ma.da.re
味噌醬			
味噌（みそ）だれ			
mi.so.da.re			

14

壽喜燒

079

關東吃法

1	在壽喜燒鍋內放入醬汁，然後烹煮肉和青菜等食材。	すき焼き鍋に割下を入れて、お肉とお野菜などの具材を煮ます。 su.ki.ya.ki.na.be.ni.wa.ri.shi.ta.o.i.re.te、o.ni.ku.to.o.ya.sa.i.na.do.no.gu.za.i.o.ni.ma.su
2	煮熟後，沾取打散的蛋汁食用。	火が通ったら、溶き卵につけてお召し上がりください。 hi.ga.to.o.t.ta.ra、to.ki.ta.ma.go.ni.tsu.ke.te.o.me.shi.a.ga.ri.ku.da.sa.i

關西吃法

1	將牛油放入熱過的壽喜燒鍋內使其融化。	熱したすき焼き鍋に牛脂を入れて溶かします。 ne.s.shi.ta.su.ki.ya.ki.na.be.ni.gyu.u.shi.o.i.re.te.to.ka.shi.ma.su
2	然後放進牛肉煎烤。肉烤熟後，放入砂糖、料理酒、醬油。	そこに牛肉を入れて焼きます。肉が焼けたら、お砂糖・料理酒・しょうゆを入れます。 so.ko.ni.gyu.u.ni.ku.o.i.re.te.ya.ki.ma.su。ni.ku.ga.ya.ke.ta.ra、o.sa.to.o・ryo.o.ri.shu・sho.o.yu.o.i.re.ma.su
3	再放入剩下的食材煮熟。青菜會出水。如果水分不夠的話，請追加湯汁。	残りの具材を入れて火を通します。水分はお野菜から出てきます。水分が足りなかったら、だし汁を追加してください。 no.ko.ri.no.gu.za.i.o.i.re.te.hi.o.to.o.shi.ma.su。su.i.bu.n.wa.o.ya.sa.i.ka.ra.de.te.ki.ma.su。su.i.bu.n.ga.ta.ri.na.ka.t.ta.ra、da.shi.ji.ru.o.tsu.i.ka.shi.te.ku.da.sa.i
4	煮熟之後就完成了。請沾取打散的蛋汁食用。	火が通ったら出来上がりです。溶き卵をつけてお召し上がりください。 hi.ga.to.o.t.ta.ra.de.ki.a.ga.ri.de.su。to.ki.ta.ma.go.o.tsu.ke.te.o.me.shi.a.ga.ri.ku.da.sa.i

5	最後放入煮過的烏龍麵，烏龍麵會吸取食材的精華，很好吃哦。	最後にゆでたうどんを入れて召し上がると、旨みが染みこんでおいしいですよ。 sa.i.go.ni.yu.de.ta.u.do.n.o.i.re.te.me.shi.a.ga.ru.to、u.ma.mi.ga.shi.mi.ko.n.de.o.i.shi.i.de.su.yo

壽喜燒的相關用語

壽喜燒 すき焼き su.ki.ya.ki	調味料（混合了醬油、砂糖、味醂、酒的調味料） 割下（しょうゆ・砂糖・みりん・酒を混ぜた調味料） wa.ri.shi.ta(sho.o.yu・sa.to.o・mi.ri.n・sa.ke.o.ma.ze.ta.cho.o.mi.ryo.o)		
牛油 牛脂 gyu.u.shi	牛肉 牛肉 gyu.u.ni.ku	白菜 白菜 ha.ku.sa.i	白蔥 白ねぎ shi.ro.ne.gi
蒟蒻粉絲 しらたき（糸こんにゃく） shi.ra.ta.ki(i.to.ko.n.nya.ku)		香菇 シイタケ shi.i.ta.ke	麵麩 お麩 o.fu
烤豆腐 焼き豆腐 ya.ki.do.o.fu	茼蒿 春菊 shu.n.gi.ku	打散的蛋汁 溶き卵 to.ki.ta.ma.go	烏龍麵 うどん u.do.n

15 大阪燒、文字燒

詢問吃法

♪ 080

 讓您久等了。

はい。お待ちどうさま。
ha.i。o.ma.chi.do.o.sa.ma

 那個…請問這個是自己煎嗎？

あの…これは自分で焼くんですか？
a.no…ko.re.wa.ji.bu.n.de.ya.ku.n.de.su.ka

 可以的話，讓我來幫您煎吧。

よかったら、私が焼いてあげましょうか。
yo.ka.t.ta.ra、wa.ta.shi.ga.ya.i.te.a.ge.ma.sho.o.ka

 好的。麻煩了。

はい。お願いします。
ha.i。o.ne.ga.i.shi.ma.su

 像這樣，將器皿裡的東西充分混合…倒在鐵板上…擴展成圓狀。

こうやって、器の中身をよく混ぜて…鉄板に流して…丸く広げて。
ko.o.ya.t.te、u.tsu.wa.no.na.ka.mi.o.yo.ku.ma.ze.te…te.p.pa.n.ni.na.ga.shi.te…ma.ru.ku.hi.ro.ge.te

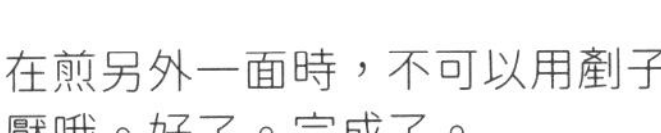

在煎另外一面時，不可以用劏子壓哦。好了。完成了。

裏側を焼くときは、ヘラであんまり押し付けちゃだめだよ。はい。できた。
u.ra.ga.wa.o.ya.ku.to.ki.wa、he.ra.de.a.n.ma.ri.o.shi.tsu.ke.cha.da.me.da.yo。ha.i。de.ki.ta

 哇，好好吃的樣子。

わぁ、おいしそう。
wa.a、o.i.shi.so.o

 澆上醬汁，灑上海苔粉和柴魚片。需要紅生薑嗎？

ソースをかけて、青海苔とかつおぶしを振りかけて。紅生姜はいる？
so.o.su.o.ka.ke.te、a.o.no.ri.to.ka.tsu.o.bu.shi.o.fu.ri.ka.ke.te。be.ni.sho.o.ga.wa.i.ru

 好的。

はい。
ha.i

 我幫您放到盤子裡。因為很燙，吃的時候請小心。

お皿に載せてあげるね。熱いから気をつけて食べてね。
o.sa.ra.ni.no.se.te.a.ge.ru.ne。a.tsu.i.ka.ra.ki.o.tsu.ke.te.ta.be.te.ne

我開動了。

いただきます。
i.ta.da.ki.ma.su

大阪燒的相關用語

♪081

大阪燒	豬肉大阪燒	牛肉大阪燒	花枝大阪燒
お好（この）み焼（や）き o.ko.no.mi.ya.ki	ぶた玉（たま） bu.ta.ta.ma	牛肉玉（ぎゅうにくたま） gyu.u.ni.ku.ta.ma	いか玉（たま） i.ka.ta.ma
鮮蝦大阪燒	牡蠣大阪燒	青菜大阪燒	
えび玉（たま） e.bi.ta.ma	かき玉（たま） ka.ki.ta.ma	野菜玉（やさいたま） ya.sa.i.ta.ma	

文字燒的相關用語

文字燒	豬肉文字燒	麻糬明太子起司	綜合文字燒
もんじゃ焼（や）き mo.n.ja.ya.ki	豚（ぶた）もんじゃ bu.ta.mo.n.ja	もち明太子（めんたいこ）チーズ mo.chi.me.n.ta.i.ko.chi.i.zu	ミックスもんじゃ mi.k.ku.su.mo.n.ja
豬肉泡菜	香蔥鹽烤牛五花		豪華特選文字燒
豚（ぶた）キムチ bu.ta.ki.mu.chi	ネギ塩（しお）カルビもんじゃ ne.gi.shi.o.ka.ru.bi.mo.n.ja		デラックスもんじゃ de.ra.k.ku.su.mo.n.ja
鹽烤海鮮文字燒	和風梅香文字燒		
海鮮塩（かいせんしお）もんじゃ ka.i.se.n.shi.o.mo.n.ja	和風梅（わふううめ）もち wa.fu.u.u.me.mo.chi		

配料	豬肉	牛肉	絞肉
具材（ぐざい） gu.za.i	豚肉（ぶたにく） bu.ta.ni.ku	牛肉（ぎゅうにく） gyu.u.ni.ku	ひき肉（にく） hi.ki.ni.ku
鹹牛肉	培根	花枝	帆立貝
コンビーフ ko.n.bi.i.fu	ベーコン be.e.ko.n	いか i.ka	ほたて ho.ta.te

蝦	櫻花蝦	明太子	柴魚片
海老（えび） e.bi	桜海老（さくらえび） sa.ku.ra.e.bi	明太子（めんたいこ） me.n.ta.i.ko	鰹節（かつおぶし） ka.tsu.o.bu.shi
高麗菜 キャベツ kya.be.tsu	玉米 コーン ko.o.n	蔥 ねぎ ne.gi	山藥 山芋（やまいも） ya.ma.i.mo
紅生薑 紅生姜（べにしょうが） be.ni.sho.o.ga	海苔粉 青海苔（あおのり） a.o.no.ri	蛋 卵（たまご） ta.ma.go	咖哩 カレー ka.re.e
點心麵 ベビースター be.bi.i.su.ta.a	麻糬 餅（もち） mo.chi	起司 チーズ chi.i.zu	泡菜 キムチ ki.mu.chi
蛋酥 揚げ玉（あげだま） a.ge.da.ma	美奶滋 マヨネーズ ma.yo.ne.e.zu	醬汁 ソース so.o.su	

烤雞肉串的相關用語

烤雞肉串	鹽	醬汁	瘦雞肉
焼き鳥（やきとり） ya.ki.to.ri	塩（しお） shi.o	タレ ta.re	正肉（しょうにく） sho.o.ni.ku
雞肉 かしわ ka.shi.wa	雞腿肉 もも肉（にく） mo.mo.ni.ku	雞胸肉 むね肉（にく） mu.ne.ni.ku	雞皮 とり皮（かわ） to.ri.ka.wa
軟骨 軟骨（なんこつ） na.n.ko.tsu	雞肉串 つくね tsu.ku.ne	雞脖子（脖子的周圍） せせり・ネック se.se.ri・ne.k.ku	雞心 ハツ ha.tsu
雞胗、雞腱 ずり・砂（すな）ずり、砂肝（すなぎも）（砂嚢（さのう）） zu.ri・su.na.zu.ri、su.na.gi.mo(sa.no.o)		雞肝 レバー・肝（きも） re.ba.a・ki.mo	雞屁股 ぼんちり bo.n.chi.ri

雞脾 まめ・まめ肝（きも） ma.me・ma.me.ki.mo		蔥 ねぎ ne.gi	鵪鶉蛋 うずら卵（たまご） u.zu.ra.ta.ma.go
雞翅膀 手羽先（てばさき） te.ba.sa.ki	土雞 地鶏（じどり） ji.do.ri	蘆筍 アスパラガス a.su.pa.ra.ga.su	獅子唐辛子 ししとう shi.shi.to.o

關東煮的相關用語

關東煮 おでん o.de.n	竹輪麩 ちくわぶ chi.ku.wa.bu	蒟蒻 こんにゃく ko.n.nya.ku	白蘿蔔 大根（だいこん） da.i.ko.n
水煮蛋 ゆで玉子（たまご） yu.de.ta.ma.go	魚板 はんぺん ha.n.pe.n	蒟蒻粉絲 しらたき shi.ra.ta.ki	油豆腐 厚揚（あつあ）げ（生揚（なまあ）げ） a.tsu.a.ge (na.ma.a.ge)
牛筋串 牛（ぎゅう）すじ串（くし） gyu.u.su.ji.ku.shi	馬鈴薯 じゃがいも ja.ga.i.mo	炸豆腐包 がんもどき ga.n.mo.do.ki	炸魚餅 さつま揚（あ）げ sa.tsu.ma.a.ge
油豆腐包（裡面有麻糬） 巾着（きんちゃく） ki.n.cha.ku		海帶結 結（むす）び昆布（こんぶ） mu.su.bi.ko.n.bu	竹輪 ちくわ chi.ku.wa
燻肉香腸 ウインナー u.i.n.na.a	銀杏 銀杏（ぎんなん） gi.n.na.n	魚丸 つみれ tsu.mi.re	高湯 だし汁（じる） da.shi.ji.ru

攤販

攤販 屋台（やたい） ya.ta.i	炒麵 焼（や）きそば ya.ki.so.ba	章魚燒 たこ焼（や）き ta.ko.ya.ki	烤玉米 焼（や）きとうもろこし ya.ki.to.o.mo.ro.ko.shi
烤花枝 いか焼（や）き i.ka.ya.ki	鯛魚燒 たい焼（や）き ta.i.ya.ki	奶油烤馬鈴薯 じゃがバター ja.ga.ba.ta.a	紅豆餅 今川焼（いまがわや）き i.ma.ga.wa.ya.ki
烤栗子 天津甘栗（てんしんあまぐり） te.n.shi.n.a.ma.gu.ri	剉冰 かき氷（ごおり） ka.ki.go.o.ri	彈珠汽水 ラムネ ra.mu.ne	棉花糖 わた飴（あめ） wa.ta.a.me
蘋果糖 りんご飴（あめ） ri.n.go.a.me	紅豆糖 あんず飴（あめ） a.n.zu.a.me	鱉甲糖 べっ甲飴（こうあめ） be.k.ko.o.a.me	麥芽糖 水飴（みずあめ） mi.zu.a.me
沾醬煎餅 ソースせんべい so.o.su.se.n.be.i	香蕉巧克力 チョコバナナ cho.ko.ba.na.na	雞蛋糕 ベビーカステラ be.bi.i.ka.su.te.ra	爆米花 ポップコーン po.p.pu.ko.o.n

16 速食店

點餐

♪ 082

歡迎光臨。請問決定好要點什麼了嗎？

いらっしゃいませ。ご注文はおきまりですか。

i.ra.s.sha.i.ma.se。go.chu.u.mo.n.wa.o.ki.ma.ri.de.su.ka

那個。我要漢堡，小薯和中杯的柳橙汁。

ええと。ハンバーガーとポテトのSとオレンジジュースMサイズ。

e.e.to。ha.n.ba.a.ga.a.to.po.te.to.no.e.su.to.o.re.n.ji.ju.u.su.e.mu.sa.i.zu

如果薯條改成中的，就會是套餐價，比較划算哦。

ポテトをMサイズにされると、セット料金になってお得ですよ。

po.te.to.o.e.mu.sa.i.zu.ni.sa.re.ru.to、se.t.to.ryo.o.ki.n.ni.na.t.te.o.to.ku.de.su.yo

那，我要中的。

それなら、Mにします。

so.re.na.ra、e.mu.ni.shi.ma.su

謝謝。現在有促銷活動，冰淇淋減價100日圓，請問要一起點嗎？

ありがとうございます。ただ今、キャンペーンでアイスが100円引きですが、ご一緒にどうですか。

a.ri.ga.to.o.go.za.i.ma.su。ta.da.i.ma、kya.n.pe.e.n.de.a.i.su.ga.hya.ku.e.n.bi.ki.de.su.ga、go.i.s.sho.ni.do.o.de.su.ka

嗯。冰淇淋不用了。

うーん。アイスはいいです。

u.u.n。a.i.su.wa.i.i.de.su

久等了。那麼，漢堡和中薯，和中杯柳橙汁，總共430日圓。請問是內用嗎？

失礼しました。では、ハンバーガーとポテトのMとオレンジジュースのMで、430円になります。店内でお召し上がりですか。

shi.tsu.re.i.shi.ma.shi.ta。de.wa、ha.n.ba.a.ga.a.to.po.te.to.no.e.mu.to.o.re.n.ji.ju.u.su.no.e.mu.de、yo.n.hya.ku.sa.n.ju.u.e.n.ni.na.ri.ma.su。te.n.na.i.de.o.me.shi.a.ga.ri.de.su.ka

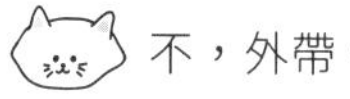
不，外帶。

いえ、テイクアウトで。

i.e、te.i.ku.a.u.to.de

我知道了，為您裝在袋子裡。由於果汁容易打翻，請您小心地帶回去。

かしこまりました。袋(ふくろ)にお入(い)れいたします。ジュースが倒(たお)れやすいので、気(き)をつけてお持(も)ち帰(かえ)りください。

ka.shi.ko.ma.ri.ma.shi.ta。fu.ku.ro.ni.o.i.re.i.ta.shi.ma.su。ju.u.su.ga.ta.o.re.ya.su.i.no.de、ki.o.tsu.ke.te.o.mo.chi.ka.e.ri.ku.da.sa.i

速食店的相關用語　♪083

速食店 **ファーストフード** fa.a.su.to.fu.u.do	漢堡 **ハンバーガー** ha.n.ba.a.ga.a	起司漢堡 **チーズバーガー** chi.i.zu.ba.a.ga.a	照燒漢堡 **てりやきバーガー** te.ri.ya.ki.ba.a.ga.a
魚漢堡 **フィッシュバーガー** fi.s.shu.ba.a.ga.a	培根萵苣漢堡 **ベーコンレタスバーガー** be.e.ko.n.re.ta.su.ba.a.ga.a		雞肉漢堡 **チキンバーガー** chi.ki.n.ba.a.ga.a
雙層漢堡 **Wバーガー** da.bu.ru.ba.a.ga.a	可樂餅漢堡 **コロッケバーガー** ko.ro.k.ke.ba.a.ga.a	米漢堡 **ライスバーガー** ra.i.su.ba.a.ga.a	熱狗 **ホットドッグ** ho.t.to.do.g.gu
法蘭克福香腸 **フランクフルト** fu.ra.n.ku.fu.ru.to	雞排堡 **チキンフィレオ** chi.ki.n.fi.re.o	蝦肉堡 **えびフィレオ** e.bi.fi.re.o	

副餐 **サイドメニュー** sa.i.do.me.nyu.u	炸薯條 **フライドポテト** fu.ra.i.do.po.te.to	薯餅 **ハッシュポテト** ha.s.shu.po.te.to	炸雞 **フライドチキン** fu.ra.i.do.chi.ki.n
雞塊 **チキンナゲット** chi.ki.n.na.ge.t.to	洋蔥圈 **オニオンリング** o.ni.o.n.ri.n.gu		

湯品 **スープ** su.u.pu	玉米濃湯 **コーンスープ** ko.o.n.su.u.pu		

沙拉 **サラダ** sa.ra.da	玉米沙拉 **コーンサラダ** ko.o.n.sa.ra.da	涼拌沙拉 **コールスローサラダ** ko.o.ru.su.ro.o.sa.ra.da	野菜沙拉 **グリーンサラダ** gu.ri.i.n.sa.ra.da

甜點 **デザート** de.za.a.to	蘋果派 **アップルパイ** a.p.pu.ru.pa.i	鬆餅 **ホットケーキ** ho.t.to.ke.e.ki	聖代 **パフェ** pa.fe
瑪芬 **マフィン** ma.fi.n	霜淇淋 **ソフトクリーム** so.fu.to.ku.ri.i.mu	冰淇淋 **アイスクリーム** a.i.su.ku.ri.i.mu	優格 **ヨーグルト** yo.o.gu.ru.to

飲料 **ドリンク** do.ri.n.ku	冰紅茶 **アイスティー** a.i.su.ti.i	可樂 **コーラ** ko.o.ra	咖啡 **コーヒー** ko.o.hi.i
果汁 **ジュース** ju.u.su	烏龍茶 **ウーロン茶（ちゃ）** u.u.ro.n.cha	奶昔 **シェイク** she.i.ku	牛奶 **ミルク** mi.ru.ku
可可亞 **ココア** ko.ko.a	薑汁汽水 **ジンジャーエール** ji.n.ja.a.e.e.ru		

套餐 **コース** ko.o.su	早餐套餐 **モーニングセット** mo.o.ni.n.gu.se.t.to	○○套餐 **○○セット** ○○.se.t.to	

西式料理相關用語

♪084

西式料理 洋食（ようしょく） yo.o.sho.ku	歐姆蛋 オムレツ o.mu.re.tsu	蛋包飯 オムライス o.mu.ra.i.su	咖哩飯 カレーライス ka.re.e.ra.i.su
牛肉燉飯 ハヤシライス ha.ya.shi.ra.i.su	燉肉 シチュー shi.chu.u	可樂餅 コロッケ ko.ro.k.ke	高麗菜卷 ロールキャベツ ro.o.ru.kya.be.tsu
炸蝦 エビフライ e.bi.fu.ra.i	炸牡蠣 カキフライ ka.ki.fu.ra.i	炸豬排／炸牛排 カツレツ ka.tsu.re.tsu	炸豬牛肉排 メンチカツ me.n.chi.ka.tsu
焗烤 グラタン gu.ra.ta.n	焗飯 ドリア do.ri.a	披薩 ピザ pi.za	鹹派 キッシュ ki.s.shu

義式料理相關用語

義式料理 イタリアン i.ta.ri.a.n	義式烤麵包 ブルスケッタ bu.ru.su.ke.t.ta	法式醬糜 テリーヌ te.ri.i.nu	鯷魚 アンチョビ a.n.cho.bi
橄欖油 オリーブオイル o.ri.i.bu.o.i.ru	番茄 トマト to.ma.to	羅勒 バジル、バジリコ ba.ji.ru、ba.ji.ri.ko	義大利麵 パスタ pa.su.ta
義大利麵 スパゲッティ su.pa.ge.t.ti	斜管麵 ペンネ pe.n.ne	千層麵 ラザニア ra.za.ni.a	燉飯 リゾット ri.zo.t.to
義大利水餃 ラビオリ ra.bi.o.ri	寬扁麵 タリアテッレ ta.ri.a.te.r.re	通心粉 マカロニ ma.ka.ro.ni	麵粉或馬鈴薯做的糰子 ニョッキ nyo.k.ki
義大利寬扁麵 フィットチーネ fi.t.to.chi.i.ne	佛卡夏 フォカッチャ fo.ka.c.cha	炸米飯糰 アランチーニ（ライスコロッケ） a.ra.n.chi.i.ni (ra.i.su.ko.ro.k.ke)	

帕尼尼三明治	義大利蔬菜湯	煙燻火腿	義大利燻肉捲
パニーニ pa.ni.i.ni	**ミネストローネ** mi.ne.su.to.ro.o.ne	**プロシュート** pu.ro.shu.u.to	**サルティンボッカ** sa.ru.ti.n.bo.k.ka

起司	戈爾根朱勒乾酪	義大利軟乳酪	義大利白乾酪
チーズ chi.i.zu	**ゴルゴンゾーラ** go.ru.go.n.zo.o.ra	**マスカルポーネ** ma.su.ka.ru.po.o.ne	**モッツァレラ** mo.t.tsa.re.ra

甜點	義大利冰淇淋	提拉米蘇	義式奶酪
デザート de.za.a.to	**ジェラート** je.ra.a.to	**ティラミス** ti.ra.mi.su	**パンナコッタ** pa.n.na.ko.t.ta
水果沙拉 **マチェドニア** ma.che.do.ni.a			

比薩皮	厚餅皮	薄脆餅皮
ピザ生地（きじ） pi.za.ki.ji	**ハンドトス（ふっくら）** ha.n.do.to.su（fu.k.ku.ra）	**クリスピー（薄（うす）い）** ku.ri.su.pi.i(u.su.i)

義大利麵	茄汁	墨汁	奶油醬・白醬
スパゲッティ su.pa.ge.t.ti	**アマトリチャーナ** a.ma.to.ri.cha.a.na	**イカ墨（すみ）** i.ka.su.mi	**クリームソース** ku.ri.i.mu.so.o.su
番茄肉醬 **ボロネーゼ** bo.ro.ne.e.ze	肉醬 **ミートソース** mi.i.to.so.o.su	蒜香辣味義大利麵 **ペペロンチーノ** pe.pe.ro.n.chi.i.no	青醬義大利麵 **ジェノベーゼ** je.no.be.e.ze
茄汁海鮮義大利麵 **ペスカトーレ** pe.su.ka.to.o.re	辣醬義大利麵 **アラビアータ** a.ra.bi.a.a.ta	番茄義大利麵 **ポモドーロ** po.mo.do.o.ro	蛤蠣麵 **ボンゴレ** bo.n.go.re

日式義大利麵	鱈魚子意大利麵	奶油培根麵
和風スパゲティ（わふう） wa.fu.u.su.pa.ge.ti	たらこスパゲティ ta.ra.ko.su.pa.ge.ti	カルボナーラ ka.ru.bo.na.a.ra

日式甜點

♪ 085

日式甜點 和菓子（わがし） wa.ga.shi	雛米果 ひなあられ hi.na.a.ra.re	賞櫻時吃的點心 花見団子（はなみだんご） ha.na.mi.da.n.go	櫻餅 桜餅（さくらもち） sa.ku.ra.mo.chi
柏餅 柏餅（かしわもち） ka.shi.wa.mo.chi	粽子 ちまき chi.ma.ki	金鍔 金つば（きん） ki.n.tsu.ba	葛粉豆沙餅 葛桜（くずざくら） ku.zu.za.ku.ra
水羊羹 水羊羹（みずようかん） mi.zu.yo.o.ka.n	萩餅 おはぎ o.ha.gi	賞月時吃的點心 月見団子（つきみだんご） tsu.ki.mi.da.n.go	黑豆 黒豆（くろまめ） ku.ro.ma.me
栗子饅頭 栗饅頭（くりまんじゅう） ku.ri.ma.n.ju.u	最中 最中（もなか） mo.na.ka	大福 大福餅（だいふくもち） da.i.fu.ku.mo.chi	煎餅 煎餅（せんべい） se.n.be.i
銅鑼燒 どら焼（やき） do.ra.ya.ki	車輪餅 今川焼（いまがわやき） i.ma.ga.wa.ya.ki	生八橋 生八ツ橋（なまやはし） na.ma.ya.tsu.ha.shi	外郎糕 ういろう u.i.ro.o
蜂蜜蛋糕 カステラ ka.su.te.ra	花林糖 かりんとう ka.ri.n.to.o	甜納豆 甘納豆（あまなっとう） a.ma.na.t.to.o	霰餅‧欠餅 あられ・おかき a.ra.re・o.ka.ki
有平糖 有平糖（あるへいとう） a.ru.he.i.to.o	粔籹 おこし o.ko.shi	懷中汁粉 懐中しるこ（かいちゅう） ka.i.chu.u.shi.ru.ko	求肥 求肥（ぎゅうひ） gyu.u.hi
落雁 落雁（らくがん） ra.ku.ga.n			

甜甜圈店

甜甜圈 **ドーナツ** do.o.na.tsu	蛋糕甜甜圈 **ケーキドーナツ** ke.e.ki.do.o.na.tsu	酵母甜甜圈 **イーストドーナツ** i.i.su.to.do.o.na.tsu	蜜糖法蘭奇 **フレンチクルーラー** fu.re.n.chi.ku.ru.u.ra.a
傳統甜甜圈 **オールドファッション** o.o.ru.do.fa.s.sho.n		可可亞甜甜圈 **ココアドーナツ** ko.ko.a.do.o.na.tsu	貝果 **ベーグル** be.e.gu.ru
勁嚼甜甜圈 **もちもちドーナツ** mo.chi.mo.chi.do.o.na.tsu	波浪甜甜圈 **ウェーブドーナツ** we.e.bu.do.o.na.tsu	餅乾煎餅 **クッキークルーラー** ku.k.ki.i.ku.ru.u.ra.a	吉拿棒 **チュロス** chu.ro.su

口味・配料 **味(あじ)・トッピング** a.ji・to.p.pi.n.gu	原味 **プレーン** pu.re.e.n	糖 **シュガー** shu.ga.a	肉桂 **シナモン** shi.na.mo.n
可可亞 **ココア** ko.ko.a	摩卡 **モカ** mo.ka	巧克力 **チョコレート** cho.ko.re.e.to	椰子 **ココナツ** ko.ko.na.tsu
蜂蜜 **ハニー** ha.ni.i	黃豆 **きなこ** ki.na.ko	抹茶 **抹茶(まっちゃ)** ma.c.cha	草莓 **ストロベリー** su.to.ro.be.ri.i
鮮奶油 **生(なま)クリーム** na.ma.ku.ri.i.mu	卡士達 **カスタード** ka.su.ta.a.do	花生 **ナッツ** na.t.tsu	紅豆 **あんこ** a.n.ko

可麗餅店

可麗餅點心 **デザートクレープ** de.za.a.to.ku.re.e.pu	巧克力 **チョコレート** cho.ko.re.e.to	杏仁 **アーモンド** a.a.mo.n.do	起司 **チーズ** chi.i.zu

藍莓 **ブルーベリー** bu.ru.u.be.ri.i	草莓 **ストロベリー** su.to.ro.be.ri.i	奇異果 **キウイフルーツ** ki.u.i.fu.ru.u.tsu	橘子 **オレンジ** o.re.n.ji
蘋果 **アップル** a.p.pu.ru	桃子 **ピーチ** pi.i.chi	鳳梨 **パイナップル** pa.i.na.p.pu.ru	栗子奶油 **マロンクリーム** ma.ro.n.ku.ri.i.mu
香蕉 **バナナ** ba.na.na	芒果 **マンゴー** ma.n.go.o	杏桃 **アプリコット** a.pu.ri.ko.t.to	葡萄乾 **レーズン** re.e.zu.n
布丁 **プリン** pu.ri.n	楓糖糖漿 **メイプルシロップ** me.i.pu.ru.shi.ro.p.pu	焦糖 **キャラメル** kya.ra.me.ru	蜂蜜 **蜂蜜**(はちみつ) ha.chi.mi.tsu
煉乳 **練乳**(れんにゅう) re.n.nyu.u	鮮奶油 **生クリーム**(なま) na.ma.ku.ri.i.mu	卡士達 **カスタード** ka.su.ta.a.do	冰淇淋 **アイスクリーム** a.i.su.ku.ri.i.mu
抹茶 **抹茶**(まっちゃ) ma.c.cha	紅豆 **あずき** a.zu.ki	湯圓 **白玉**(しらたま) shi.ra.ta.ma	

可麗餅沙拉 **サラダクレープ** sa.ra.da.ku.re.e.pu	培根蛋 **ベーコンエッグ** be.e.ko.n.e.g.gu	鮪魚沙拉 **ツナサラダ** tsu.na.sa.ra.da	火腿蛋 **ハムエッグ** ha.mu.e.g.gu
香腸 **ソーセージ** so.o.se.e.ji	凱撒沙拉 **シーザーサラダ** shi.i.za.a.sa.ra.da	生火腿 **生ハム**(なま) na.ma.ha.mu	番茄沙拉 **トマトサラダ** to.ma.to.sa.ra.da
鮭魚 **サーモン** sa.a.mo.n	雞肉 **チキン** chi.ki.n	蝦 **えび** e.bi	

麵包店

麵包 パン pa.n	吐司 食（しょく）パン sho.ku.pa.n	可頌 クロワッサン ku.ro.wa.s.sa.n	丹麥麵包 デニッシュ de.ni.s.shu
奶油捲 バターロール ba.ta.a.ro.o.ru	貝果 ベーグル be.e.gu.ru	法國麵包 フランスパン fu.ra.n.su.pa.n	餐包 コッペパン ko.p.pe.pa.n
水蒸麵包 蒸（むし）パン mu.shi.pa.n	奶油麵包 クリームパン ku.ri.i.mu.pa.n	巧克力螺旋麵包 チョココロネ cho.ko.ko.ro.ne	葡萄麵包 ぶどうパン bu.do.o.pa.n
裸麥麵包 ライ麦（むぎ）パン ra.i.mu.gi.pa.n	炸麵包 揚（あ）げパン a.ge.pa.n	紅豆麵包 あんぱん a.n.pa.n	豌豆麵包 うぐいすパン u.gu.i.su.pa.n
菠蘿麵包 メロンパン me.ro.n.pa.n	果醬麵包 ジャムパン ja.mu.pa.n	造型麵包 キャラクターパン kya.ra.ku.ta.a.pa.n	咖哩麵包 カレーパン ka.re.e.pa.n
肉桂捲 シナモンロール shi.na.mo.n.ro.o.ru	三明治 サンドイッチ sa.n.do.i.c.chi	炒麵麵包 焼（や）きそばパン ya.ki.so.ba.pa.n	

酒類 ♪086

酒精飲料 アルコールドリンク a.ru.ko.o.ru.do.ri.n.ku	啤酒 ビール bi.i.ru	葡萄酒 ワイン wa.i.n	琴酒 ジン ji.n
伏特加 ウォッカ wo.k.ka	布蘭地 ブランデー bu.ra.n.de.e	萊姆酒 ラム ra.mu	水果酒 果実酒（かじつしゅ） ka.ji.tsu.shu

威士忌 ウイスキー wu.i.su.ki.i	威士忌蘇打 ハイボール ha.i.bo.o.ru	燒酒 焼酎 sho.o.chu.u	水果調酒 チューハイ chu.u.ha.i
沙瓦 サワー sa.wa.a	調酒 カクテル ka.ku.te.ru	加水稀釋・加冰塊 水割り・ロック mi.zu.wa.ri・ro.k.ku	日本酒 日本酒 ni.ho.n.shu
冷酒 冷酒 re.i.shu	本釀酒 本醸造酒 ho.n.jo.o.zo.o.shu	大吟釀・吟釀 大吟醸酒・吟醸酒 da.i.gi.n.jo.o.shu・gi.n.jo.o.shu	
梅酒 梅酒 u.me.shu	地方釀造的啤酒 地ビール ji.bi.i.ru		

無酒精飲料

無酒精飲料 ノンアルコール・ソフトドリンク no.n.a.ru.ko.o.ru・so.fu.to.do.ri.n.ku		柳橙汁 オレンジジュース o.re.n.ji.ju.u.su	可爾必思 カルピス ka.ru.pi.su
葡萄柚汁 グレープフルーツジュース gu.re.e.pu.fu.ru.u.tsu.ju.u.su		薑汁汽水 ジンジャーエール ji.n.ja.a.e.e.ru	可樂 コーラ ko.o.ra
咖啡 コーヒー ko.o.hi.i	冰咖啡 アイスコーヒー a.i.su.ko.o.hi.i	拿鐵咖啡 カフェラテ ka.fe.ra.te	熱抹茶拿鐵 ホット抹茶ラテ ho.t.to.ma.c.cha.ra.te
紅茶 紅茶 ko.o.cha	烏龍茶 ウーロン茶 u.u.ro.n.cha	可爾必思蘇打 カルピスソーダ ka.ru.pi.su.so.o.da	

茶 お茶（ちゃ） o.cha	玉露 玉露（ぎょくろ） gyo.ku.ro	煎茶 煎茶（せんちゃ） se.n.cha	冠茶 かぶせ茶（ちゃ） ka.bu.se.cha
抹茶 抹茶（まっちゃ） ma.c.cha	粉茶 粉茶（こなちゃ） ko.na.cha	深蒸煎茶 深蒸し煎茶（ふかむ せんちゃ） fu.ka.mu.shi.se.n.cha	莖茶 茎茶（くきちゃ） ku.ki.cha
番茶 番茶（ばんちゃ） ba.n.cha	焙茶 ほうじ茶（ちゃ） ho.o.ji.cha	玄米茶 玄米茶（げんまいちゃ） ge.n.ma.i.cha	

購物篇

1 向人詢問

尋找店家

087

1	請問這附近有百貨公司嗎？	この辺にデパートはありませんか？ ko.no.he.n.ni.de.pa.a.to.wa.a.ri.ma.se.n.ka
2	這裡有便利商店嗎？	コンビニはありますか？ ko.n.bi.ni.wa.a.ri.ma.su.ka
3	這裡有大間一點的超市嗎？	大きいスーパーはありますか？ o.o.ki.i.su.u.pa.a.wa.a.ri.ma.su.ka
4	這裡有藥妝店嗎？	ドラッグストアはありますか？ do.ra.g.gu.su.to.a.wa.a.ri.ma.su.ka
5	這裡有家電量販店嗎？	家電量販店はありますか？ ka.de.n.ryo.o.ha.n.te.n.wa.a.ri.ma.su.ka
6	這裡有百圓商店嗎？	100円ショップはありますか？ hya.ku.e.n.sho.p.pu.wa.a.ri.ma.su.ka
7	有賣當地名產（民藝品）的店在哪裡呢？	この土地の特産品（民芸品）を売っている店はどこですか？ ko.no.to.chi.no.to.ku.sa.n.hi.n(mi.n.ge.i.hi.n).o.u.t.te.i.ru.mi.se.wa.do.ko.de.su.ka

2 與店員溝通

會話①

088

歡迎光臨。在找什麼商品嗎？

いらっしゃいませ。何かお探しですか？

i.ra.s.sha.i.ma.se。na.ni.ka.o.sa.ga.shi.de.su.ka

我在找日式的伴手禮，您推薦哪一種呢？

日本的なお土産を探しているのですが、おすすめはありますか？

ni.ho.n.te.ki.na.o.mi.ya.ge.o.sa.ga.shi.te.i.ru.no.de.su.ga、o.su.su.me.wa.a.ri.ma.su.ka

會話②

歡迎光臨。在找什麼商品嗎？

いらっしゃいませ。何かお探しですか？

i.ra.s.sha.i.ma.se。na.ni.ka.o.sa.ga.shi.de.su.ka

不，隨便看看而已。

いいえ、見ているだけです。

i.i.e、mi.te.i.ru.da.ke.de.su

如果需要幫您作介紹的話，再叫我一聲。

何かありましたら、お声をおかけくださいね。

na.ni.ka.a.ri.ma.shi.ta.ra、o.ko.e.o.o.ka.ke.ku.da.sa.i.ne

好的，謝謝。

はい。ありがとうございます。

ha.i。a.ri.ga.to.o.go.za.i.ma.su

會話③

不好意思。

すみません。

su.mi.ma.se.n

是，有什麼可以爲您服務的嗎？

はい、何でございましょうか？

ha.i、na.n.de.go.za.i.ma.sho.o.ka

我想看看放在那個架子裡的商品。

あの棚に置いてある商品を見せてもらいたいのですが。

a.no.ta.na.ni.o.i.te.a.ru.sho.o.hi.n.o.mi.se.te.mo.ra.i.ta.i.no.de.su.ga

我知道了。我現在就去幫您拿下來。

かしこまりました。今、お取りいたします。

ka.shi.ko.ma.ri.ma.shi.ta。i.ma、o.to.ri.i.ta.shi.ma.su

會話④

不好意思。我可以把這個商品拿起來看嗎？

すみません。この商品を手にとってみてもいいですか？

su.mi.ma.se.n。ko.no.sho.o.hi.n.o.te.ni.to.t.te.mi.te.mo.i.i.de.su.ka

當然可以。請拿起來看。

はい、どうぞ。お手にとってご覧ください。

ha.i、do.o.zo。o.te.ni.to.t.te.go.ra.n.ku.da.sa.i

詢問

1	請問標價在哪裡呢？	値札はどこについていますか？ ne.fu.da.wa.do.ko.ni.tsu.i.te.i.ma.su.ka
	標價在商品的內側。	商品の裏側についております。 sho.o.hi.n.no.u.ra.ga.wa.ni.tsu.i.te.o.ri.ma.su
2	請問這個是含稅的價格嗎？	この値段は税込みですか？ ko.no.ne.da.n.wa.ze.i.ko.mi.de.su.ka
	是的，這是已經含稅的價格。	はい、税込価格です。 ha.i、ze.i.ko.mi.ka.ka.ku.de.su
	不，這是未稅的價格。	いいえ、税抜きの金額です。 i.i.e、ze.i.nu.ki.no.ki.n.ga.ku.de.su
3	請問收銀檯在哪裡呢？	レジはどこですか？ re.ji.wa.do.ko.de.su.ka
	那裡有標示著日圓符號的地方就是收銀檯。	あちらの『￥』のマークのところです。 a.chi.ra.no.『e.n』.no.ma.a.ku.no.to.ko.ro.de.su

決定購買

客人，這個您覺得如何呢。這是本店人氣第一名的商品哦。

お客さま。こちらはいかがでしょうか。当店で一番人気の商品なんですよ。

o.kya.ku.sa.ma。ko.chi.ra.wa.i.ka.ga.de.sho.o.ka。to.o.te.n.de.i.chi.ba.n.ni.n.ki.no.sho.o.hi.n.na.n.de.su.yo

這個不錯呢。那麼，請給我5個。

いいですね。じゃあ、これを5つお願いします。

i.i.de.su.ne。ja.a、ko.re.o.i.tsu.tsu.o.ne.ga.i.shi.ma.su

結帳

1 謝謝。那麼，總共是15000圓。

ありがとうございます。では、合計で15000円のお買い上げになります。

a.ri.ga.to.o.go.za.i.ma.su。de.wa、go.o.ke.i.de.i.chi.ma.n.go.se.n.e.n.no.o.ka.i.a.ge.ni.na.ri.ma.su

2 收您2萬圓。找您5000圓。

2万円のお預かりになります。5000円のお返しになります。

ni.ma.n.e.n.no.o.a.zu.ka.ri.ni.na.ri.ma.su。go.se.n.e.n.no.o.ka.e.shi.ni.na.ri.ma.su

詢問是否可以用信用卡①

可以刷卡嗎？

支払いはカードでもいいですか？

shi.ha.ra.i.wa.ka.a.do.de.mo.i.i.de.su.ka

可以用這張卡嗎？

このカードは使えますか？

ko.no.ka.a.do.wa.tsu.ka.e.ma.su.ka

是的，這張卡可以使用。

はい、ご利用になれます。

ha.i、go.ri.yo.o.ni.na.re.ma.su

很抱歉，我們這裡沒有受理這張卡片。

申し訳ございません。こちらのカードはお取り扱いしておりません。

mo.o.shi.wa.ke.go.za.i.ma.se.n。ko.chi.ra.no.ka.a.do.wa.o.to.ri.a.tsu.ka.i.shi.te.o.ri.ma.se.n

刷卡

1	選擇一次付清可以嗎？	一括払(いっかつばら)いでよろしいですか？ i.k.ka.tsu.ba.ra.i.de.yo.ro.shi.i.de.su.ka
	可以，麻煩你了。	はい、それでお願(ねが)いします。 ha.i、so.re.de.o.ne.ga.i.shi.ma.su
	不，請幫我分期付款。	いいえ、分割払(ぶんかつばら)いでお願(ねが)いします。 i.i.e、bu.n.ka.tsu.ba.ra.i.de.o.ne.ga.i.shi.ma.su
2	請問要分成幾期呢？	何回払(なんかいばら)いにいたしましょうか？ na.n.ka.i.ba.ra.i.ni.i.ta.shi.ma.sho.o.ka
	請幫我分成3期。	３回払(さんかいばら)いでお願(ねが)いします。 sa.n.ka.i.ba.ra.i.de.o.ne.ga.i.shi.ma.su
3	請給我收據。	レシートをください。 re.shi.i.to.o.ku.da.sa.i
4	請給我收據（報帳用證明）。	領収書(りょうしゅうしょ)をください。 ryo.o.shu.u.sho.o.ku.da.sa.i
5	可以給我大一點的袋子嗎？	もっと大(おお)きい袋(ふくろ)をいただけますか？ mo.t.to.o.o.ki.i.fu.ku.ro.o.i.ta.da.ke.ma.su.ka
6	不用包裝沒關係。	包(つつ)まなくてもいいです。 tsu.tsu.ma.na.ku.te.mo.i.i.de.su
7	我有帶購物袋，不用給我袋子。	エコバッグを持(も)っているので、袋(ふくろ)はいりません。 e.ko.ba.g.gu.o.mo.t.te.i.ru.no.de、fu.ku.ro.wa.i.ri.ma.se.n
8	可以幫我禮品包裝嗎？	プレゼント用(よう)に包(つつ)んでもらえますか？ pu.re.ze.n.to.yo.o.ni.tsu.tsu.n.de.mo.ra.e.ma.su.ka
	禮品包裝需要另付包裝費，可以嗎？	別料金(べつりょうきん)になってしまいますが、よろしいですか？ be.tsu.ryo.o.ki.n.ni.na.t.te.shi.ma.i.ma.su.ga、yo.ro.shi.i.de.su.ka
9	請從這裡選擇包裝紙的顏色。	この中(なか)から包装紙(ほうそうし)の色(いろ)をお選(えら)びください。 ko.no.na.ka.ka.ra.ho.o.so.o.shi.no.i.ro.o.o.e.ra.bi.ku.da.sa.i

10 緞帶要什麼顏色的呢？

リボンは何色（なにいろ）になさいますか？

ri.bo.n.wa.na.ni.i.ro.ni.na.sa.i.ma.su.ka

要求包裝

不好意思，可以幫我分開包裝嗎？

すみません。別々（べつべつ）に包（つつ）んでもらえますか？

su.mi.ma.se.n。be.tsu.be.tsu.ni.tsu.tsu.n.de.mo.ra.e.ma.su.ka

好的，我知道了。那麼，包裝需要一點時間，可以嗎？

はい、かしこまりました。あの、ラッピングに少々（しょうしょう）お時間（じかん）がかかりますが、よろしいでしょうか？

ha.i、ka.shi.ko.ma.ri.ma.shi.ta。a.no、ra.p.pi.n.gu.ni.sho.o.sho.o.o.ji.ka.n.ga.ka.ka.ri.ma.su.ga、yo.ro.shi.i.de.sho.o.ka

這樣啊，因爲沒有什麼時間，可以給我分裝商品的小袋子嗎？

えーと、あまり時間（じかん）がないので、品物（しなもの）の数（かず）だけ小分（こわ）けの袋（ふくろ）をもらえますか。

e.e.to、a.ma.ri.ji.ka.n.ga.na.i.no.de、shi.na.mo.no.no.ka.zu.da.ke.ko.wa.ke.no.fu.ku.ro.o.mo.ra.e.ma.su.ka

我知道了。

かしこまりました。

ka.shi.ko.ma.ri.ma.shi.ta

詢問營業時間

1 不好意思。請問你們營業到幾點呢。

すみません。お店（みせ）は何時（なんじ）まで開（あ）いていますか。

su.mi.ma.se.n。o.mi.se.wa.na.n.ji.ma.de.a.i.te.i.ma.su.ka

營業至8點。

夜（よる）の8時（はちじ）まで営業（えいぎょう）しております。

yo.ru.no.ha.chi.ji.ma.de.e.i.gyo.o.shi.te.o.ri.ma.su

詢問定休日

定休日是什麼時候呢？

定休日はいつですか？

te.i.kyu.u.bi.wa.i.tsu.de.su.ka

每個星期日休息。

日曜日にお休みをいただいております。

ni.chi.yo.o.bi.ni.o.ya.su.mi.o.i.ta.da.i.te.o.ri.ma.su

全年無休。

年中無休です。

ne.n.ju.u.mu.kyu.u.de.su

每個月的第二以及第三個星期三是固定休息日。

毎月第２、第３水曜日が定休日です。

ma.i.tsu.ki.da.i.ni、da.i.sa.n.su.i.yo.o.bi.ga.te.i.kyu.u.bi.de.su

3 糾紛、問題

退貨

089

不好意思。這個是我昨天買的包包，把手的零件壞掉了，我可以退貨嗎？

すみません。昨日このバッグを買ったのですが、取っ手の金具が壊れてしまいました。返品してもらえますか。

su.mi.ma.se.n。ki.no.o.ko.no.ba.g.gu.o.ka.t.ta.no.de.su.ga、to.t.te.no.ka.na.gu.ga.ko.wa.re.te.shi.ma.i.ma.shi.ta。he.n.pi.n.shi.te.mo.ra.e.ma.su.ka

非常抱歉。請問您有帶收據過來嗎？

申し訳ございませんでした。お客さま、レシートはお持ちでしょうか？

mo.o.shi.wa.ke.go.za.i.ma.se.n.de.shi.ta。o.kya.ku.sa.ma、re.shi.i.to.wa.o.mo.chi.de.sho.o.ka

有，在這裡。

はい、これです。

ha.i、ko.re.de.su

是的，的確是在我們這裡購買的沒錯。那麼，我幫您做退貨的手續。

はい、確かに。では、返品の手続きをいたします。

ha.i、ta.shi.ka.ni。de.wa、he.n.pi.n.no.te.tsu.zu.ki.o.i.ta.shi.ma.su

那麼，可以換新的商品給我嗎？

じゃあ、新しいものと交換してもらえますか？

ja.a、a.ta.ra.shi.i.mo.no.to.ko.o.ka.n.shi.te.mo.ra.e.ma.su.ka

好的，我知道了。那麼，我立刻幫您拿全新的商品過來。

はい、かしこまりました。ただ今、同じものをお持ちいたします。

ha.i、ka.shi.ko.ma.ri.ma.shi.ta。ta.da.i.ma、o.na.ji.mo.no.o.o.mo.chi.i.ta.shi.ma.su

麻煩您了。

お願いします。

o.ne.ga.i.shi.ma.su

檢查商品

讓您久等了，幫您拿商品過來了。

大変お待たせいたしました。こちらになります。

ta.i.he.n.o.ma.ta.se.i.ta.shi.ma.shi.ta。ko.chi.ra.ni.na.ri.ma.su

這次的包包應該沒問題吧。

今度のバッグは大丈夫ですね。

ko.n.do.no.ba.g.gu.wa.da.i.jo.o.bu.de.su.ne

造成您的麻煩了，眞是非常抱歉。

お客さまには、大変お手数をおかけしまして、まことに申し訳ございませんでした。

o.kya.ku.sa.ma.ni.wa、ta.i.he.n.o.te.su.u.o.o.ka.ke.shi.ma.shi.te、ma.ko.to.ni.mo.o.shi.wa.ke.go.za.i.ma.se.n.de.shi.ta

退貨沒發票時

不好意思。這是我昨天買的CD，可以退貨嗎？

すみません。昨日このCDを買ったのですが、返品してもらえますか？

su.mi.ma.se.n。ki.no.o.ko.no.shi.i.di.i.o.ka.t.ta.no.de.su.ga、he.n.pi.n.shi.te.mo.ra.e.ma.su.ka

是商品有什麼問題嗎？

何か商品に不都合でもございましたか？

na.ni.ka.sho.o.hi.n.ni.fu.tsu.go.o.de.mo.go.za.i.ma.shi.ta.ka

因爲我家人已經有買了一樣的CD。

あの、家族が同じものを持っていたので…。

a.no、ka.zo.ku.ga.o.na.ji.mo.no.o.mo.t.te.i.ta.no.de…

這樣子啊。那麼，您有帶收據過來嗎？

そうですか。では、お客さま、レシートはお持ちでしょうか？

so.o.de.su.ka。de.wa、o.kya.ku.sa.ma、re.shi.i.to.wa.o.mo.chi.de.sho.o.ka

呃…。我沒有收據耶。

ええと…。あれ、レシートがない。

e.e.to…。a.re、re.shi.i.to.ga.na.i

非常抱歉，如果沒有收據的話是無法幫您辦理退貨的。

申し訳ございませんが、レシートがないと返品を承ることができないのですが。

mo.o.shi.wa.ke.go.za.i.ma.se.n.ga、re.shi.i.to.ga.na.i.to.he.n.pi.n.o.u.ke.ta.ma.wa.ru.ko.to.ga.de.ki.na.i.no.de.su.ga

果然不行啊。　やっぱり、だめですか。
ya.p.pa.ri､da.me.de.su.ka

是的，非常抱歉。　はい、申し訳ございません。
ha.i､mo.o.shi.wa.ke.go.za.i.ma.se.n

我知道了。不好意思。　分かりました。すみませんでした。
wa.ka.ri.ma.shi.ta｡su.mi.ma.se.n.de.shi.ta

退貨理由

1	髒掉了。	汚れています。 yo.go.re.te.i.ma.su
2	有汙點。	シミが付いています。 shi.mi.ga.tsu.i.te.i.ma.su
3	壞掉了。	壊れています。 ko.wa.re.te.i.ma.su
4	有裂痕。	ひびが入っています。 hi.bi.ga.ha.i.t.te.i.ma.su
5	裂掉了。	割れています。 wa.re.te.i.ma.su
6	線跑出來了。	糸がほころびています。 i.to.ga.ho.ko.ro.bi.te.i.ma.su

4 購物時的各種狀況

考慮商品

♪ 090

	中文	日文
1	可以先幫我留著嗎？	取(と)りおきしてもらえますか。 to.ri.o.ki.shi.te.mo.ra.e.ma.su.ka
2	再考慮一下再過來。	もう少(すこ)し考(かんが)えてから、出直(でなお)してきます。 mo.o.su.ko.shi.ka.n.ga.e.te.ka.ra、de.na.o.shi.te.ki.ma.su
3	我再去看看其他的店。	他(ほか)のお店(みせ)も見(み)てきます。 ho.ka.no.o.mi.se.mo.mi.te.ki.ma.su

缺貨

不好意思。請問這個商品賣完了嗎？

すみません。この商品(しょうひん)は売(う)り切(き)れですか？

su.mi.ma.se.n。ko.no.sho.o.hi.n.wa.u.ri.ki.re.de.su.ka

很抱歉。這個商品要調貨。

申(もう)し訳(わけ)ございません。こちらの商品(しょうひん)はお取(と)り寄(よ)せになります。

mo.o.shi.wa.ke.go.za.i.ma.se.n。ko.chi.ra.no.sho.o.hi.n.wa.o.to.ri.yo.se.ni.na.ri.ma.su

請問調貨需要幾天呢？

取(と)り寄(よ)せには何日(なんにち)かかりますか。

to.ri.yo.se.ni.wa.na.n.ni.chi.ka.ka.ri.ma.su.ka

這個嘛。最少需要3天可以嗎？

そうですね。最低(さいてい)3日(みっか)はみていただけますか。

so.o.de.su.ne。sa.i.te.i.mi.k.ka.wa.mi.te.i.ta.da.ke.ma.su.ka

我知道了。因爲我很想要所以可以等。

わかりました。どうしても欲(ほ)しいので待(ま)ちます。

wa.ka.ri.ma.shi.ta。do.o.shi.te.mo.ho.shi.i.no.de.ma.chi.ma.su

需要花到3天的話，那就不用了。

3日(みっか)もかかるのなら、結構(けっこう)です。

mi.k.ka.mo.ka.ka.ru.no.na.ra、ke.k.ko.o.de.su

購物時的相關用語

打折 わりびき **割引** wa.ri.bi.ki	九折 いちわりびき **1割引＝10%OFF** i.chi.wa.ri.bi.ki	七折 さんわりびき **3割引＝30%OFF** sa.n.wa.ri.bi.ki	半價 はんがく **半額＝50%OFF** ha.n.ga.ku
大拍賣 おおやすう **大安売り** o.o.ya.su.u.ri	大特賣 おおうりだ **大売出し** o.o.u.ri.da.shi	特價品 とくばいひん **特売品** to.ku.ba.i.hi.n	免費 **サービス** sa.a.bi.su
清倉 ざいこいっそう **在庫一掃** za.i.ko.i.s.so.o	清倉拍賣 **クリアランスセール** ku.ri.a.ra.n.su.se.e.ru	降價 **プライスダウン** pu.ra.i.su.da.u.n	拍賣 **セール** se.e.ru
殺價 **バーゲン** ba.a.ge.n	最後降價 さいしゅうねさ **最終値下げ** sa.i.shu.u.ne.sa.ge	暢貨中心 **アウトレット** a.u.to.re.t.to	划算 か　どく **お買い得** o.ka.i.do.ku
限現貨 げんぴんかぎ **現品限り** ge.n.pi.n.ka.gi.ri	活動中 ちゅう **キャンペーン中** kya.n.pe.e.n.chu.u	限時拍賣 **タイムサービス** ta.i.mu.sa.a.bi.su	一人限１樣 ひとりさまいってんかぎ **お一人様１点限り** o.hi.to.ri.sa.ma.i.t.te.n.ka.gi.ri
限今天 ほんじつかぎ **本日限り** ho.n.ji.tsu.ka.gi.ri			

新商品 しんしょうひん **新商品** shi.n.sho.o.hi.n	新發售 しんはつばい **新発売** shi.n.ha.tsu.ba.i	新色 しんしょく **新色** shi.n.sho.ku	改款 **モデルチェンジ** mo.de.ru.che.n.ji

庫存 ざいこ **在庫** za.i.ko	賣完 う　き **売り切れ** u.ri.ki.re	沒貨 しなぎ **品切れ** shi.na.gi.re	等待進貨 にゅうかま **入荷待ち** nyu.u.ka.ma.chi
絕版影音商品 はいばん **廢盤** ha.i.ba.n	停產 せいぞうちゅうし **製造中止** se.i.zo.o.chu.u.shi		

活動 キャンペーン kya.n.pe.e.n	試吃 しょく 試食 shi.sho.ku	試用品 し きょうひん 試供品 shi.kyo.o.hi.n	樣品 サンプル sa.n.pu.ru
試用品 テスター te.su.ta.a	試用價 ため か かく お試し価格 o.ta.me.shi.ka.ka.ku	點數卡 ポイントカード po.i.n.to.ka.a.do	會員卡 かい いん 会員カード ka.i.i.n.ka.a.do
商品禮券 しょうひんけん 商品券 sho.o.hi.n.ke.n	現金禮券 きんけん 金券 ki.n.ke.n	提貨券 ひきかえけん 引換券 hi.ki.ka.e.ke.n	摸彩券 ふく びき けん 福引券 fu.ku.bi.ki.ke.n

無色素 む ちゃくしょく 無着色 mu.cha.ku.sho.ku	天然素材 てんねん そ ざい 天然素材 te.n.ne.n.so.za.i	國產 こくさん 国産 ko.ku.sa.n	國內生產 こく ない さん 国内産 ko.ku.na.i.sa.n
產物展 ぶっさんてん 物産展 bu.s.sa.n.te.n	特產品 とくさんひん 特産品 to.ku.sa.n.hi.n	產地直送 さん ち ちょくそう 産地直送 sa.n.chi.cho.ku.so.o	無農藥 む のう やく 無農薬 mu.no.o.ya.ku
沒有使用化學肥料 か がく ひ りょう し よう 化学肥料を使用していません ka.ga.ku.hi.ryo.o.o.shi.yo.o.shi.te.i.ma.se.n		非基因改造 い でん し く か 遺伝子組み換えでない i.de.n.shi.ku.mi.ka.e.de.na.i	
有機栽種 ゆう き さいばい 有機栽培 yu.u.ki.sa.i.ba.i			

休日 きゅうじつ 休日 kyu.u.ji.tsu	營業中 えいぎょうちゅう 営業中 e.i.gyo.o.chu.u	年中無休 ねんじゅう む きゅう 年中無休 ne.n.ju.u.mu.kyu.u	盂蘭盆休息 ぼん やす お盆休み o.bo.n.ya.su.mi
年終年初暫停營業 ねんまつねん し きゅうぎょう 年末年始休業 ne.n.ma.tsu.ne.n.shi.kyu.u.gyo.o			

5

百貨公司

詢問位置

091

	中文	日文
1	不好意思。請問有會說中文的店員嗎？	すみません。中国語の話せる店員さんはいますか？ su.mi.ma.se.n。chu.u.go.ku.go.no.ha.na.se.ru.te.n.i.n.sa.n.wa.i.ma.su.ka
2	請問有中文的導覽圖嗎？	中国語の案内図はありますか？ chu.u.go.ku.go.no.a.n.na.i.zu.wa.a.ri.ma.su.ka
3	不好意思。請問賣鐘錶的賣場在幾樓？	すみません。時計売り場は何階ですか？ su.mi.ma.se.n。to.ke.i.u.ri.ba.wa.na.n.ka.i.de.su.ka
	是的，鐘錶賣場在6樓。	はい、時計売り場は6階でございます。 ha.i、to.ke.i.u.ri.ba.wa.ro.k.ka.i.de.go.za.i.ma.su
4	請問往上的手扶梯在哪裡？	上りのエスカレーターはどこですか。 no.bo.ri.no.e.su.ka.re.e.ta.a.wa.do.ko.de.su.ka
	從這條走道直直走，在到底之後朝右走一點的地方。	この通路をまっすぐ行って、つきあたりを右に行ったところにございます。 ko.no.tsu.u.ro.o.ma.s.su.gu.i.t.te、tsu.ki.a.ta.ri.o.mi.gi.ni.i.t.ta.to.ko.ro.ni.go.za.i.ma.su

百貨公司的廣播

	中文	日文
1	今日非常感謝您的光臨。	本日はご来店いただきまして、まことにありがとうございます。 ho.n.ji.tsu.wa.go.ra.i.te.n.i.ta.da.ki.ma.shi.te、ma.ko.to.ni.a.ri.ga.to.o.go.za.i.ma.su
2	現在，在8樓的展場正舉辦北海道產物展。各位請務必到場參觀。	ただ今、8階催事場では、北海道物産展を開催しております。皆さま、お誘いあわせの上、是非ご来場くださいませ。 ta.da.i.ma、ha.k.ka.i.sa.i.ji.jo.o.de.wa、ho.k.ka.i.do.o.bu.s.sa.n.te.n.o.ka.i.sa.i.shi.te.o.ri.ma.su。mi.na.sa.ma、o.sa.so.i.a.wa.se.no.u.e、ze.hi.go.ra.i.jo.o.ku.da.sa.i.ma.se

3	以下是迷路孩童的通知。穿著黃色毛衣、牛仔褲，大約3歲的男孩，正在找媽媽。請這位媽媽聯絡附近的工作人員。	迷子のご案内です。黄色いセーターにジーンズをお召しになった3才くらいの男の子が、お母さまを探しています。お心当たりの方は、お近くの売り場係員まで、お知らせください。 ma.i.go.no.go.a.n.na.i.de.su。ki.i.ro.i.se.e.ta.a.ni.ji.i.n.zu.o.o.me.shi.ni.na.t.ta.sa.n.sa.i.ku.ra.i.no.o.to.ko.no.ko.ga、o.ka.a.sa.ma.o.sa.ga.shi.te.i.ma.su。o.ko.ko.ro.a.ta.ri.no.ka.ta.wa、o.chi.ka.ku.no.u.ri.ba.ka.ka.ri.i.n.ma.de、o.shi.ra.se.ku. da.sa.i

手扶梯廣播

1	乘坐手扶梯時，請抓取扶手，並請站於黃線內側。	エスカレーターにお乗りの際は、手すりにつかまり、黄色い線の内側にお乗りください。 e.su.ka.re.e.ta.a.ni.o.no.ri.no.sa.i.wa、te.su.ri.ni.tsu.ka.ma.ri、ki.i.ro.i.se.n.no.u.chi.ga.wa.ni.o.no.ri.ku.da.sa.i
2	小孩請牽住大人的手，並站於階梯的中央。	小さいお子さまは、大人と手をつないで、ステップの中央にお乗りください。 chi.i.sa.i.o.ko.sa.ma.wa、o.to.na.to.te.o.tsu.na.i.de、su.te.p.pu.no.chu.u.o.o.ni.o.no.ri.ku.da.sa.i
3	在手扶梯的周圍玩是非常危險的。	エスカレーターの周りで遊ばれますと、大変危険です。 e.su.ka.re.e.ta.a.no.ma.wa.ri.de.a.so.ba.re.ma.su.to、ta.i.he.n.ki.ke.n.de.su

電梯廣播

1	上樓。	上へまいります。 u.e.e.ma.i.ri.ma.su
2	下樓。	下へまいります。 shi.ta.e.ma.i.ri.ma.su
3	3樓，女裝賣場。	３階、婦人服売り場でございます。 sa.n.ka.i、fu.ji.n.fu.ku.u.ri.ba.de.go.za.i.ma.su

4	4樓到7樓不停。	4階から7階まで、通過いたします。 yo.n.ka.i.ka.ra.na.na.ka.i.ma.de、tsu.u.ka.i.ta.shi.ma.su
5	由於人數太多，請搭下一班電梯。	定員オーバーですので、次のエレベーターにお乗りください。 te.i.i.n.o.o.ba.a.de.su.no.de、tsu.gi.no.e.re.be.e.ta.a.ni.o.no.ri.ku.da.sa.i

百貨公司相關單字

♪ 092

百貨公司 デパート de.pa.a.to	服務台 案内所 a.n.na.i.jo	餐廳 レストラン re.su.to.ra.n	咖啡廳 カフェ ka.fe
屋頂 屋上 o.ku.jo.o	展場 催事場 sa.i.ji.jo.o	展場 催し会場 mo.yo.o.shi.ka.i.jo.o	停車場 駐車場 chu.u.sha.jo.o
停車券 駐車券 chu.u.sha.ke.n	商品禮券 商品券 sho.o.hi.n.ke.n	服務室 サービスサロン sa.a.bi.su.sa.ro.n	洗手間 化粧室 ke.sho.o.shi.tsu
吸煙區 喫煙所 ki.tsu.e.n.jo	育嬰休息室 ベビー休憩室 be.bi.i.kyu.u.ke.i.shi.tsu	嬰兒車出借 ベビーカー貸し出し be.bi.i.ka.a.ka.shi.da.shi	女裝 婦人服 fu.ji.n.fu.ku
女鞋 婦人靴 fu.ji.n.gu.tsu	流行女品 レディスファッション re.di.su.fa.s.sho.n		正式 フォーマル fo.o.ma.ru
設計師款 プレタポルテ pu.re.ta.po.ru.te	修改 お直し o.na.o.shi	女用雜貨 婦人雑貨 fu.ji.n.za.k.ka	手提包 ハンドバッグ ha.n.do.ba.g.gu
錢包 財布 sa.i.fu	化妝品 化粧品 ke.sho.o.hi.n	男裝 紳士服 shi.n.shi.fu.ku	男鞋 紳士靴 shi.n.shi.gu.tsu

男包 しんしかばん 紳士鞄 shi.n.shi.ka.ba.n	男用雜貨 しんしざっか 紳士雑貨 shi.n.shi.za.k.ka	流行男品 メンズファッション me.n.zu.fa.s.sho.n	童裝 こどもふく 子供服 ko.do.mo.fu.ku
童鞋 こどもぐつ 子供靴 ko.do.mo.gu.tsu	玩具 おもちゃ o.mo.cha	寢具 リビング ri.bi.n.gu	傢俱 インテリア i.n.te.ri.a
餐具・廚房用品 しょっき　ようひん 食器・キッチン用品 sho.k.ki・ki.c.chi.n.yo.o.hi.n	生活雜貨 せいかつざっか 生活雑貨 se.i.ka.tsu.za.k.ka	沐浴用品 ようひん バス用品 ba.su.yo.o.hi.n	日常織品 リネン ri.ne.n
毛巾 タオル ta.o.ru	禮品 ギフト gi.fu.to	珠寶 ほうせき 宝石 ho.o.se.ki	珠寶飾品 ほうしょく 宝飾 ho.o.sho.ku
配件、飾品 アクセサリー a.ku.se.sa.ri.i	鐘錶 とけい 時計 to.ke.i	眼鏡 メガネ me.ga.ne	文具 ぶんぼうぐ 文房具 bu.n.bo.o.gu
書籍 しょせき 書籍 sho.se.ki	運動用品 ようひん スポーツ用品 su.po.o.tsu.yo.o.hi.n	和服衣料 ごふく 呉服 go.fu.ku	美術 びじゅつ 美術 bi.ju.tsu
樂器 がっき 楽器 ga.k.ki	插花 いけばな 生花 i.ke.ba.na	食品 しょくひん 食品 sho.ku.hi.n	地下食材街 ちかしょくりょうひんがい 地下食料品街 chi.ka.sho.ku.ryo.o.hi.n.ga.i

美食街

甜點店

♪ 093

 歡迎光臨。

いらっしゃいませ。
i.ra.s.sha.i.ma.se

 請給我藍莓慕斯和抹茶蛋糕各2個。

ブルーベリームースと抹茶(まっちゃ)ケーキを2つずつください。
bu.ru.u.be.ri.i.mu.u.su.to.ma.c.cha.ke.e.ki.o.fu.ta.tsu.zu.tsu.ku.da.sa.i

 好的，我知道了。請問拿回去的時間大約多少呢？

はい、かしこまりました。お持(も)ち歩(ある)きのお時間(じかん)はどれくらいですか？
ha.i、ka.shi.ko.ma.ri.ma.shi.ta。o.mo.chi.a.ru.ki.no.o.ji.ka.n.wa.do.re.ku.ra.i.de.su.ka

 大約30分鐘。

30分(さんじゅっぷん)くらいです。
sa.n.ju.p.pu.n.ku.ra.i.de.su

 我幫您放入保冷劑。

保冷剤(ほれいざい)をお付(つ)けしておきますね。
ho.re.i.za.i.o.o.tsu.ke.shi.te.o.ki.ma.su.ne

 謝謝。

ありがとうございます。
a.ri.ga.to.o.go.za.i.ma.su

 請問需要叉子嗎？

フォークはご利用(りよう)になりますか。
fo.o.ku.wa.go.ri.yo.o.ni.na.ri.ma.su.ka

 麻煩您。

お願(ねが)いします。
o.ne.ga.i.shi.ma.su

詢問保存期限

 不好意思。請問這個可以保存幾天呢？

すみません。これはどのくらい日持(ひも)ちしますか。
su.mi.ma.se.n。ko.re.wa.do.no.ku.ra.i.hi.mo.chi.shi.ma.su.ka

這個商品大約可以放1週，都還是很美味。

はい、こちらの商品は1週間くらい、おいしくお召し上がりいただけます。

ha.i、ko.chi.ra.no.sho.o.hi.n.wa.i.s.shu.u.ka.n.ku.ra.i、o.i.shi.ku.o.me.shi.a.ga.ri.i.ta.da.ke.ma.su

可以的話，請儘早食用。

できるだけ、お早めにお召し上がりください。

de.ki.ru.da.ke、o.ha.ya.me.ni.o.me.shi.a.ga.ri.ku.da.sa.i

這裡有貼有效期限的貼紙。

ここに賞味期限のシールが貼ってあります。

ko.ko.ni.sho.o.mi.ki.ge.n.no.shi.i.ru.ga.ha.t.te.a.ri.ma.su

詢問商品

請問這個和菓子裡有餡料嗎？

この和菓子には餡子が入っていますか？

ko.no.wa.ga.shi.ni.wa.a.n.ko.ga.ha.i.t.te.i.ma.su.ka

有的，這個裡面，有放紅豆粒、紅豆泥、白豆沙3種。

はい、こちらの最中には、こしあん、つぶあん、白あんの3種類があります。

ha.i、ko.chi.ra.no.mo.na.ka.ni.wa、ko.shi.a.n、tsu.bu.a.n、shi.ro.a.n.no.sa.n.shu.ru.i.ga.a.ri.ma.su

不好意思。請問有刊登在這本雜誌上的麵包嗎？

すみません。この雑誌に載っているパンはありますか？

su.mi.ma.se.n。ko.no.za.s.shi.ni.no.t.te.i.ru.pa.n.wa.a.ri.ma.su.ka

就快出爐了。可以再稍候15分鐘左右嗎？

もうすぐ焼きあがります。15分ほど、お待ちいただけますか。

mo.o.su.gu.ya.ki.a.ga.ri.ma.su。ju.u.go.fu.n.ho.do、o.ma.chi.i.ta.da.ke.ma.su.ka

相關單字

點心組合包裝	組合	分開／拆開賣	季節限定
菓子詰め合わせ	アソート	バラ売り	季節限定
ka.shi.tsu.me.a.wa.se	a.so.o.to	ba.ra.u.ri	ki.se.tsu.ge.n.te.i

7

藥妝店

詢問商品位置

♪ 094

 不好意思。請問洗面乳在哪裡？

すみません。洗顔料(せんがんりょう)はどこですか？

su.mi.ma.se.n。se.n.ga.n.ryo.o.wa.do.ko.de.su.ka

 在對面的架子右邊。

反対側(はんたいがわ)の棚(たな)の右端(みぎはし)にございます。

ha.n.ta.i.ga.wa.no.ta.na.no.mi.gi.ha.shi.ni.go.za.i.ma.su

辦點數卡

 請問有點數卡嗎？

ポイントカードはお持(も)ちですか？

po.i.n.to.ka.a.do.wa.o.mo.chi.de.su.ka

 沒有。

いいえ。

i.i.e

 不用手續費，可以馬上做好，請問需要嗎？

手数料無料(てすうりょうむりょう)で、すぐにお作(つく)りできますけど、どうされますか？

te.su.u.ryo.o.mu.ryo.o.de、su.gu.ni.o.tsu.ku.ri.de.ki.ma.su.ke.do、do.o.sa.re.ma.su.ka

 不用了。

結構(けっこう)です。

ke.k.ko.o.de.su

 好。

作(つく)ります。

tsu.ku.ri.ma.su

 謝謝您。那麼，可以請您填寫這張紙嗎？

ありがとうございます。では、こちらの用紙(ようし)にご記入(きにゅう)いただけますか？

a.ri.ga.to.o.go.za.i.ma.su。de.wa、ko.chi.ra.no.yo.o.shi.ni.go.ki.nyu.u.i.ta.da.ke.ma.su.ka

 好了，寫好了。

はい、書(か)けました。

ha.i、ka.ke.ma.shi.ta

謝謝您。新加入的會員會贈送50點。加上今天買的部分，總共是67點。好了，給您。

ありがとうございます。新規入会されたお客様には50ポイント進呈いたします。本日のお買い上げ分と合わせて、6 7ポイント入りました。はい、どうぞ。

a.ri.ga.to.o.go.za.i.ma.su。shi.n.ki.nyu.u.ka.i.sa.re.ta.o.kya.ku.sa.ma.ni.wa.go.ju.u.po.i.n.to.shi.n.te.i.i.ta.shi.ma.su。ho.n.ji.tsu.no.o.ka.i.a.ge.bu.n.to.a.wa.se.te、ro.ku.ju.u.na.na.po.i.n.to.ha.i.ri.ma.shi.ta。ha.i、do.o.zo

藥妝店的相關單字 ♪095

藥妝店 ドラッグストア do.ra.g.gu.su.to.a	點數卡 ポイントカード po.i.n.to.ka.a.do	點數〇倍 ポイント〇倍セール po.i.n.to.〇.ba.i.se.e.ru	感冒藥 風邪薬 ka.ze.gu.su.ri
腸胃藥 胃腸薬 i.cho.o.ya.ku	眼藥水 目薬 me.gu.su.ri	清涼飲料 清涼飲料水 se.i.ryo.o.i.n.ryo.o.su.i	健康飲料 健康ドリンク ke.n.ko.o.do.ri.n.ku
果凍飲料 ゼリー飲料 ze.ri.i.i.n.ryo.o	廚房用清潔劑 台所用洗剤 da.i.do.ko.ro.yo.o.se.n.za.i	洗衣精 洗濯用洗剤 se.n.ta.ku.yo.o.se.n.za.i	漂白劑 漂白剤 hyo.o.ha.ku.za.i
浴廁用清潔劑 お風呂用洗剤 o.fu.ro.yo.o.se.n.za.i	廁所用衛生紙 トイレットペーパー to.i.re.t.to.pe.e.pa.a	面紙 ティッシュペーパー ti.s.shu.pe.e.pa.a	溼紙巾 ウエットティッシュ u.e.t.to.ti.s.shu
除菌噴霧 除菌スプレー jo.ki.n.su.pu.re.e	除濕劑 除湿剤 jo.shi.tsu.za.i	殺蟲劑 殺虫剤 sa.c.chu.u.za.i	清潔劑 掃除用洗剤 so.o.ji.yo.o.se.n.za.i
馬桶清潔劑 トイレ用洗剤 to.i.re.yo.o.se.n.za.i	被蟲叮咬 虫刺され mu.shi.sa.sa.re	傷口貼布 絆創膏 ba.n.so.o.ko.o	繃帶 包帯 ho.o.ta.i
紗布 ガーゼ ga.a.ze	貼布 湿布剤 shi.p.pu.za.i	嬰兒用品 赤ちゃん用品 a.ka.cha.n.yo.o.hi.n	紙尿布 紙おむつ ka.mi.o.mu.tsu

奶粉 こな 粉ミルク ko.na.mi.ru.ku	看護用品 かいご ようひん 介護用品 ka.i.go.yo.o.hi.n	成人紙尿布 おとな ようかみ 大人用紙おむつ o.to.na.yo.o.ka.mi.o.mu.tsu	化妝品 け しょうひん 化粧品 ke.sho.o.hi.n
保養品 き そ け しょうひん 基礎化粧品 ki.so.ke.sho.o.hi.n	護手霜 ハンドクリーム ha.n.do.ku.ri.i.mu	身體乳 ボディクリーム bo.di.ku.ri.i.mu	防曬 ひ や ど 日焼け止め hi.ya.ke.do.me
止汗噴霧 せいかん 制汗スプレー se.i.ka.n.su.pu.re.e	妙鼻貼 け あな 毛穴パック ke.a.na.pa.k.ku	肥皂 せっけん 石鹸 se.k.ke.n	洗手乳 ハンドソープ ha.n.do.so.o.pu
沐浴乳 ボディソープ bo.di.so.o.pu	泡澡劑 にゅうよくざい 入浴剤 nyu.u.yo.ku.za.i	牙刷 は 歯ブラシ ha.bu.ra.shi	潔牙粉 は こ 歯みがき粉 ha.mi.ga.ki.ko
洗髮乳 シャンプー sha.n.pu.u	潤絲 リンス ri.n.su	護髮霜 コンディショナー ko.n.di.sho.na.a	修復 トリートメント to.ri.i.to.me.n.to
頭髮噴霧 ヘアスプレー he.a.su.pu.re.e	慕斯 ヘアムース he.a.mu.u.su	髮臘 ワックス wa.k.ku.su	染髮劑 ざい ヘアカラー剤 he.a.ka.ra.a.za.i
燙髮劑 ざい パーマ剤 pa.a.ma.za.i	刮鬍泡 シェービングフォーム she.e.bi.n.gu.fo.o.mu		剃刀 かみそり ka.mi.so.ri
鬍後水 アフターシェーブローション a.fu.ta.a.she.e.bu.ro.o.sho.n		生理用品 せいり ようひん 生理用品 se.i.ri.yo.o.hi.n	衛生棉 ナプキン na.pu.ki.n
衛生棉條 タンポン ta.n.po.n	暖暖包 つか す 使い捨てカイロ tsu.ka.i.su.te.ka.i.ro	保冷劑 ほ れいざい 保冷剤 ho.re.i.za.i	寵物用品 ようひん ペット用品 pe.t.to.yo.o.hi.n

健康食品 健康食品（けんこうしょくひん） ke.n.ko.o.sho.ku.hi.n	維他命 ビタミン bi.ta.mi.n	蛋白質 プロテイン pu.ro.te.i.n	胺基酸 アミノ酸（さん） a.mi.no.sa.n
檸檬酸 クエン酸（さん） ku.e.n.sa.n	礦物質 ミネラル mi.ne.ra.ru	鐵 鉄（てつ） te.tsu	鈣 カルシウム ka.ru.shi.u.mu
鎂 マグネシウム ma.gu.ne.shi.u.mu	鋅 亜鉛（あえん） a.e.n	胡蘿蔔素 カロテン ka.ro.te.n	茄紅素 リコピン ri.ko.pi.n
葉酸 葉酸（ようさん） yo.o.sa.n	膠原蛋白 コラーゲン ko.ra.a.ge.n	Q10 コエンザイムQ10 ko.e.n.za.i.mu.kyu.u.te.n	玻尿酸 ヒアルロン酸（さん） hi.a.ru.ro.n.sa.n
多酚 ポリフェノール po.ri.fe.no.o.ru	大豆異黃酮 イソフラボン i.so.fu.ra.bo.n	蜂王漿 ローヤルゼリー ro.o.ya.ru.ze.ri.i	薑黃 ウコン u.ko.n
馬卡 マカ ma.ka	蜂膠 プロポリス pu.ro.po.ri.su	啤酒酵母 ビール酵母（こうぼ） bi.i.ru.ko.o.bo	兒茶素 カテキン ka.te.ki.n
綠藻 クロレラ ku.ro.re.ra	印度櫻桃 アセロラ a.se.ro.ra	乳鐵蛋白 ラクトフェリン ra.ku.to.fe.ri.n	乳酸菌 乳酸菌（にゅうさんきん） nyu.u.sa.n.ki.n
食物纖維 食物繊維（しょくもつせんい） sho.ku.mo.tsu.se.n.i			

8

化妝品店

詢問店員

096

歡迎光臨。請問在找什麼呢？

いらっしゃいませ。何(なに)かお探(さが)しですか？

i.ra.s.sha.i.ma.se。na.ni.ka.o.sa.ga.shi.de.su.ka

我想要粉底。

ファンデーションが欲(ほ)しいのですが。

fa.n.de.e.sho.n.ga.ho.shi.i.no.de.su.ga

這樣啊。讓我看看您的膚質吧。

そうですか。お客様(きゃくさま)の肌質(はだしつ)をみてみましょうか。

so.o.de.su.ka。o.kya.ku.sa.ma.no.ha.da.shi.tsu.o.mi.te.mi.ma.sho.o.ka

麻煩您。

お願(ねが)いします。

o.ne.ga.i.shi.ma.su

請問您皮膚上有什麼在意的問題嗎？

お肌(はだ)で何(なに)か気(き)になるトラブルはありますか？

o.ha.da.de.na.ni.ka.ki.ni.na.ru.to.ra.bu.ru.wa.a.ri.ma.su.ka

容易乾燥，上了粉底後會浮粉。

乾燥(かんそう)しやすくて、ファンデーションをつけると粉(こな)っぽくなってしまいます。

ka.n.so.o.shi.ya.su.ku.te、fa.n.de.e.sho.n.o.tsu.ke.ru.to.ko.na.p.po.ku.na.t.te.shi.ma.i.ma.su

那麼，與其使用粉質的，不如使用質地細的乳狀粉底，說不定會比較好喔。要不要試試看呢？

それでは、パウダータイプよりも、しっとりするエマルジョンタイプのファンデーションの方(ほう)がいいかもしれないですね。ちょっと、お試(ため)しになりますか？

so.re.de.wa、pa.u.da.a.ta.i.pu.yo.ri.mo、shi.t.to.ri.su.ru.e.ma.ru.jo.n.ta.i.pu.no.fa.n.de.e.sho.n.no.ho.o.ga.i.i.ka.mo.shi.re.na.i.de.su.ne。cho.t.to、o.ta.me.shi.ni.na.ri.ma.su.ka

好的，麻煩您。

はい、お願(ねが)いします。

ha.i、o.ne.ga.i.shi.ma.su

試用商品

請問可以卸掉客人上的妝嗎？

お客様がされているメークを落としてもよろしいですか？

o.kya.ku.sa.ma.ga.sa.re.te.i.ru.me.e.ku.o.o.to.shi.te.mo.yo.ro.shi.i.de.su.ka

好的，可以。

はい、お願いします。

ha.i、o.ne.ga.i.shi.ma.su

失禮了。現在在客人的皮膚上使用的卸妝液，不會帶走皮膚水分，可以輕柔地卸妝哦。

失礼します。今、お客様のお肌に使っているこのクレンジングは、潤いを奪わずにやさしくメークを落とせるんですよ。

shi.tsu.re.i.shi.ma.su。i.ma、o.kya.ku.sa.ma.no.o.ha.da.ni.tsu.ka.t.te.i.ru.ko.no.ku.re.n.ji.n.gu.wa、u.ru.o.i.o.u.ba.wa.zu.ni.ya.sa.shi.ku.me.e.ku.o.o.to.se.ru.n.de.su.yo

這樣啊。

そうですか。

so.o.de.su.ka

再幫您上化妝水。這個化妝水，對皮膚有柔化的效果哦。請用手指摸皮膚看看。

化粧水もつけていきますね。こちらの化粧水は、お肌をふっくらやわらかくする効果があるんですよ。指でお肌を触ってみてください。

ke.sho.o.su.i.mo.tsu.ke.te.i.ki.ma.su.ne。ko.chi.ra.no.ke.sho.o.su.i.wa、o.ha.da.o.fu.k.ku.ra.ya.wa.ra.ka.ku.su.ru.ko.o.ka.ga.a.ru.n.de.su.yo。yu.bi.de.o.ha.da.o.sa.wa.t.te.mi.te.ku.da.sa.i

啊！眞的耶。感覺變得好柔軟。

あ、本当ですね。すごく、やわらかくなった気がします。

a、ho.n.to.o.de.su.ne。su.go.ku、ya.wa.ra.ka.ku.na.t.ta.ki.ga.shi.ma.su

再來，幫您上這個乳液。它可以將水分鎖在皮膚裡，保持平滑的皮膚。

次に、この乳液をつけていきますね。潤いをお肌に閉じ込めて、とってもなめらかな肌質が保たれるんです。

tsu.gi.ni、ko.no.nyu.u.e.ki.o.tsu.ke.te.i.ki.ma.su.ne。u.ru.o.i.o.o.ha.da.ni.to.ji.ko.me.te、to.t.te.mo.na.me.ra.ka.na.ha.da.shi.tsu.ga.ta.mo.ta.re.ru.n.de.su

這樣啊。

そうですか。

so.o.de.su.ka

幫您上飾底乳。這個飾底乳可以修飾毛孔的凹凸，也有使皮膚明亮的效果。

下地をつけていきますね。この化粧下地は毛穴の凹凸を目立たなくして、肌色を明るくする効果があります。

shi.ta.ji.o.tsu.ke.te.i.ki.ma.su.ne。ko.no.ke.sho.o.shi.ta.ji.wa.ke.a.na.no.o.o.to.tsu.o.me.da.ta.na.ku.shi.te、ha.da.i.ro.o.a.ka.ru.ku.su.ru.ko.o.ka.ga.a.ri.ma.su

對耶。上了之後不一樣耶。

そうですね。つける前と後では違いますね。

so.o.de.su.ne。tsu.ke.ru.ma.e.to.a.to.de.wa.chi.ga.i.ma.su.ne

那麼，再幫您上粉底。這個顏色可以嗎？

では、ファンデーションをつけていきますね。お色は、これでいいですか。

de.wa、fa.n.de.e.sho.n.o.tsu.ke.te.i.ki.ma.su.ne。o.i.ro.wa、ko.re.de.i.i.de.su.ka

嗯…我不太清楚。

うーん…よく分かりません。

u.u.n…yo.ku.wa.ka.ri.ma.se.n

那麼，實際上上看吧。沾在海綿上後推開來。

では、実際につけてみましょうね。スポンジにとって頬からのばしていきます。

de.wa、ji.s.sa.i.ni.tsu.ke.te.mi.ma.sho.o.ne。su.po.n.ji.ni.to.t.te.ho.o.ka.ra.no.ba.shi.te.i.ki.ma.su

啊！再稍微深色一點的比較好。

あ、もう少し濃い肌色の方がいいです。

a、mo.o.su.ko.shi.ko.i.ha.da.i.ro.no.ho.o.ga.i.i.de.su

這樣啊。那麼，幫您上再深一色的。好了，完成了。如何呢？

そうですか。では、もう一段階濃い肌色をつけますね。はい、できました。いかがですか。

so.o.de.su.ka。de.wa、mo.o.i.chi.da.n.ka.i.ko.i.ha.da.i.ro.o.tsu.ke.ma.su.ne。ha.i、de.ki.ma.shi.ta。i.ka.ga.de.su.ka

非常好。

とってもいいですね。

to.t.te.mo.i.i.de.su.ne

想上薄一點時，請將海綿浸濕，用力擰乾後再使用。

薄く仕上げたい時は、スポンジを水で濡らして硬く絞ってから使ってくださいね。

u.su.ku.shi.a.ge.ta.i.to.ki.wa、su.po.n.ji.o.mi.zu.de.nu.ra.shi.te.ka.ta.ku.shi.bo.t.te.ka.ra.tsu.ka.t.te.ku.da.sa.i.ne

那麼，請給我這個粉底。

じゃあ、このファンデーションをください。
ja.a、ko.no.fa.n.de.e.sho.n.o.ku.da.sa.i

謝謝您。請問還有其他想看的嗎？

ありがとうございます。他に何かご覧になりたいものはありますか。
a.ri.ga.to.o.go.za.i.ma.su。ho.ka.ni.na.ni.ka.go.ra.n.ni.na.ri.ta.i.mo.no.wa.a.ri.ma.su.ka

只要粉底就好了。

ファンデーションだけでいいです。
fa.n.de.e.sho.n.da.ke.de.i.i.de.su

化妝品相關用語　♪097

基礎保養品	卸妝液	洗面乳
基礎化粧品 ki.so.ke.sho.o.hi.n	クレンジング／メーク落とし ku.re.n.ji.n.gu／me.e.ku.o.to.shi	洗顔料／クレンザー se.n.ga.n.ryo.o／ku.re.n.za.a

化妝水	精華液	乳液	乳霜
化粧水 ke.sho.o.su.i	美容液 bi.yo.o.e.ki	乳液／ローション nyu.u.e.ki／ro.o.sho.n	クリーム ku.ri.i.mu

面膜	面膜（布、泥）
マスク ma.su.ku	パック pa.k.ku

基礎彩妝	飾底乳（修色、抗ＵＶ）
ベースメークアップ be.e.su.me.e.ku.a.p.pu	化粧下地（コントロールカラー、UVカット） ke.sho.o.shi.ta.ji(ko.n.to.ro.o.ru.ka.ra.a、yu.u.bu.i.ka.t.to)

遮瑕膏	粉底（粉、黃、棕）
コンシーラー ko.n.shi.i.ra.a	ファンデーション（ピンク、オークル、ベージュ） fa.n.de.e.sho.n(pi.n.ku、o.o.ku.ru、be.e.ju)

蜜粉（粉狀、塊狀）
パウダー（ルース、プレスト） pa.u.da.a(ru.u.su、pu.re.su.to)

局部彩妝
ポイントメークアップ
po.i.n.to.me.e.ku.a.p.pu

口紅／唇膏、唇蜜、唇線
口紅（くちべに）／ルージュ、グロス、リップライナー
ku.chi.be.ni／ru.u.ju、gu.ro.su、ri.p.pu.ra.i.na.a

眼影
アイシャドウ／アイカラー
a.i.sha.do.o／a.i.ka.ra.a

腮紅
頬紅（ほおべに）／チーク
ho.o.be.ni／chi.i.ku

眉毛（眉筆、眉粉）
アイブロウ（ペンシルタイプ、パウダータイプ）
a.i.bu.ro.o (pe.n.shi.ru.ta.i.pu、pa.u.da.a.ta.i.pu)

眼線（眼線筆、眼線液）
アイライナー（ペンシルタイプ、リキッドタイプ）
a.i.ra.i.na.a (pe.n.shi.ru.ta.i.pu、ri.ki.d.do.ta.i.pu)

睫毛膏（增量、捲翹、增長）
マスカラ（ボリュームアップ、カール、ロング）
ma.su.ka.ra (bo.ryu.u.mu.a.p.pu、ka.a.ru、ro.n.gu)

道具
道具（どうぐ）
do.o.gu

海綿
スポンジ
su.po.n.ji

粉撲
パフ
pa.fu

化妝棉
コットン
ko.t.to.n

刷子
ブラシ
bu.ra.shi

眼影棒
チップ
chi.p.pu

棉花棒
綿棒（めんぼう）
me.n.bo.o

睫毛夾
ビューラー
byu.u.ra.a

指甲彩繪
ネイル
ne.i.ru

基底油
ベースコート
be.e.su.ko.o.to

護甲液
トップコート
to.p.pu.ko.o.to

有亮粉
ラメ入（い）り
ra.me.i.ri

去光水
リムーバー／除光液（じょこうえき）
ri.mu.u.ba.a／jo.ko.o.e.ki

推棒
オレンジスティック
o.re.n.ji.su.ti.k.ku

磨棒
やすり
ya.su.ri

特徵	特徴（とくちょう）	to.ku.cho.o
霜	クリーム	ku.ri.i.mu
油	オイル	o.i.ru
液	リキッド	ri.ki.d.do
乳	エマルジョン	e.ma.ru.jo.n
泡沫	フォーム	fo.o.mu
泥	クレイ	ku.re.i
粉	パウダー	pa.u.da.a
膠	ジェル	je.ru
慕斯	ムース	mu.u.su
防水	ウォータープルーフ	wo.o.ta.a.pu.ru.u.fu
不含油	オイルフリー	o.i.ru.fu.ri.i
無香料	無香料（むこうりょう）	mu.ko.o.ryo.o
保濕	保湿（ほしつ）	ho.shi.tsu
滋潤	しっとり	shi.t.to.ri
清爽	さっぱり	sa.p.pa.ri
過敏測試完成	パッチテスト済（ず）み	pa.c.chi.te.su.to.zu.mi
過敏測試完成	アレルギーテスト済（ず）み	a.re.ru.gi.i.te.su.to.zu.mi

膚質	肌質（はだしつ）	ha.da.shi.tsu
油性肌膚	オイリースキン／脂肌（あぶらはだ）、脂（あぶら）っぽい、べたつき	o.i.ri.i.su.ki.n／a.bu.ra.ha.da、a.bu.ra.p.po.i、be.ta.tsu.ki
乾性肌膚	ドライスキン／乾燥肌（かんそうはだ）、粉（こな）っぽい、かさつき	do.ra.i.su.ki.n／ka.n.so.o.ha.da、ko.na.p.po.i、ka.sa.tsu.ki
異位性皮膚炎	アトピー	a.to.pi.i
混合性肌膚	コンビネーションスキン／混合肌（こんごうはだ）	ko.n.bi.ne.e.sho.n.su.ki.n／ko.n.go.o.ha.da
敏感性肌膚	デリケートスキン／敏感肌（びんかんはだ）	de.ri.ke.e.to.su.ki.n／bi.n.ka.n.ha.da
痘痘	にきび	ni.ki.bi
斑	シミ	shi.mi
雀斑	そばかす	so.ba.ka.su
白皙	色白（いろじろ）	i.ro.ji.ro
黝黑	色黒（いろぐろ）	i.ro.gu.ro
曬黑	日焼（ひや）け	hi.ya.ke
肌膚粗糙	キメが荒（あら）い	ki.me.ga.a.ra.i
肌膚細緻	キメがそろっている	ki.me.ga.so.ro.t.te.i.ru

皺紋 しわ shi.wa	眼尾細紋 目尻(めじり)の小(こ)じわ me.ji.ri.no.ko.ji.wa	黑眼圈 くま ku.ma	毛孔明顯 毛穴(けあな)が目立(めだ)つ ke.a.na.ga.me.da.tsu
沒有彈性 ハリがない ha.ri.ga.na.i	有彈性 ハリがある ha.ri.ga.a.ru	鬆弛 たるみ ta.ru.mi	暗沉 くすみ ku.su.mi
肌膚乾燥 肌荒(はだあ)れ ha.da.a.re	光澤感 つや感(かん) tsu.ya.ka.n	乾燥感 マット感(かん) ma.t.to.ka.n	透明感 透明感(とうめいかん) to.o.me.i.ka.n
T字部位 Tゾーン ti.i.zo.o.n	U字部位 Uゾーン yu.u.zo.o.n		

用途 用途(ようと) yo.o.to	收斂用 収(しゅう)れん用(よう) shu.u.re.n.yo.o	緊實用 ひきしめ用(よう) hi.ki.shi.me.yo.o	敏感性肌膚用 敏感肌用(びんかんはだよう) bi.n.ka.n.ha.da.yo.o
治療痘痘用 アクネケア用(よう) a.ku.ne.ke.a.yo.o	保溼 保湿(ほしつ)／うるおい ho.shi.tsu／u.ru.o.i	美白 美白(びはく)／ホワイトニング bi.ha.ku／ho.wa.i.to.ni.n.gu	
防曬 日焼(ひや)け止(ど)め／UVカット hi.ya.ke.do.me／yu.u.bu.i.ka.t.to		除斑 シミ対策(たいさく) shi.mi.ta.i.sa.ku	日用 日中用(にっちゅうよう) ni.c.chu.u.yo.o
夜用 夜用(よるよう) yo.ru.yo.o	抗皺 リンクル対策(たいさく) ri.n.ku.ru.ta.i.sa.ku	按摩 マッサージ ma.s.sa.a.ji	抗老化 エイジングケア e.i.ji.n.gu.ke.a

9 書店

詢問店員①

098

不好意思。請問赤川次郎的書在哪裡？

すみません。赤川次郎の本はどこにありますか？

su.mi.ma.se.n。a.ka.ga.wa.ji.ro.o.no.ho.n.wa.do.ko.ni.a.ri.ma.su.ka

如果是文庫書的話，在那裡的架子上。

文庫本でしたら、あそこの棚にございます。

bu.n.ko.bo.n.de.shi.ta.ra、a.so.ko.no.ta.na.ni.go.za.i.ma.su

作家的名字是按照「あいうえお」的順序排列的。

作家の名前で「あいうえお順」で並んでいます。

sa.k.ka.no.na.ma.e.de.「a.i.u.e.o.ju.n」.de.na.ra.n.de.i.ma.su

依出版社排列的。

出版社別に並んでいます。

shu.p.pa.n.sha.be.tsu.ni.na.ra.n.de.i.ma.su

不，我在找新書。

いえ、新刊を探しているのですが。

i.e、shi.n.ka.n.o.sa.ga.shi.te.i.ru.no.de.su.ga

抱歉。如果是新書的話，放在收銀台的前面。

失礼しました。新刊でしたら、レジのすぐ前においてあります。

shi.tsu.re.i.shi.ma.shi.ta。shi.n.ka.n.de.shi.ta.ra、re.ji.no.su.gu.ma.e.ni.o.i.te.a.ri.ma.su

我知道了。謝謝您。

分かりました。ありがとうございます。

wa.ka.ri.ma.shi.ta.。a.ri.ga.to.o.go.za.i.ma.su

詢問店員②

不好意思。請問有叫《○○○○》的書嗎？

すいません。『○○○○』というタイトルの本はありますか？

su.i.ma.se.n。『○○○○』.to.i.u.ta.i.to.ru.no.ho.n.wa.a.ri.ma.su.ka

嗯。這個…。讓我用電腦查一下。

えーと。そうですね…。コンピュータで検索してみましょうか。

e.e.to。so.o.de.su.ne…。ko.n.pyu.u.ta.de.ke.n.sa.ku.shi.te.mi.ma.sho.o.ka

叫《○○○○》的書，有找到3本，請問是哪一本呢？

『○○○○』というタイトルで、３冊見つかりましたが、どの本でしょうか？

『○○○○』.to.i.u.ta.i.to.ru.de、sa.n.sa.tsu.mi.tsu.ka.ri.ma.shi.ta.ga、do.no.ho.n.de.sho.o.ka

這個，第三本。

この、三番目の本です。

ko.no、sa.n.ba.n.me.no.ho.n.de.su

很抱歉，因為這本書現在店裡沒有，要調貨。

お客さま、申し訳ございませんが、この本は今お店に置いていませんので、お取り寄せになってしまいます。

o.kya.ku.sa.ma、mo.o.shi.wa.ke.go.za.i.ma.se.n.ga、ko.no.ho.n.wa.i.ma.o.mi.se.ni.o.i.te.i.ma.se.n.no.de、o.to.ri.yo.se.ni.na.t.te.shi.ma.i.ma.su

請問大概要花多久時間呢？

どれくらいかかりますか？

do.re.ku.ra.i.ka.ka.ri.ma.su.ka

大概3天左右。需要嗎？

３日くらいかと思います。どうなさいますか？

mi.k.ka.ku.ra.i.ka.to.o.mo.i.ma.su。do.o.na.sa.i.ma.su.ka

那，請幫我調。

じゃあ、取り寄せてください。

ja.a、to.ri.yo.se.te.ku.da.sa.i

我知道了。那麼因為要辦一些手續，所以請到這邊的櫃台。

かしこまりました。ではお手続きいたしますので、こちらのカウンターまでお越しください。

ka.shi.ko.ma.ri.ma.shi.ta。de.wa.o.te.tsu.zu.ki.i.ta.shi.ma.su.no.de、ko.chi.ra.no.ka.u.n.ta.a.ma.de.o.ko.shi.ku.da.sa.i

書店的相關單字

099

書店 ほんや 本屋 ho.n.ya	銷售書 ベストセラー be.su.to.se.ra.a	銷售長紅 ロングセラー ro.n.gu.se.ra.a	熱門書 わだい ほん 話題の本 wa.da.i.no.ho.n
平放 ひらづ 平積み hi.ra.zu.mi	新出版 しんかん 新刊 shi.n.ka.n	文庫書 ぶんこぼん 文庫本 bu.n.ko.bo.n	單行本 たんこうぼん 単行本 ta.n.ko.o.bo.n
漫畫 コミック ko.mi.k.ku	漫畫 まんが 漫画 ma.n.ga	小說 しょうせつ 小説 sho.o.se.tsu	英文書 ようしょ 洋書 yo.o.sho
眞實事件改編小說 ノンフィクション no.n.fi.ku.sho.n	專業用書 せんもんしょ 専門書 se.n.mo.n.sho	童書 じどうしょ 児童書 ji.do.o.sho	以幼兒爲對象的 ようじむ 幼児向け yo.o.ji.mu.ke
圖畫書 えほん 絵本 e.ho.n	寫眞集 しゃしんしゅう 写真集 sha.shi.n.shu.u	畫冊 がしゅう 画集 ga.shu.u	地圖 ちず 地図 chi.zu
旅行 りょこう 旅行 ryo.ko.o	美食 グルメ gu.ru.me	旅遊書 ガイドブック ga.i.do.bu.k.ku	字典 じてん 辞典 ji.te.n
雜誌 ざっし 雑誌 za.s.shi	週刊 しゅうかんし 週刊誌 shu.u.ka.n.shi	月刊 げっかんし 月刊誌 ge.k.ka.n.shi	季刊 きかんし 季刊誌 ki.ka.n.shi
增刊 ぞうかん 増刊 zo.o.ka.n	MOOK ムック mu.k.ku	專業雜誌 せんもんし 専門誌 se.n.mo.n.shi	經濟雜誌 けいざいし 経済誌 ke.i.za.i.shi
科學雜誌 かがくし 科学誌 ka.ga.ku.shi	題庫 もんだいしゅう 問題集 mo.n.da.i.shu.u	參考書 さんこうしょ 参考書 sa.n.ko.o.sho	電視資訊雜誌 じょうほうし テレビ情報誌 te.re.bi.jo.o.ho.o.shi

電腦 パソコン pa.so.ko.n	遊戲 ゲーム ge.e.mu	偶像 アイドル a.i.do.ru	流行時尚 ファッション fa.s.sho.n
動漫 アニメ a.ni.me	音樂 おんがく 音楽 o.n.ga.ku	電影 えいが 映画 e.i.ga	汽車 じどうしゃ 自動車 ji.do.o.sha
封面 ひょうし 表紙 hyo.o.shi	封底 うらびょうし 裏表紙 u.ra.byo.o.shi	書背 せびょうし 背表紙 se.byo.o.shi	書套 カバー ka.ba.a
書腰 おび 帯 o.bi	書裡前後空白頁部分 みかえ 見返し mi.ka.e.shi	書繩，和書籤同用途 しおり shi.o.ri	按照五十音的順序 ごじゅうおんじゅん 五十音順 go.ju.u.o.n.ju.n
按照あいうえお的順序 じゅん あいうえお順 a.i.u.e.o.ju.n	按照出版社別 しゅっぱんしゃべつ 出版社別 shu.p.pa.n.sha.be.tsu	舊書店 ふるほんや 古本屋 fu.ru.ho.n.ya	舊書 こしょ 古書 ko.sho

10

服飾店

試穿①

100

 歡迎光臨。請拿起來看看。

いらっしゃいませ。どうぞお手に取ってご覧ください。

i.ra.s.sha.i.ma.se。do.o.zo.o.te.ni.to.t.te.go.ra.n.ku.da.sa.i

 不好意思。我想試穿這件裙子。

すみません。このスカートを試着したいのですが。

su.mi.ma.se.n。ko.no.su.ka.a.to.o.shi.cha.ku.shi.ta.i.no.de.su.ga

 好的，請。這裡面是試衣間。我幫您把衣架拿起來。

はい、どうぞ。この奥が試着室です。ハンガーをお取りしますね。

ha.i、do.o.zo。ko.no.o.ku.ga.shi.cha.ku.shi.tsu.de.su。ha.n.ga.a.o.o.to.ri.shi.ma.su.ne

 謝謝您。

ありがとうございます。

a.ri.ga.to.o.go.za.i.ma.su

試穿②

 請問您覺得如何呢？

お客さま、いかがですか？

o.kya.ku.sa.ma、i.ka.ga.de.su.ka

 啊，不好意思。我還在穿。

あ、すみません。まだ着ている途中です。

a、su.mi.ma.se.n。ma.da.ki.te.i.ru.to.chu.u.de.su

 失禮了。如果您穿好了，請叫我一聲。

失礼しました。お召しになりましたら、お声をおかけください。

shi.tsu.re.i.shi.ma.shi.ta。o.me.shi.ni.na.ri.ma.shi.ta.ra、o.ko.e.o.o.ka.ke.ku.da.sa.i

 那個…。

あの…。

a.no.o…

 是的，客人。如何呢？

はい、お客さま。いかがですか？

ha.i、o.kya.ku.sa.ma。i.ka.ga.de.su.ka

有一點緊(鬆)，請問有別的尺寸嗎？

少し(すこ)きつい(ゆるい)のですが、他(ほか)のサイズはありますか？

su.ko.shi.ki.tsu.i(yu.ru.i).no.de.su.ga、ho.ka.no.sa.i.zu.wa.a.ri.ma.su.ka

有的，我現在幫您拿過來。

はい、ただ今(いま)お持(も)ちいたします。

ha.i、ta.da.i.ma.o.mo.chi.i.ta.shi.ma.su

麻煩了。

お願(ねが)いします。

o.ne.ga.i.shi.ma.su

試穿③

我拿大(小)一號的來了。請試穿。

ワンサイズ上(うえ)（下(した)）をお持(も)ちしました。どうぞ。

wa.n.sa.i.zu.u.e(shi.ta).o.o.mo.chi.shi.ma.shi.ta。do.o.zo

謝謝您。

ありがとうございます。

a.ri.ga.to.o.go.za.i.ma.su

請問這次如何呢？

今度(こんど)はいかがですか？

ko.n.do.wa.i.ka.ga.de.su.ka

是的。好像剛剛好。

はい。ちょうどいいみたいです。

ha.i。cho.o.do.i.i.mi.ta.i.de.su

要不要出試衣間，從遠一點的地方照鏡子看看呢？

試着室(しちゃくしつ)から出(で)て、遠(とお)くから鏡(かがみ)をご覧(らん)になってはいかがですか。

shi.cha.ku.shi.tsu.ka.ra.de.te、to.o.ku.ka.ra.ka.ga.mi.o.go.ra.n.ni.na.t.te.wa.i.ka.ga.de.su.ka

好。

はい。

ha.i

非常適合哦。長度也剛剛好呢。

とてもよくお似合(にあ)いですよ。丈(たけ)もちょうどいいですね。

to.te.mo.yo.ku.o.ni.a.i.de.su.yo。ta.ke.mo.cho.o.do.i.i.de.su.ne

是啊。…那，我要這件。

そうですね。…じゃあ、これにします。

so.o.de.su.ne。…ja.a、ko.re.ni.shi.ma.su

謝謝您。請問還要看其他的嗎？

ありがとうございます。他に何かご覧になりますか？

a.ri.ga.to.o.go.za.i.ma.su。ho.ka.ni.na.ni.ka.go.ra.n.ni.na.ri.ma.su.ka

不了，這件裙子就好了。

いえ、このスカートだけでいいです。

i.e、ko.no.su.ka.a.to.da.ke.de.i.i.de.su

我知道了。那麼要幫您結帳了嗎？

かしこまりました。では、お会計をお願いしてもよろしいでしょうか？

ka.shi.ko.ma.ri.ma.shi.ta。de.wa、o.ka.i.ke.i.o.o.ne.ga.i.shi.te.mo.yo.ro.shi.i.de.sho.o.ka

好。…那個，因爲我想直接穿走，所以可以不用幫我包起來。

はい。…あの、ここで着て行きたいので、包まなくてもいいです。

ha.i。…a.no、ko.ko.de.ki.te.i.ki.ta.i.no.de、tsu.tsu.ma.na.ku.te.mo.i.i.de.su

這樣呀。那我幫您把吊牌拿下來。

さようでございますか。では、値札をお取りしておきますね。

sa.yo.o.de.go.za.i.ma.su.ka。de.wa、ne.fu.da.o.o.to.ri.shi.te.o.ki.ma.su.ne

麻煩您。

お願いします。

o.ne.ga.i.shi.ma.su

謝謝您的購買。如果要換衣服的話，請使用剛才的試衣間。

お買い上げありがとうございます。お着替えは、先ほどの試着室をご利用ください。

o.ka.i.a.ge.a.ri.ga.to.o.go.za.i.ma.su。o.ki.ga.e.wa、sa.ki.ho.do.no.shi.cha.ku.shi.tsu.o.go.ri.yo.o.ku.da.sa.i

謝謝您。跟您借一下。

ありがとうございます。お借りします。

a.ri.ga.to.o.go.za.i.ma.su。o.ka.ri.shi.ma.su

歡迎您再度光臨。

またのご来店をお待ちしております。

ma.ta.no.go.ra.i.te.n.o.o.ma.chi.shi.te.o.ri.ma.su

修改衣物

可以麻煩幫我改牛仔褲的長度嗎？

ジーンズの裾上げをお願いできますか。

ji.i.n.zu.no.su.so.a.ge.o.o.ne.ga.i.de.ki.ma.su.ka

好的。請問這個位置可以嗎？

かしこまりました。この位置でよろしいですか？

ka.shi.ko.ma.ri.ma.shi.ta。ko.no.i.chi.de.yo.ro.shi.i.de.su.ka

請再長(短)一點點。

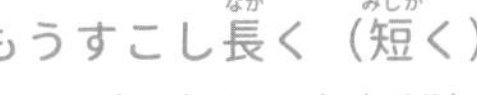

もうすこし長く（短く）してください。

mo.o.su.ko.shi.na.ga.ku(mi.ji.ka.ku).shi.te.ku.da.sa.i

大概這樣嗎？

このくらいですか？

ko.no.ku.ra.i.de.su.ka

是的，那裡可以。

はい、そこでいいです。

ha.i、so.ko.de.i.i.de.su

一小時後(2天後)可以完成。這個是交換券。請於取貨的時候交出來。

出来上がりは一時間後（2日後）になります。こちらが引換券です。お受け取りの際にお出しください。

de.ki.a.ga.ri.wa.i.chi.ji.ka.n.go(fu.tsu.ka.go).ni.na.ri.ma.su。ko.chi.ra.ga.hi.ki.ka.e.ke.n.de.su。o.u.ke.to.ri.no.sa.i.ni.o.da.shi.ku.da.sa.i

詢問洗滌的方式

請問這件罩衫可以用洗衣機洗嗎？

このブラウスは洗濯機で洗えますか？

ko.no.bu.ra.u.su.wa.se.n.ta.ku.ki.de.a.ra.e.ma.su.ka

建議用手洗喔。

手洗いをおすすめします。

te.a.ra.i.o.o.su.su.me.shi.ma.su

如果要用洗衣機洗，請放入洗衣袋。

洗濯機で洗う場合は、ネットに入れてください。

se.n.ta.ku.ki.de.a.ra.u.ba.a.i.wa、ne.t.to.ni.i.re.te.ku.da.sa.i

因為容易掉色，請不要和其他的東西一起洗。

色落ちしやすいので、別のものと一緒には洗わないでください。

i.ro.o.chi.shi.ya.su.i.no.de、be.tsu.no.mo.no.to.i.s.sho.ni.wa.a.ra.wa.na.i.de.ku.da.sa.i

店員的建議

1	也有其他的顏色哦。	他(ほか)のお色(いろ)もありますよ。 ho.ka.no.o.i.ro.mo.a.ri.ma.su.yo
2	這是秋季新品。	この秋(あき)の新作(しんさく)です。 ko.no.a.ki.no.shi.n.sa.ku.de.su
3	和這件夾克搭配在一起的話，是今年的流行哦。	こちらのジャケットを合(あ)わせると、今年風(ことしふう)になりますよ。 ko.chi.ra.no.ja.ke.t.to.o.a.wa.se.ru.to、ko.to.shi.fu.u.ni.na.ri.ma.su.yo
4	只要穿這一件，就會很有型哦。是很好搭配的單品哦。	これを一枚着(いちまいき)ただけで、サマになりますよ。着回(きまわ)しがきくアイテムですよ。 ko.re.o.i.chi.ma.i.ki.ta.da.ke.de、sa.ma.ni.na.ri.ma.su.yo。ki.ma.wa.shi.ga.ki.ku.a.i.te.mu.de.su.yo
5	是模特兒〇〇小姐在服裝雜誌裡穿的衣服哦。	ファッション雑誌(ざっし)でモデルの〇〇ちゃんが着(き)ていた服(ふく)ですよ。 fa.s.sho.n.za.s.shi.de.mo.de.ru.no.〇〇.cha.n.ga.ki.te.i.ta.fu.ku.de.su.yo

關於服裝的各種單字 ♪101

尺寸 サイズ sa.i.zu	S Sサイズ e.su.sa.i.zu	M Mサイズ e.mu.sa.i.zu	L Lサイズ e.ru.sa.i.zu
F フリーサイズ fu.ri.i.sa.i.zu	5號 5号(ごう) go.go.o	7號 7号(ごう) na.na.go.o	9號 9号(ごう) kyu.u.go.o
11號 11号(ごう) ju.u.i.chi.go.o	13號 13号(ごう) ju.u.sa.n.go.o	15號 15号(ごう) ju.u.go.go.o	大 大(おお)きい o.o.ki.i
小 小(ちい)さい chi.i.sa.i	長 長(なが)い na.ga.i	短 短(みじか)い mi.ji.ka.i	緊 きつい ki.tsu.i

剛好 ぴったり pi.t.ta.ri	緊 タイト ta.i.to	剛好 フィット fi.t.to	寬鬆 ゆるい yu.ru.i
寬鬆 ゆったり yu.t.ta.ri	鬆 ルーズ ru.u.zu	丈量 きたけ 着丈 ki.ta.ke	肩寬 かたはば 肩幅 ka.ta.ha.ba
袖長 そでたけ 袖丈 so.de.ta.ke	裙長 たけ スカート丈 su.ka.a.to.ta.ke	腰部至跨下的長度 またうえ 股上 ma.ta.u.e	褲長 またした 股下 ma.ta.shi.ta
胸圍 きょうい 胸囲／バスト kyo.o.i／ba.su.to	腰圍 ようい 腰囲／ウエスト yo.o.i／u.e.su.to	肚圍 どうい 胴囲 do.o.i	臀圍 ヒップ hi.p.pu

材質 そざい 素材 so.za.i	絹料 きぬ 絹 ki.nu	絲綢 シルク shi.ru.ku	棉 めん 綿 me.n
棉 コットン ko.t.to.n	麻 あさ 麻 a.sa	亞麻 リネン ri.ne.n	針織 ニット ni.t.to
聚脂纖維 ポリエステル po.ri.e.su.te.ru	人造纖維 レーヨン re.e.yo.n	丹寧 デニム de.ni.mu	毛巾布 じ タオル地 ta.o.ru.ji
緞料 サテン sa.te.n	蕾絲 レース re.e.su	網狀布 メッシュ me.s.shu	網狀編織法 す　あ 透かし編み su.ka.shi.a.mi
羊毛 ようもう 羊毛 yo.o.mo.o	羊毛 ウール u.u.ru	合成羊毛 アクリル a.ku.ri.ru	燈芯絨 コーデュロイ ko.o.dyu.ro.i
天鵝絨 ベルベット be.ru.be.t.to	平針織物 ジャージー ja.a.ji.i	皮革 けがわ 毛皮 ke.ga.wa	皮 かわ 皮 ka.wa

皮	合成皮	伸縮布	打褶
レザー re.za.a	フェイクファー fe.i.ku.fa.a	そざい ストレッチ素材 su.to.re.c.chi.so.za.i	かこう プリーツ加工 pu.ri.i.tsu.ka.ko.o
防潑水處理 はっすいかこう 撥水加工 ha.s.su.i.ka.ko.o	破壞加工 かこう ダメージ加工 da.me.e.ji.ka.ko.o	速乾性 そっかんせい 速乾性 so.k.ka.n.se.i	雪紡 シフォン shi.fo.n
褶邊 フリル fu.ri.ru	抓皺 ギャザー gya.za.a	刺繡 ししゅう 刺繡 shi.shu.u	厚 あつで 厚手 a.tsu.de
薄 うすで 薄手 u.su.de			

上衣、外衣	長版上衣	連帽上衣	背心
うわぎ 上着、アウター u.wa.gi、a.u.ta.a	チュニック chu.ni.k.ku	パーカー pa.a.ka.a	ベスト be.su.to
羊毛衫 カーディガン ka.a.di.ga.n	短版外套 ボレロ bo.re.ro	毛衣 セーター se.e.ta.a	夾克 ジャケット ja.ke.t.to
運動外套 ジャンパー ja.n.pa.a	外套 ブルゾン bu.ru.zo.n	大衣 コート ko.o.to	大衣 オーバー o.o.ba.a
西裝式外套 ブレザー bu.re.za.a	運動服 トレーナー to.re.e.na.a	羽毛外套 ダウンジャケット da.u.n.ja.ke.t.to	軍用雨衣 トレンチコート to.re.n.chi.ko.o.to
連帽粗呢大衣 ダッフルコート da.f.fu.ru.ko.o.to			

上衣	背心上衣	T恤	過腰上衣
トップス to.p.pu.su	タンクトップ ta.n.ku.to.p.pu	Tシャツ ti.i.sha.tsu	プルオーバー pu.ru.o.o.ba.a
襯衫 シャツ sha.tsu	罩衫 ブラウス bu.ra.u.su	針織衫 カットソー ka.t.to.so.o	整套 アンサンブル a.n.sa.n.bu.ru
POLO衫 ポロシャツ po.ro.sha.tsu	白襯衫 ワイシャツ wa.i.sha.tsu	夏威夷襯衫 アロハシャツ a.ro.ha.sha.tsu	

花紋	素面	圓點	圓點
柄(がら) ga.ra	無地(むじ) mu.ji	水玉(みずたま) mi.zu.ta.ma	ドット do.t.to
條紋 ボーダー bo.o.da.a	直條紋 ストライプ su.to.ra.i.pu	格紋 チェック che.k.ku	碎花紋 花柄(はながら) ha.na.ga.ra
動物紋 アニマル柄(がら) a.ni.ma.ru.ga.ra	迷彩 迷彩柄(めいさいがら) me.i.sa.i.ga.ra	LOGO圖樣 ロゴプリント ro.go.pu.ri.n.to	

領子	無領	U領	V領
襟(えり) e.ri	襟(えり)なし e.ri.na.shi	Uネック yu.u.ne.k.ku	Vネック bu.i.ne.k.ku
高領 タートルネック ta.a.to.ru.ne.k.ku	高領 ハイネック ha.i.ne.k.ku	圓領 丸襟(まるえり) ma.ru.e.ri	立領 立(た)て襟(えり) ta.te.e.ri
方領 スクエアネック su.ku.e.a.ne.k.ku	繞領 ホルターネック ho.ru.ta.a.ne.k.ku	開襟 カシュクール ka.shu.ku.u.ru	圓領 クルーネック ku.ru.u.ne.k.ku

下衣 **ボトムス** bo.to.mu.su	裙子 **スカート** su.ka.a.to	迷你裙 **ミニスカート** mi.ni.su.ka.a.to	超迷你短裙 **マイクロミニ** ma.i.ku.ro.mi.ni
長裙 **ロングスカート** ro.n.gu.su.ka.a.to	蛋糕裙 **ティアードスカート** ti.a.a.do.su.ka.a.to	皺褶裙 **ギャザースカート** gya.za.a.su.ka.a.to	百褶裙 **プリーツスカート** pu.ri.i.tsu.su.ka.a.to
窄裙 **タイトスカート** ta.i.to.su.ka.a.to	波浪裙 **フレアースカート** fu.re.a.a.su.ka.a.to	背心裙 **ジャンパースカート** ja.n.pa.a.su.ka.a.to	燈籠裙 **ラップスカート** ra.p.pu.su.ka.a.to
褲子 **パンツ** pa.n.tsu	短褲 **ショートパンツ** sho.o.to.pa.n.tsu	熱褲 **ホットパンツ** ho.t.to.pa.n.tsu	五分褲 **ハーフパンツ** ha.a.fu.pa.n.tsu
七分褲 **カプリパンツ** ka.pu.ri.pa.n.tsu	窄管七分褲 **サブリナパンツ** sa.bu.ri.na.pa.n.tsu	及膝、膝上褲 **バミューダパンツ** ba.myu.u.da.pa.n.tsu	吊帶褲 **サロペット** sa.ro.pe.t.to
吊帶褲（工作服） **オーバーオール** o.o.ba.a.o.o.ru	內搭褲 **レギンス** re.gi.n.su	寬管褲 **イージーパンツ** i.i.ji.i.pa.n.tsu	牛仔褲 **ジーンズ** ji.i.n.zu
窄管牛仔褲 **スキニージーンズ** su.ki.ni.i.ji.i.n.zu	靴型褲 **ブーツカット** bu.u.tsu.ka.t.to	西裝褲 **スラックス** su.ra.k.ku.su	工作褲 **カーゴパンツ** ka.a.go.pa.n.tsu
喇叭褲 **ベルボトム** be.ru.bo.to.mu	鬆緊帶 **ウエストゴム** u.e.su.to.go.mu	低腰 **ローライズ** ro.o.ra.i.zu	一件式洋裝 **ワンピース、ドレス** wa.n.pi.i.su、do.re.su
西裝、三件式西裝 **スーツ、背広（せびろ）、三つ揃（みつぞろ）え、ビジネススーツ** su.u.tsu、se.bi.ro、mi.t.tsu.zo.ro.e、bi.ji.ne.su.su.u.tsu			

袖子	無袖	無袖	蓋袖
袖（そで） so.de	袖（そで）なし so.de.na.shi	ノースリーブ no.o.su.ri.i.bu	フレンチスリーブ fu.re.n.chi.su.ri.i.bu
短袖	燈籠袖	七分袖	長袖
半袖（はんそで） ha.n.so.de	パフスリーブ pa.fu.su.ri.i.bu	七部袖（しちぶそで） shi.chi.bu.so.de	長袖（ながそで） na.ga.so.de
捲袖			
ロールアップ ro.o.ru.a.p.pu			

足部	襪子	絲襪	褲襪
足元（あしもと） a.shi.mo.to	靴下（くつした）／ソックス ku.tsu.shi.ta／so.k.ku.su	ストッキング su.to.k.ki.n.gu	タイツ ta.i.tsu
褲襪			
スパッツ su.pa.t.tsu			

帽子	球帽	紳士帽	獵帽
帽子（ぼうし） bo.o.shi	キャップ kya.p.pu	ハット ha.t.to	ハンチング ha.n.chi.n.gu
毛帽		貝雷帽	鴨舌帽
ニットキャップ／ビーニー ni.t.to.kya.p.pu／bi.i.ni.i		ベレー帽（ぼう） be.re.e.bo.o	キャスケット kya.su.ke.t.to
遮陽帽			
サンバイザー sa.n.ba.i.za.a			

飾品 アクセサリー a.ku.se.sa.ri.i	耳環 イヤリング i.ya.ri.n.gu	穿孔耳環 ピアス pi.a.su	項鍊 ネックレス ne.k.ku.re.su
吊飾 ペンダント pe.n.da.n.to	手鍊 ブレスレット bu.re.su.re.t.to	戒指 指輪（リング） yu.bi.wa(ri.n.gu)	髮飾 ヘアアクセサリー he.a.a.ku.se.sa.ri.i
束髮帶 シュシュ shu.shu	髮夾 バレッタ ba.re.t.ta	髮帶 ヘアバンド he.a.ba.n.do	髮圈 ヘアゴム he.a.go.mu
髮簪 かんざし ka.n.za.shi	髮夾 ヘアクリップ he.a.ku.ri.p.pu	梳子 コーム ko.o.mu	

流行雜貨、小物 ファッション雑貨、小物 fa.s.sho.n.za.k.ka、ko.mo.no		手帕 ハンカチ ha.n.ka.chi	胸針 ブローチ bu.ro.o.chi
胸花 コサージュ ko.sa.a.ju	圍巾 マフラー ma.fu.ra.a	披肩 ストール su.to.o.ru	手套 手袋 te.bu.ku.ro
皮帶 ベルト be.ru.to	領帶 ネクタイ ne.ku.ta.i	領帶夾 ネクタイピン ne.ku.ta.i.pi.n	袖釦 カフスボタン ka.fu.su.bo.ta.n
墨鏡 サングラス sa.n.gu.ra.su	傘 傘 ka.sa	雨傘 雨傘 a.ma.ga.sa	陽傘 日傘 hi.ga.sa

包包 **バッグ** ba.g.gu	手提包 **ハンドバッグ** ha.n.do.ba.g.gu	單肩背包 **ショルダーバッグ** sho.ru.da.a.ba.g.gu	後背包 **リュックサック** ryu.k.ku.sa.k.ku
波士頓包 **ボストンバッグ** bo.su.to.n.ba.g.gu	托特包 **トートバッグ** to.o.to.ba.g.gu	宴會包 **パーティーバッグ** pa.a.ti.i.ba.g.gu	公事包 **ビジネスバッグ** bi.ji.ne.su.ba.g.gu
手拿包 **ポーチ** po.o.chi	編織包 **かごバッグ** ka.go.ba.g.gu	環保袋 **エコバッグ** e.ko.ba.g.gu	小型手提袋 **ポシェット** po.she.t.to

形象、造型、品味 **イメージ、スタイル、テイスト** i.me.e.ji、su.ta.i.ru、te.i.su.to		經典款 **トラッド** to.ra.d.do	簡樸風 **シンプル** shi.n.pu.ru
可愛風 **キュート** kyu.u.to	運動風 **スポーティー** su.po.o.ti.i	女性的 **フェミニン** fe.mi.ni.n	女孩風 **ガーリー** ga.a.ri.i
男性的 **マニッシュ** ma.ni.s.shu	男孩風 **ボーイッシュ** bo.o.i.s.shu	南洋風 **トロピカル** to.ro.pi.ka.ru	海軍風 **マリンテイスト** ma.ri.n.te.i.su.to
多層次 **レイヤードスタイル** re.i.ya.a.do.su.ta.i.ru	異國風 **エキゾチック** e.ki.zo.chi.k.ku	民族風 **エスニック** e.su.ni.k.ku	西部風 **ウエスタン** u.e.su.ta.n
酷 **クール** ku.u.ru	華麗 **ゴージャス** go.o.ja.su	優雅 **エレガンス** e.re.ga.n.su	浪漫 **ロマンティック** ro.ma.n.ti.k.ku
少女 **ロリータ** ro.ri.i.ta	成熟 おとな **大人っぽい** o.to.na.p.po.i	制服風 せいふくふう **制服風** se.i.fu.ku.fu.u	女孩風 けい **ギャル系** gya.ru.ke.i
公主風 ひめけい **姫系** hi.me.ke.i	美女系 **きれいめ** ki.re.i.me	正式 **フォーマル** fo.o.ma.ru	摩德風 けい **モード系** mo.o.do.ke.i

野性	街頭風	裏原宿風	古裝
ワイルド wa.i.ru.do	ストリート su.to.ri.i.to	裏原系（うらはらけい） u.ra.ha.ra.ke.i	古着（ふるぎ） fu.ru.gi
壞壞的中年男子 ちょいワル cho.i.wa.ru	龐克 パンク pa.n.ku	可愛 かわいい ka.wa.i.i	帥氣 かっこいい ka.k.ko.i.i
模特兒系 モテ系（けい） mo.te.ke.i	飄來飄去 ひらひら hi.ra.hi.ra	翩翩掉落 フリフリ fu.ri.fu.ri	樸素 地味（じみ） ji.mi
華麗引人注目 派手（はで） ha.de	遮住體型 体型（たいけい）カバー ta.i.ke.i.ka.ba.a	美腿、修飾腳長 美脚（びきゃく）、足長効果（あしながこうか） bi.kya.ku、a.shi.na.ga.ko.o.ka	

其他	上下一套	全身搭配	顏色不同
その他（た） so.no.ta	上下（じょうげ）セット jo.o.ge.se.t.to	全身（ぜんしん）コーディネート ze.n.shi.n.ko.o.di.ne.e.to	色違（いろちが）い i.ro.chi.ga.i
剪影 シルエット shi.ru.e.t.to	露出 露出（ろしゅつ） ro.shu.tsu	故意若隱若現的讓人看 チラ見（み）せ chi.ra.mi.se	平衡 バランス ba.ra.n.su
趨勢 トレンド to.re.n.do	常重覆穿的衣服 ヘビロテ（ヘビーローテーション） he.bi.ro.te (he.bi.i.ro.o.te.e.sho.n)		便宜又可愛 安（やす）カワ ya.su.ka.wa
暢貨中心 アウトレット a.u.to.re.t.to	過季 シーズンオフ shi.i.zu.n.o.fu	快速時尚 ファストファッション fa.su.to.fa.s.sho.n	
非特價商品 セール対象外（たいしょうがい） se.e.ru.ta.i.sho.o.ga.i	設計師品牌 デザイナーズブランド de.za.i.na.a.zu.bu.ra.n.do		

11

鞋店

問尺寸

♪ 102

不好意思。請問有24公分的尺寸嗎？

すみません。24cm（にじゅうよんせんち）のサイズはありますか？

su.mi.ma.se.n。ni.ju.u.yo.n.se.n.chi.no.sa.i.zu.wa.a.ri.ma.su.ka

有，我現在幫您拿來。

はい、ただ今（いま）お持（も）ちいたします。

ha.i、ta.da.i.ma.o.mo.chi.i.ta.shi.ma.su

試穿鞋子

請到鏡子前。如何呢？

どうぞ、鏡（かがみ）の前（まえ）へ。いかがですか？

do.o.zo、ka.ga.mi.no.ma.e.e。i.ka.ga.de.su.ka

我覺得不錯。

いいと思（おも）います。

i.i.to.o.mo.i.ma.su

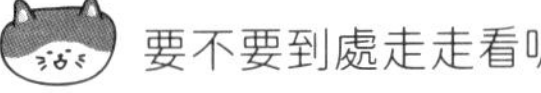

要不要到處走走看呢？

ちょっと周（まわ）りを歩（ある）かれてみてはいかがですか？

cho.t.to.ma.wa.ri.o.a.ru.ka.re.te.mi.te.wa.i.ka.ga.de.su.ka

走路有一點痛耶…。

歩（ある）くとちょっと痛（いた）いですね…。

a.ru.ku.to.cho.t.to.i.ta.i.de.su.ne…

請問是哪裡痛呢？

どこが痛（いた）いですか？

do.ko.ga.i.ta.i.de.su.ka

好像是太窄了，腳尖會痛。請問有大一號的24.5公分的嗎？

幅（はば）が狭（せま）いみたいで、甲（こう）の部分（ぶぶん）が痛（いた）いです。もうワンサイズ上（うえ）の、24.5cmはありますか。

ha.ba.ga.se.ma.i.mi.ta.i.de、ko.o.no.bu.bu.n.ga.i.ta.i.de.su。mo.o.wa.n.sa.i.zu.u.e.no、ni.ju.u.yo.n.te.n.go.se.n.chi.wa.a.ri.ma.su.ka

有的，我去拿。
這次覺得如何呢？

はい、持（も）ってまいります。（持（も）ってくる）今度（こんど）はいかがですか？

ha.i、mo.t.te.ma.i.ri.ma.su。(mo.t.te.ku.ru).ko.n.do.wa.i.ka.ga.de.su.ka

這次是趾尖頂到會痛。可能是因爲有跟，所以腳會往前跑的關係吧。
怎麼辦？我很喜歡這個設計⋯。

今度はつま先が当たって痛いです。ヒールがありますので、足が前にいってしまうのかもしれませんね。
どうしよう。デザインはとても気に入っているのに⋯。

ko.n.do.wa.tsu.ma.sa.ki.ga.a.ta.t.te.i.ta.i.de.su。hi.i.ru.ga.a.ri.ma.su.no.de、a.shi.ga.ma.e.ni.i.t.te.shi.ma.u.no.ka.mo.shi.re.ma.se.n.ne。do.o.shi.yo.o。de.za.i.n.wa.to.te.mo.ki.ni.i.t.te.i.ru.no.ni⋯

要不要試著在趾尖套上腳趾套呢？可以防止腳往前跑哦。

お客さま。つま先に中敷きを入れてみましょうか。足が前にいくのを防げますよ。

o.kya.ku.sa.ma。tsu.ma.sa.ki.ni.na.ka.ji.ki.o.i.re.te.mi.ma.sho.o.ka。a.shi.ga.ma.e.ni.i.ku.no.o.fu.se.ge.ma.su.yo

那，麻煩您。

じゃあ、お願いします。

ja.a、o.ne.ga.i.shi.ma.su

好了，請試穿看看。

はい、どうぞ履いてみてください。

ha.i、do.o.zo.ha.i.te.mi.te.ku.da.sa.i

啊，這次剛剛好。走路也不會痛。

あ、今度はちょうどいいです。歩いても痛くないです。

a、ko.n.do.wa.cho.o.do.i.i.de.su。a.ru.i.te.mo.i.ta.ku.na.i.de.su

太好了。

よかったです。

yo.ka.t.ta.de.su

我要買這個。

これにします。

ko.re.ni.shi.ma.su

購買鞋子

感謝您的購買。請問要不要盒子呢？

お買い上げありがとうございます。お客さま、お箱はどうされますか？

o.ka.i.a.ge.a.ri.ga.to.o.go.za.i.ma.su。o.kya.ku.sa.ma、o.ha.ko.wa.do.o.sa.re.ma.su.ka

我不需要盒子。

箱はいりません。

ha.ko.wa.i.ri.ma.se.n

我知道了。那麼，我幫您裝進袋子裡。

かしこまりました。では、袋に入れてまいります。

ka.shi.ko.ma.ri.ma.shi.ta。de.wa、fu.ku.ro.ni.i.re.te.ma.i.ri.ma.su

詢問店員

1. 請問這雙鞋子是什麼材質呢？
   この靴の素材はなんですか？
   ko.no.ku.tsu.no.so.za.i.wa.na.n.de.su.ka

2. 下雨不會染色的材質比較好。
   雨で色が染みない素材がいいです。
   a.me.de.i.ro.ga.shi.mi.na.i.so.za.i.ga.i.i.de.su

3. 請問有好走的鞋子嗎？
   歩きやすい靴はありますか？
   a.ru.ki.ya.su.i.ku.tsu.wa.a.ri.ma.su.ka

4. 我在找可以搭這件衣服和包包的鞋子。
   この服とバッグに合う靴を探しています。
   ko.no.fu.ku.to.ba.g.gu.ni.a.u.ku.tsu.o.sa.ga.shi.te.i.ma.su

5. 請問要怎麼保養比較好呢？
   どうやって手入れをしたらいいですか？
   do.o.ya.t.te.te.i.re.o.shi.ta.ra.i.i.de.su.ka

6. 可以量一下腳的尺寸嗎？
   足のサイズを測ってもらえますか？
   a.shi.no.sa.i.zu.o.ha.ka.t.te.mo.ra.e.ma.su.ka

鞋店相關用語

♪ 103

鞋店	くつ や	靴屋	ku.tsu.ya
跟鞋		パンプス	pa.n.pu.su
拖鞋		サンダル	sa.n.da.ru
有跟涼鞋		ミュール	myu.u.ru
平底鞋		フラットシューズ	fu.ra.t.to.shu.u.zu
高跟鞋		ハイヒール	ha.i.hi.i.ru
低跟鞋		ローヒール	ro.o.hi.i.ru
娃娃鞋	くつ	ぺたんこ靴	pe.ta.n.ko.gu.tsu
厚底	あつ ぞこ	厚底	a.tsu.zo.ko
球鞋		スニーカー	su.ni.i.ka.a
船形皮鞋		ローファー	ro.o.fa.a
靴子		ブーツ	bu.u.tsu
慢跑鞋		ウォーキングシューズ	wo.o.ki.n.gu.shu.u.zu
長靴	なが ぐつ	長靴	na.ga.gu.tsu
雨鞋		レインシューズ	re.i.n.shu.u.zu
亮面		エナメル	e.na.me.ru
皮鞋	かわ ぐつ	革靴	ka.wa.gu.tsu
鞋帶		ストラップ	su.to.ra.p.pu
拇趾外翻	がい はん ぼ し	外反母趾	ga.i.ha.n.bo.shi
咬腳	くつ ず	靴擦れ	ku.tsu.zu.re
鞋扒	くつ	靴べら	ku.tsu.be.ra
鞋油	くつ	靴ずみ	ku.tsu.zu.mi
鞋油	だ	つや出し	tsu.ya.da.shi
腳趾套	なか じ	中敷き	na.ka.ji.ki
鞋底		ソール	so.o.ru

舒適度	は ごこ ち	履き心地	ha.ki.go.ko.chi
悶	む	蒸れる	mu.re.ru
緊		きつい	ki.tsu.i
鬆		ゆるい	yu.ru.i
鬆		ブカブカ	bu.ka.bu.ka
腳背很高	こう たか	甲が高い	ko.o.ga.ta.ka.i
腳背很寬	こう ひろ	甲が広い	ko.o.ga.hi.ro.i

12 家電量販店

詢問電器

♪ 104

不好意思。請問吹風機在哪裡？
すみません。ドライヤーはどこですか？
su.mi.ma.se.n。do.ra.i.ya.a.wa.do.ko.de.su.ka

在6樓。
6階になります。
ro.k.ka.i.ni.na.ri.ma.su

請問這個吹風機在台灣也可以用嗎？
このドライヤーは台湾でも使えますか？
ko.no.da.ra.i.ya.a.wa.ta.i.wa.n.de.mo.tsu.ka.e.ma.su.ka

如果裝上這個轉換插頭，就可以用了。
こちらの変換プラグを取り付ければ、ご使用になれます。
ko.chi.ra.no.he.n.ka.n.pu.ra.gu.o.to.ri.tsu.ke.re.ba、go.shi.yo.o.ni.na.re.ma.su

結帳

請問要使用點數嗎？
ポイントはどうされますか？
po.i.n.to.wa.do.o.sa.re.ma.su.ka

要。
使います。
tsu.ka.i.ma.su

您現在存有3000點，請問要全部使用嗎？
お客さまは現在3000ポイント貯まっていますが、全部お使いになりますか。
o.kya.ku.sa.ma.wa.ge.n.za.i.sa.n.ze.n.po.i.n.to.ta.ma.t.te.i.ma.su.ga、ze.n.bu.o.tsu.ka.i.ni.na.ri.ma.su.ka

是的。
はい。
ha.i

折抵3000日圓，總共是4540日圓。
では3000円の値引きで、お会計は4540円になります。
de.wa.sa.n.ze.n.e.n.no.ne.bi.ki.de、o.ka.i.ke.i.wa.yo.n.se.n.go.hya.ku.yo.n.ju.u.e.n.ni.na.ri.ma.su

詢問保固時間

請問保固幾年呢？

保証期間は何年ですか？

ho.sho.o.ki.ka.n.wa.na.n.ne.n.de.su.ka

保固5年。若多付費用，保固最長可以延長到10年，請問有需要嗎？

5年間です。追加料金で、最長10年まで保証期間を延長できますが、どうなさいますか。

go.ne.n.ka.n.de.su。tsu.i.ka.ryo.o.ki.n.de、sa.i.cho.o.ju.u.ne.n.ma.de.ho.sho.o.ki.ka.n.o.e.n.cho.o.de.ki.ma.su.ga、do.o.na.sa.i.ma.su.ka

麻煩幫我延長。

延長をお願いします。

e.n.cho.o.o.o.ne.ga.i.shi.ma.su

 家電量販店相關用語

點數卡 ポイントカード po.i.n.to.ka.a.do	電腦 パソコン pa.so.ko.n	電腦周邊機器 パソコン周辺機器 pa.so.ko.n.shu.u.he.n.ki.ki	
電腦軟體 パソコンソフト pa.so.ko.n.so.fu.to	照相機 カメラ ka.me.ra	數位相機 デジカメ de.ji.ka.me	電視 テレビ te.re.bi
錄音機 レコーダー re.ko.o.da.a	藍光 ブルーレイ bu.ru.u.re.i	音響 オーディオ o.o.di.o	家電 家電 ka.de.n
冷氣機 エアコン e.a.ko.n	遊戲 ゲーム ge.e.mu	手機 携帯電話 ke.i.ta.i.de.n.wa	電子辭典 電子辞書 de.n.shi.ji.sho
時鐘／手錶 時計 to.ke.i			

13

超市

詢問①

105

不好意思。請問哪裡有賣沙拉醬？

すみません。ドレッシングはどこに売っていますか？

su.mi.ma.se.n。do.re.s.shi.n.gu.wa.do.ko.ni.u.t.te.i.ma.su.ka

是的。在第三條走道左邊的前面有沙拉醬區。

はい。三番目の通路の左側手前にドレッシングのコーナーがあります。

ha.i。sa.n.ba.n.me.no.tsu.u.ro.no.hi.da.ri.ga.wa.te.ma.e.ni.do.re.s.shi.n.gu.no.ko.o.na.a.ga.a.ri.ma.su

詢問②

這裡有貼7折的貼紙，請問收銀台會幫我扣掉嗎？

ここに3割引のシールが貼ってありますが、レジで値引きしてくれるんですか？

ko.ko.ni.sa.n.wa.ri.bi.ki.no.shi.i.ru.ga.ha.t.te.a.ri.ma.su.ga、re.ji.de.ne.bi.ki.shi.te.ku.re.ru.n.de.su.ka

會的，會在收銀台扣掉。

はい、レジにてお引きいたします。

ha.i、re.ji.ni.te.o.hi.ki.i.ta.shi.ma.su

試吃

是新發售的香腸哦。請吃看看。

新発売のソーセージですよ。どうぞ、食べていって。

shi.n.ha.tsu.ba.i.no.so.o.se.e.ji.de.su.yo。do.o.zo、ta.be.te.i.t.te

請給我一個。

ひとつ、ください。

hi.to.tsu、ku.da.sa.i

好的，請用。很燙，請小心。

はい、どうぞ。熱いから気をつけてね。

ha.i、do.o.zo。a.tsu.i.ka.ra.ki.o.tsu.ke.te.ne

皮很脆很好吃吧。

皮がパリッとしておいしいでしょ。

ka.wa.ga.pa.ri.t.to.shi.te.o.i.shi.i.de.sho

嗯，很好吃。那麼，請給我一袋。

ええ、おいしいです。じゃ、一袋ください。
e.e、o.i.shi.i.de.su。ja、hi.to.fu.ku.ro.ku.da.sa.i

謝謝。

ありがとう。
a.ri.ga.to.o

請問是現在付錢嗎？

お金は今、払うんですか？
o.ka.ne.wa.i.ma、ha.ra.u.n.de.su.ka

不是。請在收銀台付錢。

ううん。レジで払ってちょうだい。
u.u.n。re.ji.de.ha.ra.t.te.cho.o.da.i

櫃台結帳

全部是2766日圓。

以上で　2　7　6　6　円のお買い上げになります。
i.jo.o.de.ni.se.n.na.na.hya.ku.ro.ku.ju.u.ro.ku.e.n.no.o.ka.i.a.ge.ni.na.ri.ma.su

好的。

はい。
ha.i

客人。請問布丁要湯匙嗎？

お客さま。プリンにスプーンはお付けになりますか？
o.kya.ku.sa.ma。pu.ri.n.ni.su.pu.u.n.wa.o.tsu.ke.ni.na.ri.ma.su.ka

麻煩您。

お願いします。
o.ne.ga.i.shi.ma.su

請問要塑膠袋嗎？

レジ袋は使いますか？
re.ji.bu.ku.ro.wa.tsu.ka.i.ma.su.ka

好的。

はい。
ha.i

那麼，塑膠袋一個是2日圓。

でしたら、レジ袋代が一枚2円かかりますが。
de.shi.ta.ra、re.ji.bu.ku.ro.da.i.ga.i.chi.ma.i.ni.e.n.ka.ka.ri.ma.su.ga

這樣啊。沒辦法。買吧。

そうなんですか。しょうがないですね。払(はら)います。

so.o.na.n.de.su.ka。sho.o.ga.na.i.de.su.ne。ha.ra.i.ma.su

會話

請問要塑膠袋嗎？

レジ袋(ぶくろ)は使(つか)いますか？

re.ji.bu.ku.ro.wa.tsu.ka.i.ma.su.ka

不，不用。

いえ、いりません。

i.e、i.ri.ma.se.n

我們會給不用塑膠袋的客人點數。若點數儲存30點，可以交換50日圓的購物券。

レジ袋(ぶくろ)不要(ふよう)のお客様(きゃくさま)には、ポイントを差(さ)し上(あ)げております。ポイントが 30 個(さんじゅうこ)たまりますと、 50円(ごじゅうえん)のお買(か)い物券(ものけん)と交換(こうかん)いたします。

re.ji.bu.ku.ro.fu.yo.o.no.o.kya.ku.sa.ma.ni.wa、po.i.n.to.o.sa.shi.a.ge.te.o.ri.ma.su。po.i.n.to.ga.sa.n.ju.u.ko.ta.ma.ri.ma.su.to、go.ju.u.e.n.no.o.ka.i.mo.no.ke.n.to.ko.o.ka.n.i.ta.shi.ma.su

超市相關用語

超市 スーパーマーケット su.u.pa.a.ma.a.ke.t.to	購物籃 買(か)い物用(ものよう)かご ka.i.mo.no.yo.o.ka.go	推車 カート ka.a.to	收銀台 レジ re.ji
裝袋台 サッカー台(だい) sa.k.ka.a.da.i	塑膠袋 レジ袋(ぶくろ) re.ji.bu.ku.ro	環保購物袋 エコバッグ e.ko.ba.g.gu	生鮮食品 生鮮食品(せいせんしょくひん) se.i.se.n.sho.ku.hi.n
青菜 野菜(やさい) ya.sa.i	水果 果物(くだもの) ku.da.mo.no	上等肉品・加工肉品 精肉(せいにく)・加工肉(かこうにく) se.i.ni.ku・ka.ko.o.ni.ku	魚貝類 魚介類(ぎょかいるい) gyo.ka.i.ru.i
蛋 卵(たまご) ta.ma.go	乳製品 乳製品(にゅうせいひん) nyu.u.se.i.hi.n	麵包 パン pa.n	日式點心 お菓子(かし) o.ka.shi

調味料 ちょうみりょう 調味料 cho.o.mi.ryo.o	米 こめ 米 ko.me	麵類 めんるい 麺類 me.n.ru.i	冷凍食品 れいとうしょくひん 冷凍食品 re.i.to.o.sho.ku.hi.n
大豆製品 だいずせいひん 大豆製品 da.i.zu.se.i.hi.n	冰淇淋 アイスクリーム a.i.su.ku.ri.i.mu	小菜 そうざい お惣菜 o.so.o.za.i	甜點 デザート de.za.a.to
魚乾 ひもの 乾物 hi.mo.no	罐頭 かんづめ 缶詰 ka.n.zu.me	飲料 いんりょう 飲料 i.n.ryo.o	酒 さけ お酒 o.sa.ke
日用品 にちようひん 日用品 ni.chi.yo.o.hi.n	鮮花 せいか 生花 se.i.ka		

14 便利商店

詢問店員

♪ 107

1	不好意思。請告訴我影印機的使用方法。	すみません。コピー機の使い方を教えてください。 su.mi.ma.se.n。ko.pi.i.ki.no.tsu.ka.i.ka.ta.o.o.shi.e.te.ku.da.sa.i
2	請告訴我傳真機的使用方法。	FAXの使い方を教えてください。 fa.k.ku.su.no.tsu.ka.i.ka.ta.o.o.shi.e.te.ku.da.sa.i
3	不好意思。請問可以借廁所嗎？	すみません。トイレをお借りしてもいいですか？ su.mi.ma.se.n。to.i.re.o.o.ka.ri.shi.te.mo.i.i.de.su.ka
4	請問店外面放的雜誌是免費的嗎？	店の外に置いてある雑誌は無料ですか？ mi.se.no.so.to.ni.o.i.te.a.ru.za.s.shi.wa.mu.ryo.o.de.su.ka
5	請問關東煮是自己選擇後放入容器裡嗎？	おでんは自分で選んで、容器にいれるのですか？ o.de.n.wa.ji.bu.n.de.e.ra.n.de、yo.o.ki.ni.i.re.ru.no.de.su.ka
6	請問可以用宅配通嗎？	宅配便は扱っていますか？ ta.ku.ha.i.bi.n.wa.a.tsu.ka.t.te.i.ma.su.ka
7	請告訴我宅配單的寫法。	宅配便の伝票の書き方を教えてください。 ta.ku.ha.i.bi.n.no.de.n.pyo.o.no.ka.ki.ka.ta.o.o.shi.e.te.ku.da.sa.i

會話①

 請問要微波便當嗎？

お弁当は温めますか？

o.be.n.to.o.wa.a.ta.ta.me.ma.su.ka

 是的，麻煩你。

はい、お願いします。

ha.i、o.ne.ga.i.shi.ma.su

 請問要附筷子嗎？

お箸はお付けしますか？

o.ha.shi.wa.o.tsu.ke.shi.ma.su.ka

 不，不用。

いいえ、いりません。

i.i.e、i.ri.ma.se.n

會話②

 請問海鮮便當賣完了嗎？

シーフード弁当は売り切れですか？

shi.i.fu.u.do.be.n.to.o.wa.u.ri.ki.re.de.su.ka

 很抱歉。海鮮便當是期間限定的，昨天就停賣了。

申し訳ありません。シーフード弁当は期間限定でして、昨日で販売は終了してしまいました。

mo.o.shi.wa.ke.a.ri.ma.se.n。shi.i.fu.u.do.be.n.to.o.wa.ki.ka.n.ge.n.te.i.de.shi.te、ki.no.o.de.ha.n.ba.i.wa.shu.u.ryo.o.shi.te.shi.ma.i.ma.shi.ta

 這樣啊。很好吃的說，真可惜。

そうですか。おいしかったのに、残念だな。

so.o.de.su.ka。o.i.shi.ka.t.ta.no.ni、za.n.ne.n.da.na

會話③

 很抱歉，請問客人滿20歲了嗎？

失礼ですが、お客様は 20 歳以上ですか？

shi.tsu.re.i.de.su.ga、o.kya.ku.sa.ma.wa.ni.ju.s.sa.i.i.jo.o.de.su.ka

 是的，我21歲…。

はい。 21 歳ですが…。

ha.i。ni.ju.u.i.s.sa.i.de.su.ga…

因爲酒和菸不能賣未滿20歲的人。客人您看起來很年輕。請問有帶什麼可以證明年齡的東西嗎？

お酒とたばこは 20 歳未満の方にはお売りすることができません。お客様はとても若く見えたものですから。年齢を証明できるものを何かお持ちですか？

o.sa.ke.to.ta.ba.ko.wa.ni.ju.s.sa.i.mi.ma.n.no.ka.ta.ni.wa.o.u.ri.su.ru.ko.to.ga.de.ki.ma.se.n。o.kya.ku.sa.ma.wa.to.te.mo.wa.ka.ku.mi.e.ta.mo.no.de.su.ka.ra。ne.n.re.i.o.sho.o.me.i.de.ki.ru.mo.no.o.na.ni.ka.o.mo.chi.de.su.ka

那麼，就護照…。

じゃ、パスポートを…。

ja、pa.su.po.o.to.o…

的確是21歲。眞的很抱歉。

確かに 21 歳でいらっしゃいますね。失礼いたしました。

ta.shi.ka.ni.ni.ju.u.i.s.sa.i.de.i.ra.s.sha.i.ma.su.ne。shi.tsu.re.i.i.ta.shi.ma.shi.ta

15 寵物店

詢問店員

♪ 108

不好意思。請問有犬用雨衣嗎？
すみません。犬用（いぬよう）のレインコートはありますか？
su.mi.ma.se.n。i.nu.yo.o.no.re.i.n.ko.o.to.wa.a.ri.ma.su.ka

在這裡。有很多尺寸哦。
こちらになります。サイズもいろいろございますよ。
ko.chi.ra.ni.na.ri.ma.su。sa.i.zu.mo.i.ro.i.ro.go.za.i.ma.su.yo

我在找透氣性好的。
通気性（つうきせい）の良（よ）いタイプを探（さが）しているんですが。
tsu.u.ki.se.i.no.yo.i.ta.i.pu.o.sa.ga.shi.te.i.ru.n.de.su.ga

那麼，這件如何。內裡是網紗加工的，不會悶熱喲。
では、こちらなんてどうでしょう。裏地（うらじ）がメッシュ加工（かこう）なので、蒸（む）れにくいですよ。
de.wa、ko.chi.ra.na.n.te.do.o.de.sho.o。u.ra.ji.ga.me.s.shu.ka.ko.o.na.no.de、mu.re.ni.ku.i.de.su.yo

寵物店相關用語

寵物店 ペットショップ pe.t.to.sho.p.pu	狗食 ドッグフード do.g.gu.fu.u.do	貓食 キャットフード kya.t.to.fu.u.do	乾飼料 ドライフード do.ra.i.fu.u.do
溼飼料 ウェットフード we.t.to.fu.u.do	密封食品 レトルト re.to.ru.to	罐頭 缶詰（かんづめ） ka.n.zu.me	處方食品 処方食（しょほうしょく） sho.ho.o.sho.ku
小型犬 小型犬（こがたけん） ko.ga.ta.ke.n	中型犬 中型犬（ちゅうがたけん） chu.u.ga.ta.ke.n	大型犬 大型犬（おおがたけん） o.o.ga.ta.ke.n	幼犬 幼犬（ようけん） yo.o.ke.n
成犬 成犬（せいけん） se.i.ke.n	肥胖犬 肥満犬（ひまんけん） hi.ma.n.ke.n	高齡犬 高齢犬（こうれいけん） ko.o.re.i.ke.n	老狗 老犬（ろうけん） ro.o.ke.n

小貓	幼猫（ようねこ）	yo.o.ne.ko
成貓	成猫（せいねこ）	se.i.ne.ko
高齡貓	高齢猫（こうれいねこ）	ko.o.re.i.ne.ko
老貓	老猫（ろうねこ）	ro.o.ne.ko
短毛用	短毛用（たんもうよう）	ta.n.mo.o.yo.o
長毛用	長毛用（ちょうもうよう）	cho.o.mo.o.yo.o
圍欄	サークル	sa.a.ku.ru
籠子	ケージ	ke.e.ji
外出袋	キャリーバッグ	kya.ri.i.ba.g.gu
項圈	首輪（くびわ）	ku.bi.wa
牽繩	リード	ri.i.do
挽具	ハーネス	ha.a.ne.su
掛牌	迷子札（まいごふだ）	ma.i.go.fu.da
寵物零食	ペット用（よう）おやつ	pe.t.to.yo.o.o.ya.tsu
餐具	食器（しょっき）	sho.k.ki
給水器	給水器（きゅうすいき）	kyu.u.su.i.ki
寵物營養食品	ペット用（よう）サプリメント	pe.t.to.yo.o.sa.pu.ri.me.n.to
解熱	暑（あつ）さ対策（たいさく）	a.tsu.sa.ta.i.sa.ku
寵物玩具	ペット用（よう）おもちゃ	pe.t.to.yo.o.o.mo.cha
寵物地墊	ペットシーツ	pe.t.to.shi.i.tsu
寵物尿布	ペット用紙（ようかみ）おむつ	pe.t.to.yo.o.ka.mi.o.mu.tsu
貓砂	トイレ用猫砂（ようねこすな）	to.i.re.yo.o.ne.ko.su.na
除臭墊	脱臭（だっしゅう）シート	da.s.shu.u.shi.i.to
除臭劑	消臭剤（しょうしゅうざい）	sho.o.shu.u.za.i
寵物用除蟲劑	ペット用虫除（ようむしよ）け	pe.t.to.yo.o.mu.shi.yo.ke
肉球軟膏	肉球用（にくきゅうよう）クリーム	ni.ku.kyu.u.yo.o.ku.ri.i.mu
除蚤	ノミ・ダニ除去（じょきょ）	no.mi・da.ni.jo.kyo
寵物沐浴精	ペット用（よう）シャンプー	pe.t.to.yo.o.sha.n.pu.u
禮貌帶	マーキング防止用（ぼうしよう）パンツ	ma.a.ki.n.gu.bo.o.shi.yo.o.pa.n.tsu
寵物衣服	ペットウエア	pe.t.to.u.e.a
貓抓板	猫用爪（ねこようつめ）とぎ	ne.ko.yo.o.tsu.me.to.gi
寵物雨衣	ペット用（よう）レインコート	pe.t.to.yo.o.re.i.n.ko.o.to
梳毛刷	トリミングブラシ	to.ri.mi.n.gu.bu.ra.shi
寵物鞋	ペット用（よう）シューズ	pe.t.to.yo.o.shu.u.zu

16 跳蚤市場、古董市集

跳蚤市場

♪ 109

 請問這件T恤多少錢呢？

このTシャツはいくらですか？

ko.no.ti.i.sha.tsu.wa.i.ku.ra.de.su.ka

 300日圓。

300円です。

sa.n.bya.ku.e.n.de.su

 請問可以再便宜一點嗎？可以算200日圓嗎？

もっと安くなりませんか？200円にしてもらえませんか？

mo.t.to.ya.su.ku.na.ri.ma.se.n.ka?ni.hya.ku.e.n.ni.shi.te.mo.ra.e.ma.se.n.ka

 200日圓有點困難。

200円はちょっときついですね。

ni.hya.ku.e.n.wa.cho.t.to.ki.tsu.i.de.su.ne

 那麼，250日圓如何？

じゃ、 250 円はどうですか。

ja、ni.hya.ku.go.ju.u.e.n.wa.do.o.de.su.ka

 好。

いいですよ。

i.i.de.su.yo

古董市集

 這個盤子的花紋很漂亮耶。

このお皿はきれいな柄ですね。

ko.no.o.sa.ra.wa.ki.re.i.na.ga.ra.de.su.ne

 您的眼光真好。這是江戶時代的有田燒。喜歡嗎？

お目が高いね。江戸時代の有田焼だよ。気に入ったかい？

o.me.ga.ta.ka.i.ne。e.do.ji.da.i.no.a.ri.ta.ya.ki.da.yo。ki.ni.i.t.ta.ka.i

 我是很想要…。但有一點貴耶。

欲しいけど…。ちょっと高いですね。

ho.shi.i.ke.do…。cho.t.to.ta.ka.i.de.su.ne

那麼，再送您這2個小盤子。怎麼樣呢？

それじゃ、この小皿2枚をおまけするよ。それでどうだい？

so.re.ja、ko.no.ko.za.ra.ni.ma.i.o.o.ma.ke.su.ru.yo。so.re.de.do.o.da.i

我不想要小盤子。哎呀？這個碗很漂亮耶。那送我這個碗吧。

小皿は欲しくないです。あら？そのお椀はすてきですね。これをおまけしてくださいよ。

ko.za.ra.wa.ho.shi.ku.na.i.de.su。a.ra?so.no.o.wa.n.wa.su.te.ki.de.su.ne。ko.re.o.o.ma.ke.shi.te.ku.da.sa.i.yo

沒辦法。好吧。客人，您買了好東西呢。

しょうがないな。いいよ。お客さん、いい買い物したね。

sho.o.ga.na.i.na。i.i.yo。o.kya.ku.sa.n、i.i.ka.i.mo.no.shi.ta.ne

※ 跳蚤市場 フリマ／蚤の市 fu.ri.ma／no.mi.no.i.chi	二手衣 古着 fu.ru.gi		
古董市集 骨董市 ko.t.to.o.i.chi	挖寶 掘り出し物 ho.ri.da.shi.mo.no	古董 古道具 fu.ru.do.o.gu	古董商 古物商 ko.bu.sho.o

※ フリマ爲フリーマーケット（flea market）的縮寫。

各式餐具相關用語

♪110

西式餐具	餐盤	湯匙	叉子
ようしょっき **洋食器** yo.o.sho.k.ki	**プレート** pu.re.e.to	**スープン** su.u.pu.n	**フォーク** fo.o.ku
刀子	沙拉碗	焗烤盤	杯墊
ナイフ na.i.fu	**サラダボウル** sa.ra.da.bo.o.ru	ざら **グラタン皿** gu.ra.ta.n.za.ra	**コースター** ko.o.su.ta.a
托盤			
トレー to.re.e			

日式餐具	筷子	筷架	碗
わしょっき **和食器** wa.sho.k.ki	はし **お箸** o.ha.shi	はしお **箸置き** ha.shi.o.ki	ちゃわん **茶椀** cha.wa.n
盤子	分菜盤	湯碗	土鍋
さら **皿** sa.ra	と ざら **取り皿** to.ri.za.ra	しるわん **汁椀** shi.ru.wa.n	どなべ **土鍋** do.na.be
蒸碗	土瓶	盛酒壺	沾醬盤
むしわん **蒸碗** mu.shi.wa.n	どびん **土瓶** do.bi.n	とっくり **徳利** to.k.ku.ri	やくみざら **薬味皿** ya.ku.mi.za.ra

茶具	茶壺（日式）	茶壺（西式）	茶杯
茶道具（ちゃどうぐ） cha.do.o.gu	急須（きゅうす） kyu.u.su	ティーポット ti.i.po.t.to	湯呑み（ゆのみ） yu.no.mi
杯子 コップ ko.p.pu	茶托（日式） 茶托（ちゃたく） cha.ta.ku	茶托（西式） ソーサー so.o.sa.a	馬克杯 マグカップ ma.gu.ka.p.pu
茶海 湯冷まし（ゆざまし） yu.za.ma.shi	茶匙 茶さじ（ちゃさじ） cha.sa.ji	濾網 茶こし（ちゃこし） cha.ko.shi	牛奶壺 クリーマー ku.ri.i.ma.a
茶罐 茶筒（ちゃづつ）／キャニスター cha.zu.tsu／kya.ni.su.ta.a			

咖啡道具	磨豆機	咖啡杯	咖啡濾紙
コーヒー道具（どうぐ） ko.o.hi.i.do.o.gu	コーヒーミル ko.o.hi.i.mi.ru	コーヒーカップ ko.o.hi.i.ka.p.pu	コーヒードリッパー ko.o.hi.i.do.ri.p.pa.a
法蘭絨濾布 ネルドリップ ne.ru.do.ri.p.pu	虹吸式咖啡壺 サイフォン sa.i.fo.n	熱水壺 ケトル ke.to.ru	法式濾壓壺 フレンチプレス fu.re.n.chi.pu.re.su

商品「含稅價格」新制上路！

日本消費稅在2014年從5%調漲至8%，2019年又從8%調漲至10%，而每間商店價格標示不一，「稅前」、「稅後」外國人傻傻分不清楚，還總要掏出手機來算一算，如果再碰上什麼優惠活動，要算的就更多了。

不過從2021年4月1日開始，就不再有這種煩惱啦！根據日本消費稅法第63條規定，日本全國不論電視、廣告、傳單、店家或網路通販，商品價格必須一律以含稅價格標示。昔日的￥1,990+消費稅字樣成爲了歷史，現在統一成含稅的￥2,189，這樣的標示能讓消費者一目瞭然，以後去日本快樂血拼的時候，也終於不用再被價格搞得頭昏腦脹啦！

税抜き表示

商品価格

税抜　**￥1,990**
+消費税

○

税込み表示
（総額表示）

商品価格

税込　**￥2,189**

本体￥1,990+消費税￥199

事故疾病篇

報警、通報消防局

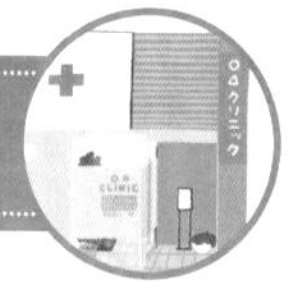

撥打110

111

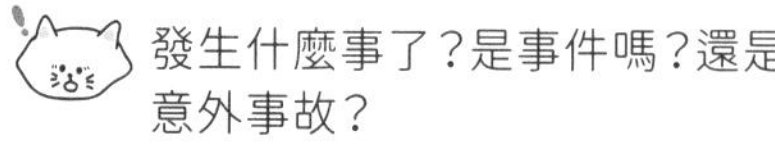

發生什麼事了？是事件嗎？還是意外事故？

何(なに)かありましたか？事件(じけん)ですか？事故(じこ)ですか？

na.ni.ka.a.ri.ma.shi.ta.ka?ji.ke.n.de.su.ka?ji.ko.de.su.ka

※ 冷靜地說明狀況。

撥打119

怎麼了。是火災嗎？是緊急事件嗎？

どうしました。火事(かじ)ですか？緊急(きんきゅう)ですか？

do.o.shi.ma.shi.ta。ka.ji.de.su.ka?ki.n.kyu.u.de.su.ka

在日本的緊急聯絡機關

在日本觀光旅遊時，若有遇到緊急事件，可與位於東京的台北駐日代表處聯絡。另外，在日本其他主要區域，分別在橫濱、大阪、福岡、沖繩、札幌等地設有分處，方便台灣旅客就近尋求協助。

此外，外交部在官方網站上也有提供民眾登錄個人或團體動態，以便在發生緊急狀況時，可以在第一時間處理、聯繫。

台北駐日經濟文化代表處 東京本部

〒108-0071 東京都港區白金台5-20-2

服務時間：上午9～12點、1～6點

聯絡電話：日本境内撥打(03)3280-7811

24小時專線：(81-3) 3280-7917

緊急聯絡電話：日本境內直撥080-1009-7179

※專供急難救助之用，倘非關急難事件，請勿撥打；一般領務事項，請於上班時間撥打辦公室電話查詢。

外交部旅外國人急難救助免付費服務專線

先撥001再撥010-800-0885-0885

※已開通可於日本使用的手機或當地公共電話。

2 有遺失物品、遭竊

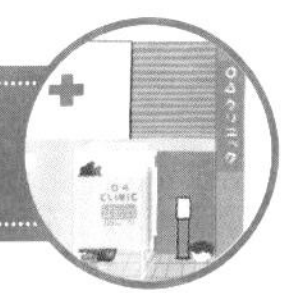

會話①

112

糟了。怎麼辦。

大変(たいへん)だ。どうしよう。

ta.i.he.n.da。do.o.shi.yo.o

怎麼了？

どうしたんですか？

do.o.shi.ta.n.de.su.ka

找不到錢包。

財布(さいふ)がないのです。

sa.i.fu.ga.na.i.no.de.su

是不是在哪裡掉了？找找看吧。

どこかに落(お)ちていませんか？探(さが)してみましょう。

do.ko.ka.ni.o.chi.te.i.ma.se.n.ka。sa.ga.shi.te.mi.ma.sho.o

謝謝。

ありがとうございます。

a.ri.ga.to.o.go.za.i.ma.su

…找不到。

…見(み)つかりませんね。

…mi.tsu.ka.ri.ma.se.n.ne

該不會是剛剛在人群中被人扒走了吧。

もしかしたら、さっきの人(ひと)ごみで、すられたのかもしれません。

mo.shi.ka.shi.ta.ra、sa.k.ki.no.hi.to.go.mi.de、su.ra.re.ta.no.ka.mo.shi.re.ma.se.n

如果是這樣的話，得趕緊找警察才行。

だったら、すぐ警察(けいさつ)に届(とど)けないと。

da.t.ta.ra、su.gu.ke.i.sa.tsu.ni.to.do.ke.na.i.to

警察在哪裡呢？

警察(けいさつ)はどこにありますか？

ke.i.sa.tsu.wa.do.ko.ni.a.ri.ma.su.ka

車站前有一間派出所哦。

駅前(えきまえ)に交番(こうばん)がありますよ。

e.ki.ma.e.ni.ko.o.ba.n.ga.a.ri.ma.su.yo

如果方便的話，可以和我一起去派出所嗎？

もしよろしければ、交番(こうばん)まで一緒(いっしょ)に行(い)ってもらえませんか。

mo.shi.yo.ro.shi.ke.re.ba、ko.o.ba.n.ma.de.i.s.sho.ni.i.t.te.mo.ra.e.ma.se.n.ka

可以啊。趕快走吧。

いいですよ。早(はや)く行(い)きましょう。
i.i.de.su.yo。ha.ya.ku.i.ki.ma.sho.o

謝謝。

ありがとうございます。
a.ri.ga.to.o.go.za.i.ma.su

向警察説明

怎麼了？

どうしました。
do.o.shi.ma.shi.ta

我的護照不見了。

パスポートをなくしました。
pa.su.po.o.to.o.na.ku.shi.ma.shi.ta

我的信用卡不見了。

クレジットカードをなくしました。
ku.re.ji.t.to.ka.a.do.o.na.ku.shi.ma.shi.ta

我的錢包被偷了。

財布(さいふ)を盗(ぬす)まれました。
sa.i.fu.o.nu.su.ma.re.ma.shi.ta

我的手提包忘了拿。

ハンドバッグを置(お)き忘(わす)れてしまいました。
ha.n.do.ba.g.gu.o.o.ki.wa.su.re.te.shi.ma.i.ma.shi.ta

我的相機掉了。

カメラを落(お)としてしまいました。
ka.me.ra.o.o.to.shi.te.shi.ma.i.ma.shi.ta

是什麼時候發現不見的呢？

いつ、なくなったのに気(き)が付(つ)きましたか？
i.tsu、na.ku.na.t.ta.no.ni.ki.ga.tsu.ki.ma.shi.ta.ka

就在剛剛不久之前。

ほんのちょっと前(まえ)です。
ho.n.no.cho.t.to.ma.e.de.su

一個小時前左右。

1時間(いちじかん)くらい前(まえ)です。
i.chi.ji.ka.n.ku.ra.i.ma.e.de.su

有點不太記得了，昨天晚上還在的。

よく覚(おぼ)えていませんが、昨日(きのう)の夜(よる)まではありました。
yo.ku.o.bo.e.te.i.ma.se.n.ga、ki.no.o.no.yo.ru.ma.de.wa.a.ri.ma.shi.ta

知道是在哪裡掉的嗎？

どこでなくしたか分(わ)かりますか？
do.ko.de.na.ku.shi.ta.ka.wa.ka.ri.ma.su.ka

在車站的售票機。

駅の券売機です。

e.ki.no.ke.n.ba.i.ki.de.su

應該在百貨公司的入口附近。

デパートの入り口あたりだと思います。

de.pa.a.to.no.i.ri.gu.chi.a.ta.ri.da.to.o.mo.i.ma.su

因爲到處走動，所以不太清楚。

いろいろ移動したので、よく分かりません。

i.ro.i.ro.i.do.o.shi.ta.no.de、yo.ku.wa.ka.ri.ma.se.n

那麼，請填寫這張遺失證明書。

では、この紛失証明書に記入してください。

de.wa、ko.no.fu.n.shi.tsu.sho.o.me.i.sho.ni.ki.nyu.u.shi.te.ku.da.sa.i

請告訴我該怎麼寫。

書き方を教えてください。

ka.ki.ka.ta.o.o.shi.e.te.ku.da.sa.i

姓名和聯絡地址。請寫下遺失物品的特徵。也可以用圖畫來作表示。

名前と連絡先。紛失したものの特徴を書いてください。絵でもかまいませんよ。

na.ma.e.to.re.n.ra.ku.sa.ki。fu.n.shi.tsu.shi.ta.mo.no.no.to.ku.cho.o.o.ka.i.te.ku.da.sa.i。e.de.mo.ka.ma.i.ma.se.n.yo

寫好了。

書けました。

ka.ke.ma.shi.ta

這是單據。取回遺失物品時會用到，所以請好好保管。

これが控えの紙です。紛失物を引き取るときに必要なので、大切に保管してください。

ko.re.ga.hi.ka.e.no.ka.mi.de.su。fu.n.shi.tsu.bu.tsu.o.hi.ki.to.ru.to.ki.ni.hi.tsu.yo.o.na.no.de、ta.i.se.tsu.ni.ho.ka.n.shi.te.ku.da.sa.i

我知道了，找到請馬上通知我。拜託你了。

分かりました。見つかったらすぐに知らせてください。よろしくお願いします。

wa.ka.ri.ma.shi.ta。mi.tsu.ka.t.ta.ra.su.gu.ni.shi.ra.se.te.ku.da.sa.i。yo.ro.shi.ku.o.ne.ga.i.shi.ma.su

向信用卡公司說明

不好意思。因爲信用卡不見了，請幫我停卡。

すいません。クレジットカードをなくしたので、使用を止めてください。

su.i.ma.se.n。ku.re.ji.t.to.ka.a.do.o.na.ku.shi.ta.no.de、shi.yo.o.o.to.me.te.ku.da.sa.i

知道了。請問可以給我您的姓名與卡片號碼嗎？

かしこまりました。お名前とカード番号はお分かりになりますか。

ka.shi.ko.ma.ri.ma.shi.ta。o.na.ma.e.to.ka.a.do.ba.n.go.o.wa.o.wa.ka.ri.ni.na.ri.ma.su.ka

徐○○。號碼是XXXXXXXXXXXX。

徐○○です。番号は××××××××××××です。

jo.○○.de.su。ba.n.go.o.wa.××××××××××××.de.su

因爲之前沒有寫下來所以我不太知道號碼。

番号は控えていないのでわかりません。

ba.n.go.o.wa.hi.ka.e.te.i.na.i.no.de.wa.ka.ri.ma.se.n

是否要重新辦理補卡嗎？

カードの再発行はどういたしましょうか。

ka.a.do.no.sa.i.ha.k.ko.o.wa.do.o.i.ta.shi.ma.sho.o.ka

麻煩您儘快。

すぐにお願いします。

su.gu.ni.o.ne.ga.i.shi.ma.su

知道了。那麼立即爲您辦理補卡手續。

かしこまりました。ではすぐに発行の手続きをいたします。

ka.shi.ko.ma.ri.ma.shi.ta。de.wa.su.gu.ni.ha.k.ko.o.no.te.tsu.zu.ki.o.i.ta.shi.ma.su

很抱歉。辦理手續須要花上幾天的時間，這樣可以嗎？

もうしわけございません。発行には数日かかってしまいますが、よろしいでしょうか？

mo.o.shi.wa.ke.go.za.i.ma.se.n。ha.k.ko.o.ni.wa.su.u.ji.tsu.ka.ka.t.te.shi.ma.i.ma.su.ga、yo.ro.shi.i.de.sho.o.ka

麻煩您儘可能快一點。

なるべく早くお願いします。

na.ru.be.ku.ha.ya.ku.o.ne.ga.i.shi.ma.su

補辦手續需要手續費嗎？

再発行には手数料がかかりますか？

sa.i.ha.k.ko.o.ni.wa.te.su.u.ryo.o.ga.ka.ka.ri.ma.su.ka

是的，需要1050日圓的手續費用。

はい、1050円(せんごじゅうえん)かかります。

ha.i、se.n.go.ju.u.e.n.ka.ka.ri.ma.su

不用，不需要付手續費。

いいえ、手数料(てすうりょう)はかかりません。

i.i.e、te.su.u.ryo.o.wa.ka.ka.ri.ma.se.n

各種呼救用語

♪113

呼救 助(たす)けを呼(よ)ぶ ta.su.ke.o.yo.bu	小偷 泥棒(どろぼう) do.ro.bo.o	火災 火事(かじ)だ ka.ji.da	快住手 やめろ！やめて！ ya.me.ro! ya.me.te
來人啊 誰(だれ)か来(き)て da.re.ka.ki.te	放開 放(はな)せ！放(はな)して ha.na.se! ha.na.shi.te	別過來 こっちに来(く)るな！こっちに来(こ)ないで ko.c.chi.ni.ku.ru.na! ko.c.chi.ni.ko.na.i.de	
不准碰 触(さわ)るな！触(さわ)らないで sa.wa.ru.na! sa.wa.ra.na.i.de		我要叫警察了喔 警察(けいさつ)を呼(よ)びますよ ke.i.sa.tsu.o.yo.bi.ma.su.yo	把那個人抓起來 あの人(ひと)を捕(つか)まえて a.no.hi.to.o.tsu.ka.ma.e.te
別動 動(うご)くな u.go.ku.na	停下來 止(と)まれ to.ma.re	不准進去 入(はい)るな ha.i.ru.na	快逃 逃(に)げろ！逃(に)げて ni.ge.ro! ni.ge.te
危險 危(あぶ)ない a.bu.na.i	小心 気(き)をつけて ki.o.tsu.ke.te	快點 急(いそ)げ！急(いそ)いで i.so.ge! i.so.i.de	快躲起來 隠(かく)れろ！隠(かく)れて！ ka.ku.re.ro! ka.ku.re.te
快趴下 伏(ふ)せろ！伏(ふ)せて fu.se.ro! fu.se.te	出不去 出(で)られません de.ra.re.ma.se.n	請從這裡出來 ここから出(だ)してください ko.ko.ka.ra.da.shi.te.ku.da.sa.i	
動不了 動(うご)けません u.go.ke.ma.se.n			

3 遇害

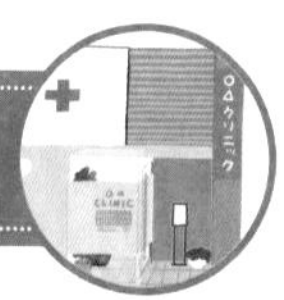

說明情況

♪ 114

1	身著黑色上衣的年輕男子。	黒っぽい服を着た若い男でした。 ku.ro.p.po.i.fu.ku.o.ki.ta.wa.ka.i.o.to.ko.de.shi.ta
2	往那裡逃走了。	あっちに逃げました。 a.c.chi.ni.ni.ge.ma.shi.ta
3	車號是○○○○。	車のナンバーは○○○○でした。 ku.ru.ma.no.na.n.ba.a.wa.○○○○.de.shi.ta
4	突然被不認識的人毆打。	知らない人に、いきなり殴られました。 shi.ra.na.i.hi.to.ni、i.ki.na.ri.na.gu.ra.re.ma.shi.ta
5	錢被騙走了。	お金を騙し取られました。 o.ka.ne.o.da.ma.shi.to.ra.re.ma.shi.ta
6	有人在後面跟蹤我。	誰かに後をつけられました。 da.re.ka.ni.u.shi.ro.o.tsu.ke.ra.re.ma.shi.ta
7	晚上在路上突然被刺了。	夜道で急に刺されました。 yo.mi.chi.de.kyu.u.ni.sa.sa.re.ma.shi.ta
8	遇到色狼。	痴漢にあいました。 chi.ka.n.ni.a.i.ma.shi.ta

會話①

不要動。安分點。把錢交出來。

動くな。じっとしていろ。金を出せ。
u.go.ku.na。ji.t.to.shi.te.i.ro。ka.ne.o.da.se

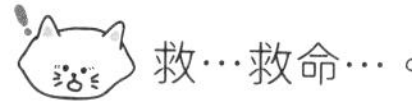

救…救命…。

た…助けて…。
ta…ta.su.ke.te…

給我安靜一點。錢在哪裡。

静かにしろ。金はどこだ。
shi.zu.ka.ni.shi.ro。ka.ne.wa.do.ko.da

在口袋裡。

ポケットの中です。
po.ke.t.to.no.na.ka.de.su

 只有這些而已嗎？

これしかないのか？

ko.re.shi.ka.na.i.no.ka

 就只有這些了。

それだけしかありません。

so.re.da.ke.shi.ka.a.ri.ma.se.n

4

異常狀態、緊急事件

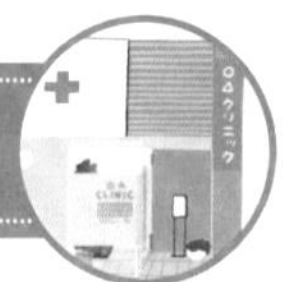

向人通知狀況

115

	中文	日文
1	好像有股燒焦味。	なんだか焦げ臭いです。 na.n.da.ka.ko.ge.ku.sa.i.de.su
2	瓦斯漏氣的味道。	ガス臭いです。 ga.su.ku.sa.i.de.su
3	要燒起來了!	燃えているぞ！ mo.e.te.i.ru.zo
4	危險。別靠近。	危険だ。近づくな！ ki.ke.n.da。chi.ka.zu.ku.na
5	呼吸困難…。	息苦しい…。 i.ki.gu.ru.shi.i…
6	看不到朋友的蹤影。	友達の姿が見えません。 to.mo.da.chi.no.su.ga.ta.ga.mi.e.ma.se.n
7	從剛剛那個人就很奇怪。	さっきから、あの人の様子がおかしいです。 sa.k.ki.ka.ra、a.no.hi.to.no.yo.o.su.ga.o.ka.shi.i.de.su
8	那裡有人。	あそこに誰かいます。 a.so.ko.ni.da.re.ka.i.ma.su

緊急事件

	中文	日文
1	有緊急的狀況，要通知哪裡比較好呢？	緊急の場合は、どこに連絡すればいいのですか？ ki.n.kyu.u.no.ba.a.i.wa、do.ko.ni.re.n.ra.ku.su.re.ba.i.i.no.de.su.ka
2	有緊急要聯絡的事，請問可以跟您借手機嗎？	すぐに連絡したいので、あなたの携帯電話を貸してもらえませんか。 su.gu.ni.re.n.ra.ku.shi.ta.i.no.de、a.na.ta.no.ke.i.ta.i.de.n.wa.o.ka.shi.te.mo.ra.e.ma.se.n.ka

3	請幫我翻成中文。	中国語の通訳をお願いします。 chu.u.go.ku.go.no.tsu.u.ya.ku.o.o.ne.ga.i.shi.ma.su
4	有沒有目睹事件(事故)發生的人呢？	事件 (事故)を目撃した人はいませんか？ ji.ke.n(ji.ko).o.mo.ku.ge.ki.shi.ta.hi.to.wa.i.ma.se.n.ka
5	緊急出口在哪裡？	非常口はどこですか。 hi.jo.o.gu.chi.wa.do.ko.de.su.ka
6	該到哪裡避難比較好呢？	どこに避難すればいいですか。 do.ko.ni.hi.na.n.su.re.ba.i.i.de.su.ka
7	什麼也看不見。	何も見えません。 na.ni.mo.mi.e.ma.se.n
8	電梯不能使用。	エレベーターが使えません。 e.re.be.e.ta.a.ga.tsu.ka.e.ma.se.n
9	樓梯在哪裡呢？	階段はどこですか？ ka.i.da.n.wa.do.ko.de.su.ka
10	玻璃破了。	ガラスが割れています。 ga.ra.su.ga.wa.re.te.i.ma.su
11	油漏出來了。	油が漏れています。 a.bu.ra.ga.mo.re.te.i.ma.su
12	裡面還有人。	まだ、この中に誰かいます。 ma.da、ko.no.na.ka.ni.da.re.ka.i.ma.su
13	請幫個忙。	手を貸してください。 te.o.ka.shi.te.ku.da.sa.i
14	請爬下梯子。	はしごを降りてください。 ha.shi.go.o.o.ri.te.ku.da.sa.i
15	請爬上梯子。	はしごを上ってください。 ha.shi.go.o.no.bo.t.te.ku.da.sa.i
16	請把繩子丟過來。	ロープを投げてください。 ro.o.pu.o.na.ge.te.ku.da.sa.i
17	請好好抓牢。	しっかりつかまってください。 shi.k.ka.ri.tsu.ka.ma.t.te.ku.da.sa.i

18	可以從這裡下去嗎？	そこから飛(と)び降(お)りられますか。 so.ko.ka.ra.to.bi.o.ri.ra.re.ma.su.ka
19	朋友墜海了。	友達(ともだち)が海(うみ)に落(お)ちました。 to.mo.da.chi.ga.u.mi.ni.o.chi.ma.shi.ta
20	那個人不會游泳。	あの人(ひと)は泳(およ)げません。 a.no.hi.to.wa.o.yo.ge.ma.se.n

天然災害相關用語

天然災害 しぜんさいがい **自然災害** shi.ze.n.sa.i.ga.i	火災 かじ **火事** ka.ji	地震 じしん **地震** ji.shi.n	海嘯 つなみ **津波** tsu.na.mi
颱風 たいふう **台風** ta.i.fu.u	大雨 おおあめ **大雨** o.o.a.me	強風 きょうふう **強風** kyo.o.fu.u	洪水 こうずい **洪水** ko.o.zu.i
淹水 しんすい **浸水** shi.n.su.i	龍捲風 たつまき **竜巻** ta.tsu.ma.ki	火山噴發 かざんふんか **火山噴火** ka.za.n.fu.n.ka	土石流 どしゃくず **土砂崩れ** do.sha.ku.zu.re
雪崩 なだれ **雪崩** na.da.re			

5 遭人誤解

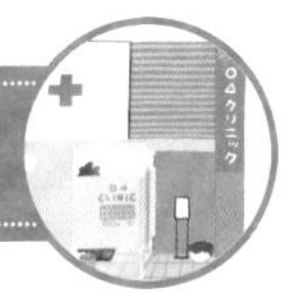

解釋 ♪ 116

1	不是我做的。	私(わたし)はやっていません。 wa.ta.shi.wa.ya.t.te.i.ma.se.n
2	認錯人了。	人違(ひとちが)いです。 hi.to.chi.ga.i.de.su
3	你搞錯了。	あなたの勘違(かんちが)いです。 a.na.ta.no.ka.n.chi.ga.i.de.su
4	我搞錯了。	私(わたし)の勘違(かんちが)いです。 wa.ta.shi.no.ka.n.chi.ga.i.de.su
5	一開始是你先撞過來的。	最初(さいしょ)にあなたから、ぶつかってきたんですよ。 sa.i.sho.ni.a.na.ta.ka.ra、bu.tsu.ka.t.te.ki.ta.n.de.su.yo
6	我沒有惡意。	悪気(わるぎ)はありませんでした。 wa.ru.gi.wa.a.ri.ma.se.n.de.shi.ta
7	我不知道有這種規定。	そういうルールだとは知(し)りませんでした。 so.o.i.u.ru.u.ru.da.to.wa.shi.ri.ma.se.n.de.shi.ta

6

疾病、受傷

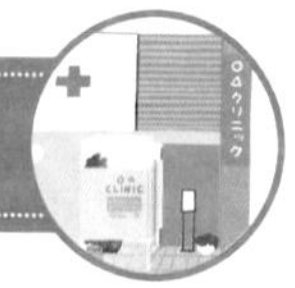

向醫生說明症狀

♪ 117

 哪裡不舒服呢？

どうされましたか？

do.o.sa.re.ma.shi.ta.ka

 喉嚨痛，有點發燒。

喉が痛くて、熱っぽいのです。

no.do.ga.i.ta.ku.te、ne.tsu.p.po.i.no.de.su

 從什麼時候開始的呢？

いつからですか。

i.tsu.ka.ra.de.su.ka

 昨天下午開始。昨天體溫38度。

昨日の夕方からです。３８度ありました。

ki.no.o.no.yu.u.ga.ta.ka.ra.de.su。sa.n.ju.u.ha.chi.do.a.ri.ma.shi.ta

 今天早上量過體溫了嗎？

今朝は、体温は測りましたか。

ke.sa.wa、ta.i.o.n.wa.ha.ka.ri.ma.shi.ta.ka

 還沒。

まだです。

ma.da.de.su

 那麼，請現在量看看。

では、今ここで測ってください。

de.wa、i.ma.ko.ko.de.ha.ka.t.te.ku.da.sa.i

 好的。

はい。

ha.i

 還有一點發燒喔。有流鼻水嗎？

まだ熱がありますね。鼻水はでますか？

ma.da.ne.tsu.ga.a.ri.ma.su.ne。ha.na.mi.zu.wa.de.ma.su.ka

 有一點。

少し出ます。

su.ko.shi.de.ma.su

 請讓我看看喉嚨。

喉を見せてください。

no.do.o.mi.se.te.ku.da.sa.i

 好。

はい。

ha.i

有紅腫的情形。請拉起衣服。

赤く腫れていますね。では、服をめくって下さい。

a.ka.ku.ha.re.te.i.ma.su.ne。de.wa、fu.ku.o.me.ku.t.te.ku.da.sa.i

好。

はい。

ha.i

請大口吸氣。再來吐氣。好，可以了。

大きく息を吸ってください。次は、吐いてください。はい、いいですよ。

o.o.ki.ku.i.ki.o.su.t.te.ku.da.sa.i。tsu.gi.wa、ha.i.te.ku.da.sa.i。ha.i、i.i.de.su.yo

如何？

どうですか？

do.o.de.su.ka

是現在的流行性感冒。我會開處方箋給你，請到藥局拿藥。

今、流行っている風邪ですね。処方箋を出しますから、薬局で薬をもらってください。

i.ma、ha.ya.t.te.i.ru.ka.ze.de.su.ne。sho.ho.o.se.n.o.da.shi.ma.su.ka.ra、ya.k.kyo.ku.de.ku.su.ri.o.mo.ra.t.te.ku.da.sa.i

請問哪邊有藥局呢？

薬局はどこにありますか？

ya.k.kyo.ku.wa.do.ko.ni.a.ri.ma.su.ka

出醫院後左邊的第三間就是藥局。

この病院を出て左に3軒目に薬局があります。

ko.no.byo.o.i.n.o.de.te.hi.da.ri.ni.sa.n.ke.n.me.ni.ya.k.kyo.ku.ga.a.ri.ma.su

那麼，我還能繼續旅遊行程嗎？

あの、旅行はこのまま続けてもいいでしょうか？

a.no、ryo.ko.o.wa.ko.no.ma.ma.tsu.zu.ke.te.mo.i.i.de.sho.o.ka

這個嘛，總之呢先吃了藥在飯店裡好好休息。等燒退了，喉嚨好一點後，應該就沒問題了。

そうですね。とりあえず薬を飲んで、ホテルで安静にしてください。熱が下がって喉の痛みが治まったら、大丈夫でしょう。

so.o.de.su.ne。to.ri.a.e.zu.ku.su.ri.o.no.n.de、ho.te.ru.de.a.n.se.i.ni.shi.te.ku.da.sa.i。ne.tsu.ga.sa.ga.t.te.no.do.no.i.ta.mi.ga.o.sa.ma.t.ta.ra、da.i.jo.o.bu.de.sho.o

我知道了。謝謝醫生。

分かりました。ありがとうございました。

wa.ka.ri.ma.shi.ta。a.ri.ga.to.o.go.za.i.ma.shi.ta

請保重身體。

お大事にしてください。

o.da.i.ji.ni.shi.te.ku.da.sa.i

說明各種症狀

1	身體不舒服。身體不舒服。沒有食慾。	具合が悪いです。調子が悪いです。食欲がないです。 gu.a.i.ga.wa.ru.i.de.su。cho.o.shi.ga.wa.ru.i.de.su。sho.ku.yo.ku.ga.na.i.de.su
2	痛。癢。腫。臉色差。	痛いです。痒いです。腫れています。顔色が悪いです。 i.ta.i.de.su。ka.yu.i.de.su。ha.re.te.i.ma.su。ka.o.i.ro.ga.wa.ru.i.de.su
3	睡不著。想吐。頭痛。	眠れません。吐き気がします。頭痛がします。 ne.mu.re.ma.se.n。ha.ki.ke.ga.shi.ma.su。zu.tsu.u.ga.shi.ma.su
4	肚子痛。胃痛。胃灼熱。	お腹が痛いです。胃が痛いです。胸焼けがします。 o.na.ka.ga.i.ta.i.de.su。i.ga.i.ta.i.de.su。mu.ne.ya.ke.ga.shi.ma.su
5	食物中毒。拉肚子。便秘。生理痛。心悸。心跳加速。喘不過氣。	食中毒です。下痢です。便秘です。生理痛です。動悸がします。胸がドキドキします。息切れがします。 sho.ku.chu.u.do.ku.de.su。ge.ri.de.su。be.n.pi.de.su。se.i.ri.tsu.u.de.su。do.o.ki.ga.shi.ma.su。mu.ne.ga.do.ki.do.ki.shi.ma.su。i.ki.gi.re.ga.shi.ma.su
6	咳嗽。打噴涕。鼻水。鼻塞。痰多。流感。	咳。くしゃみ。鼻水が出ます。鼻づまりがします。痰がからみます。インフルエンザです。 se.ki。ku.sha.mi。ha.na.mi.zu.ga.de.ma.su。ha.na.zu.ma.ri.ga.shi.ma.su。ta.n.ga.ka.ra.mi.ma.su。i.n.fu.ru.e.n.za.de.su

7	牙痛。補的牙齒裡面的東西掉了。牙套掉了。	歯が痛いです。歯の詰め物が取れました。挿し歯が取れました。 ha.ga.i.ta.i.de.su。ha.no.tsu.me.mo.no.ga.to.re.ma.shi.ta。sa.shi.ba.ga.to.re.ma.shi.ta
8	宿醉。急性酒精中毒。暈車（船、機）。	二日酔いです。急性アルコール中毒です。乗り物酔いです。 fu.tsu.ka.yo.i.de.su。kyu.u.se.i.a.ru.ko.o.ru.chu.u.do.ku.de.su。no.ri.mo.no.yo.i.de.su
9	蚊蟲咬傷。蕁麻疹。過敏。過敏。	虫さされです。じんましんです。アトピーです。アレルギーです。 mu.shi.sa.sa.re.de.su。ji.n.ma.shi.n.de.su。a.to.pi.i.de.su。a.re.ru.gi.i.de.su
10	瘀青。燒傷。挫傷。扭傷。骨折。	あざがあります。やけどです。打撲です。捻挫です。骨折です。 a.za.ga.a.ri.ma.su。ya.ke.do.de.su。da.bo.ku.de.su。ne.n.za.de.su。ko.s.se.tsu.de.su
11	出血。割傷。擦傷。刺傷。	血が出ています。切り傷、擦り傷、刺し傷があります。 chi.ga.de.te.i.ma.su。ki.ri.ki.zu、su.ri.ki.zu、sa.shi.ki.zu.ga.a.ri.ma.su

診斷

♪ 118

1	哪裡不舒服呢？	どうされましたか？ do.o.sa.re.ma.shi.ta.ka
2	哪裡痛呢？	どこが痛みますか？ do.ko.ga.i.ta.mi.ma.su.ka
3	這樣的症狀什麼時候開始的呢？	症状はいつからですか？ sho.o.jo.o.wa.i.tsu.ka.ra.de.su.ka
4	請張開嘴。	口を開けてください。 ku.chi.o.a.ke.te.ku.da.sa.i
5	請伸出手。	腕を出してください。 u.de.o.da.shi.te.ku.da.sa.i

6 請脫衣服。

服を脱いでください。

fu.ku.o.nu.i.de.ku.da.sa.i

7 請躺下。

横になってください。

yo.ko.ni.na.t.te.ku.da.sa.i

8 請放輕鬆。

楽にしてください。

ra.ku.ni.shi.te.ku.da.sa.i

9 請抬高腳。

足を高くしてください。

a.shi.o.ta.ka.ku.shi.te.ku.da.sa.i

10 請右側向下。

右側を下にしてください。

mi.gi.ga.wa.o.shi.ta.ni.shi.te.ku.da.sa.i

11 請轉過身。

背中を見せてください。

se.na.ka.o.mi.se.te.ku.da.sa.i

12 需要檢查。

検査が必要です。

ke.n.sa.ga.hi.tsu.yo.o.de.su

13 打點滴。

点滴をします。

te.n.te.ki.o.shi.ma.su

14 打針。

注射をします。

chu.u.sha.o.shi.ma.su

15 再看看情況吧。

様子を見ましょう。

yo.o.su.o.mi.ma.sho.o

16 馬上就會好唷。

すぐ治りますよ。

su.gu.na.o.ri.ma.su.yo

17 不要緊唷。

大丈夫ですよ。

da.i.jo.o.bu.de.su.yo

18 不用擔心唷。

心配ありませんよ。

shi.n.pa.i.a.ri.ma.se.n.yo

19 明天請再來複診。

明日、また診せに来てください。

a.shi.ta、ma.ta.mi.se.ni.ki.te.ku.da.sa.i

到藥局拿藥

不好意思。我有帶醫院的處方箋。

すみません。病院から処方箋をもらったんですけど。

su.mi.ma.se.n。byo.o.i.n.ka.ra.sho.ho.o.se.n.o.mo.ra.t.ta.n.de.su.ke.do

請進。請給我您的處方箋。

いらっしゃいませ。では処方箋をお出しください。

i.ra.s.sha.i.ma.se。de.wa.sho.ho.o.se.n.o.o.da.shi.ku.da.sa.i

好的。

はい。

ha.i

在準備藥品的期間，請旁邊稍坐等待一下。

薬をお出しするまで、椅子に座ってお待ちください。

ku.su.ri.o.o.da.shi.su.ru.ma.de、i.su.ni.su.wa.t.te.o.ma.chi.ku.da.sa.i

周小姐。

周さん。

shu.u.sa.n

是。

はい。

ha.i

這是三天份的藥。白色藥粉與粉紅色藥丸請每天的早中晚飯後吃。膠囊一天兩次，請早晚飯後吃。藥品說明單也放在一起給您了。

3日分のお薬です。白い粉薬とピンクの錠剤は朝昼晩、毎食後にお飲みください。カプセルは一日2回、朝と晩、毎食後にお飲みください。お薬の説明が書いてある用紙も一緒にお渡ししますね。

mi.k.ka.bu.n.no.o.ku.su.ri.de.su。shi.ro.i.ko.na.gu.su.ri.to.pi.n.ku.no.jo.o.za.i.wa.a.sa.hi.ru.ba.n、ma.i.sho.ku.go.ni.o.no.mi.ku.da.sa.i。ka.pu.se.ru.wa.i.chi.ni.chi.ni.ka.i、a.sa.to.ba.n、ma.i.sho.ku.go.ni.o.no.mi.ku.da.sa.i。o.ku.su.ri.no.se.tsu.me.i.ga.ka.i.te.a.ru.yo.o.shi.mo.i.s.sho.ni.o.wa.ta.shi.shi.ma.su.ne

好的。謝謝。

はい。ありがとうございます。

ha.i。a.ri.ga.to.o.go.za.i.ma.su

費用為1200元。

代金は1200円になります。

da.i.ki.n.wa.se.n.ni.hya.ku.e.n.ni.na.ri.ma.su

 好的。請收。

はい。どうぞ。
ha.i。do.o.zo

 請保重身體喔。

お大事（だいじ）にしてくださいね。
o.da.i.ji.ni.shi.te.ku.da.sa.i.ne

各種藥物用語 ♪119

藥 薬（くすり） ku.su.ri	藥水 飲（の）み薬（ぐすり） no.mi.gu.su.ri	藥粉 粉薬（こなぐすり） ko.na.gu.su.ri	藥丸 錠剤（じょうざい） jo.o.za.i
膠囊 カプセル ka.pu.se.ru	外塗藥膏 塗（ぬ）り薬（ぐすり） nu.ri.gu.su.ri	眼藥水 目薬（めぐすり） me.gu.su.ri	噴鼻藥 点鼻薬（てんびやく） te.n.bi.ya.ku
栓劑 座薬（ざやく） za.ya.ku	飯前 食前（しょくぜん） sho.ku.ze.n	飯後 食後（しょくご） sho.ku.go	飯間 食間（しょっかん） sho.k.ka.n
睡前 寝（ね）る前（まえ） ne.ru.ma.e			

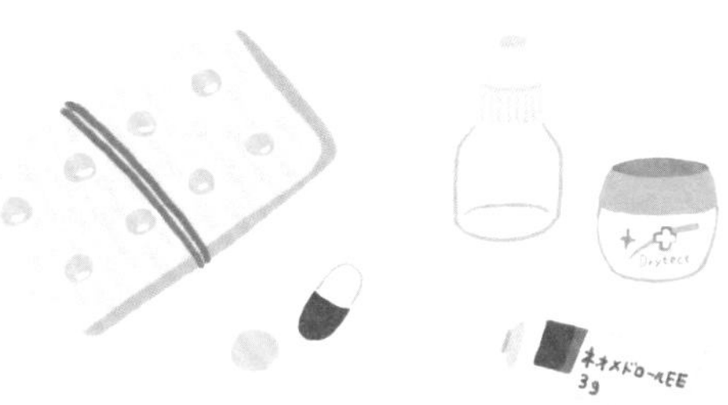

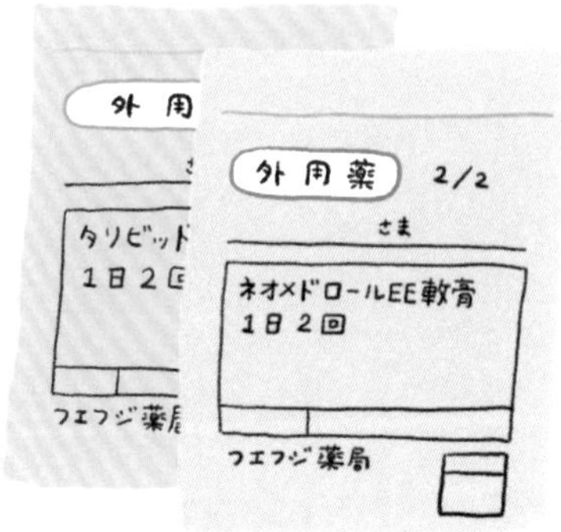

P TIME

P TIME

FUE
アカデミー
サミント

走到哪說到哪!旅遊會話日語 / 林育萱, 大場陽子, 立石悠佳著.
-- 三版. -- 臺北市 : 笛藤, 八方出版股份有限公司, 2022.07
面； 公分
ISBN 978-957-710-860-9(平裝)
1.CST: 日語 2.CST: 旅遊 3.CST: 會話
803.188 111008667

2023年5月29日 三版第3刷 定價350元

作　　者	林育萱・大場陽子・立石悠佳
總 編 輯	洪季楨
編　　輯	羅巧儀・葉雯婷・陳亭安
插　　畫	Aikoberry
封面設計	王舒玗
內頁設計	王舒玗
編輯企劃	笛藤出版
發 行 所	八方出版股份有限公司
發 行 人	林建仲
地　　址	台北市中山區長安東路二段171號3樓3室
電　　話	(02) 2777-3682
傳　　真	(02) 2777-3672
總 經 銷	聯合發行股份有限公司
地　　址	新北市新店區寶橋路235巷6弄6號2樓
電　　話	(02) 2917-8022・(02) 2917-8042
製 版 廠	造極彩色印刷製版股份有限公司
地　　址	新北市中和區中山路二段380巷7號1樓
電　　話	(02) 2240-0333・(02) 2248-3904
郵撥帳戶	八方出版股份有限公司
郵撥帳號	19809050